賣酒求夫 2

文創風 655

何田田 著

目錄

第三十一章

阿酒意外地看著跟阿良一起過來的謝承文，這次他臉色有些難看。

難道是上次那批烈酒沒有以前來得好？應該不可能，每家酒坊送來的烈酒，姜五叔可是都會仔細抽驗。還是烈酒的銷量不好？但也沒有聽錢叔跟阿良在說啊……

「阿酒，給我倒一些酒來。」謝承文坐了一會兒，忽然說道。

「謝少東家，您心情不好？」阿酒不敢拿烈酒，只拿出一罈前些日子自己釀的米酒，這是她釀給姜老二平時喝的。

「倒酒。」謝承文沒有看她，只是吩咐道。

阿酒讓劉詩秀炒了幾道下酒菜之後，才敢給他倒酒，要不然心情不好光喝悶酒，不吃點東西，很容易傷身的。

「阿酒，妳知道我為什麼來嗎？」幾杯酒下肚，謝承文轉頭看向阿酒，輕聲問道。

「為什麼？」阿酒配合地問，心裡卻暗道：你這大少爺，總不可能是想我才來的，肯定是有事。

「哈哈，等妳明白我為什麼來，妳的心情肯定也不會好。」又喝了幾杯酒，謝承文才緩緩說道。

阿酒的心一下子就提得高高的。該不會他以後都不要這種烈酒了吧？

「你這個人，不要婆婆媽媽的，有什麼事就直接說吧！」阿酒看著明顯有些醉意的謝承文，直接說道。

「阿酒，我也不願意，為什麼他們都要逼我？以前是這樣，現在也是這樣，他們為什麼從來都不問問我的意思？為什麼？」誰知道他不回答，卻耍起酒瘋。

阿酒發現一罈子酒已經被他喝個精光。這雖然只是度數低的米酒，也是會醉的。

「你這人到底怎麼回事啊？」阿酒的心情頓時不好了。要喝酒他不會在自己家喝嗎？

「阿酒，妳知道嗎？我其實一點也不喜歡做生意，可他們卻從小就對我要求很高，說長子要擔負家族責任。從很小的時候，我就開始學算學、跟著掌櫃學做生意，等我學會、生意做得好了，他們的嘴臉怎麼又變了呢？」謝承文根本不管阿酒願不願意聽，把心中的苦水全說出來。

阿酒有些驚訝，沒想到一直看起來雲淡風輕的謝承文，內心竟是如此痛苦，但她卻能理解他。就像在前世的時候，大家都羨慕她是個富家千金，可誰又在意過她內心的孤獨呢？她甚至連一個可以訴苦的朋友都找不到。

「明明一開始就說好，我做生意，他們絕不插手，怎麼一見生意變好，他們又迫不及待地想搶過去呢？」謝承文根本不管有沒有人回答他，自顧自地又說了起來。「既然他們眼中沒有我，只有承志，那又為什麼要生下我？」

謝承文似乎越說越順，他把壓抑在心中的委屈和不平，都趁著這次醉酒的機會說出來，而阿酒也在他斷斷續續的話語中，明白了一些關於謝家的事。

謝承文睜開有些發瘦的眼睛，伴隨而來的是頭痛，他覺得喉嚨乾乾的，不由得叫道：「來人啊，水。」

阿酒聽到屋裡的動靜，知道謝承文醒了，不過聽著他那叫丫頭似的語氣，她心中還真不是一般的鬱悶。

「給。」最終阿酒還是端起劉詩秀煮的醒酒湯，走了進去。

「謝謝。」直到喝完湯，謝承文才清醒過來，也明白自己還在阿酒家裡。

「不好意思。」謝承文搖了搖還有些重的頭，沙啞地說道：「本來是要過來跟妳好好談談的，沒想到竟鬧成這樣。」

阿酒只得笑著說沒關係，心裡卻早已將他罵了不下百遍。

謝承文尷尬地咳了一聲，然後正色道：「阿酒，妳坐下，我有要緊的事跟妳說。」

阿酒坐在他身旁的椅子上，她倒要聽聽他想說什麼？

「咳。」謝承文不知道為什麼，不敢直視她的眼。「阿酒，我想買下妳的烈酒配方。」

「什麼？」阿酒怎麼也沒想到謝承文要說的竟然是這個，畢竟他們有言在先，而他之前也從未透露過有這個心思。

「我也是不得已的。如果妳不把這配方交出來，只怕以後會帶來很多不必要的麻煩。」

謝承文低下頭，沒去看她。他不想強迫她，但有些話卻非說不可。

阿酒從謝承文方才的醉言醉語中，也算是聽出來了，關於謝家的生意，他根本作不了主，謝家如果真打算要拿到這個配方，想來人家有錢，肯定也有勢了，她惹不起謝家，最終也只能乖乖交出配方。

如今她面對的是謝承文，他心裡對她有著愧疚，自己還能要個好價錢，如果到時換個人來談，只怕沒那麼好說話了。

「那您準備出個什麼樣的價錢？」阿酒似笑非笑地問道。

「妳願意？」謝承文沒想到事情竟這麼順利。

「我不願意，難道您就會罷手？」阿酒瞪他一眼，不悅地說。

謝承文臉色一紅，很想抽自己的嘴巴幾下。他這不是多此一問嗎？

「我用五百兩，買下妳的配方。」謝承文比出五根手指頭說。

「五百兩？」阿酒看著謝承文。這價錢看似多，但認真算起來，一點也不划算。

「八百兩，這是我的底線了。」謝承文咬牙說道。

阿酒點點頭。「八百兩就八百兩，配方您可以拿走，但今年您還得收我家的烈酒，價格上咱們可以再商量。」

既然配方已經被他拿到手，他當然很快就能明白這其中的利潤，也不可能還是按以前的價格來收她的烈酒。

「行，只是配方必須保密，這一點妳是知道的。」謝承文想了想，點頭同意。

兩人又商量了半天，阿酒這才帶他過去酒坊，把蒸餾鍋的運作方式講解給他聽。

謝承文完全沒有想到，只是加了這麼一個鍋，竟就把酒的濃度提高那麼多。

「您可以帶走我三叔，他很熟悉烈酒的製作方法。」既然配方已交出去，那她家的酒坊就不用再留那麼多人。姜五叔她不想放走，等她自己釀製的酒成功了，還需要他的幫忙；而如今姜老三已經完全掌握蒸酒的訣竅，這也算是為姜老三找一個出路。

「行，妳把蒸餾鍋的圖紙給我，妳三叔以後就來我這裡上工。」謝承文爽快地答應道。

當天下午，姜五跟姜老二知道阿酒賣了烈酒的配方，都大吃一驚。

「妳怎麼能把配方賣掉呢？」姜五緊張地問道。

「不賣，難道咱們守得住？」阿酒無奈地搖搖頭。

姜五不再言語。他比阿酒更明白，在權勢面前，他們根本無力反抗，剛才他也是太過驚訝才會那樣問。

「沒關係，就算妳不釀酒，爹也能養活妳。」姜老二安慰道。

阿酒只覺得自己眼中像是有東西要落下來。其實她也是心有不甘，可又能怎麼樣？她不能賭，就怕到時候會人財兩空。不過聽姜老二這樣說，她突然覺得自己的選擇沒有錯，錢沒了可以再賺，但人如果出事，後悔都來不及。

而阿曲在知道這件事後，特意來找阿酒。「阿姊，是不是只要有權，就能想做什麼就做什麼？」

「你手中有了權力，雖然還不一定能想做什麼就做什麼，但肯定要比無權無勢的人有更多的選擇。那麼多人努力讀書，還不是想當官。為什麼想當官？一是他心中有理想，想要為民作主；還有一點，就是他想讓自己的生活過得更好，為家裡的人創造更好的生活條件。」阿酒緩緩的解釋道。

阿曲似懂非懂，但有一點他卻是明白了，只要自己有出息，家裡人就不會再被隨意欺負。從今以後，他要更用功讀書，因為他有一個新的目標，那就是當官，他要當一個能守護住家人的官！

張氏也擔心地跑來問道：「阿酒，妳把配方賣給謝家，那妳要賺什麼？還有，妳怎麼不讓妳三叔繼續留下來幫妳呢？」

「三嬸，妳別擔心，我還是可以繼續釀這種烈酒的。至於三叔的話，他如果跟著謝少東家，肯定會比跟著我更有出息，讓他去謝家的酒肆多學一學也好。」阿酒沒跟她說明自己往後的打算，但還是給了她一顆定心丸。

「那就好，要不然就妳家那幾畝旱地，沒有營生，可難過日子嘍。」張氏嘆口氣道。

聽張氏這樣說，阿酒心中一動。在這個年代，果然還是要有自己的農地才行。

送走張氏以後，阿酒馬上找來姜老二。「爹，您看咱們是不是得買一些水田？」

姜老二一聽要買田，馬上就激動起來。土地就是農家人的根，只有手中有了地，才會有餘糧，心中才會踏實。

「買田當然是好事，只怕如今這附近沒人要賣地啊。」姜老二兩眼放光，可仔細想想之後，又有些煩惱地說。

「爹，這附近沒有，但別的地方應該會有的，您可以先去遠一點的地方打探消息，反正買地之後，咱們自己也種不了，都是要租給別人種的。」阿酒分析道。

「行，明天我就去問消息。」姜老二高興地應道。

隔天，阿酒馬上把村子裡幾家酒坊的人聚集在一起，跟他們說已經把配方賣給了謝承文一事。他們聽完一開始臉色都有些不好，不過聽說還是可以繼續蒸酒，只是謝家收酒的價格可能會比較低一些時，他們才放下心來。雖然收購的價格沒以前漂亮，但賺得還是不少，總比沒得賺好。

阿酒提醒他們，如今配方已經是謝家的了，一旦洩漏，謝家肯定會找他們麻煩，嚴重一點的話，可能會遭受牢獄之災。

他們聽完阿酒的話，都明白了配方保密的重要性，也就更加注意。

熙熙攘攘的流水鎮早已恢復往日的繁華，酒樓裡坐滿顧客，那些愛喝酒的本地人喜歡坐在大廳，高聲說著話；而那些外地來的商人，則喜歡包下一間包廂，幾個人一起叫上一壺好酒，一邊談著生意，一邊喝著小酒。

在某個包廂裡，只見姜老大正一臉的冷汗，彎著腰，不停地朝另外幾個人說著話，而那幾個人看起來都不大高興。

「姜老大，別說廢話，你就直接說該怎麼解決吧。」其中一個黑黑壯壯的男人說道。

「就是啊，過幾天咱們就要去外地，這時候你卻告訴咱們說那貨沒拿到手，你被騙了，你這是逗咱們玩嗎？」另一個胖男人說道。

「幾位東家，我真的被人騙了，這兩天我都在找騙我的那個人，卻怎麼也找不到。」姜老大的腳已經有些發抖，說話的聲音也不停地發顫。

「這咱們管不了，既然沒有貨，那就賠錢吧。」坐在角落裡、一直沒有出聲的男人，突然一臉冰冷地說道。

姜老大一聽，直接跌坐在地板上。賠錢？那可不是幾十兩，而是好幾百兩銀子，這叫他去哪裡生錢？他的錢都給了那個騙他的人，如今已經是身無分文。

「對啊，咱們也不要那貨了，你就把錢退還給咱們吧。」胖男人毫不客氣地說道。

「幾位東家，我的錢都拿去買貨了，這是讓我去哪裡弄銀子來賠給你們？」姜老大緊張地說著。

「這咱們可不管，當時是你拍著胸膛作的擔保，說一定不會出事。你要是不賠咱們銀子，可就不要怪咱們不客氣，直接去把你告上衙門。」那臉色冰冷的男人，這時看起來更加冷酷，說出來的話一點也不客氣。

「好、好，我賠。」姜老大面如死灰地答應道。

「你說什麼？虧了五百兩！」周氏睜大眼睛看著姜老大，似乎只要姜老大點頭，她就要吃了他一樣。

「娘，您就說拿不拿出銀子來救兒子吧。」姜老大硬著脖子問道。

「天呀，我這是做了什麼缺德事……」周氏頓時覺得天昏地暗，馬上哭喊起來。「我打死你這個敗家玩意兒！你都幾十歲的人，還會被人騙？那是五百兩，不是五十兩啊，我哪有那麼多錢？」

李氏一直躲在外面的屋簷偷聽，當聽到姜老大欠下五百兩銀子時，一時間只覺得晴天霹靂，整個人都不好了。

她一回過神，就馬上跑回房間，打開自己藏錢的地方，一看那裡已經空空如也，一個銅錢也沒有，她像發了瘋一樣地狂奔起來，衝進周氏的屋裡。

「姜有良，你這死鬼，把錢還我！」李氏撲到姜老大的面前，抓住他的衣裳哭叫道：「你居然拿光我的錢，你想死是不是？」

姜老大根本沒心情理李氏，他使勁地將她一把推開。

李氏就這樣被推倒在地上，半天都站不起來。

鐵柱是緊跟著李氏身後進來的，見姜老大推倒李氏，忙上前去扶起李氏。

李氏「哎喲」的叫了起來，越哭越大聲，還一邊咒罵著姜老大。

周氏看著眼前這混亂的場面，只覺得腦子疼得發脹。

「滾，都給我滾出去！」周氏拿起自己的枴杖，上上下下地揮著。

姜老大狼狽地跑出去，鐵柱也扶著哭得昏天暗地的李氏走了出去，只剩下怒得喘不過氣來的周氏。

面對哭叫著要自己還錢的李氏，姜老大惡狠狠地看著她。「閉嘴，再鬧就休了妳。」

李氏不敢置信地看著姜老大，鐵柱也用陌生的眼光看向他。

前。

「你要休了我？姜有良，你要休了我？」李氏顧不得自己身上的疼痛，撲到姜老大面前。

姜老大舉起手就想打下去，鐵柱馬上緊張地擋在李氏身前。「爹！」

看著眼前跟自己差不多高的兒子，姜老大那手終究沒有落下去。「看在兒子的分上，我就饒妳這一次，要是敢再鬧，有妳好看的。」說完他就不再理李氏跟鐵柱，轉身又出去了。

「娘，別哭了，哭有什麼用？快進屋去歇著吧。」鐵柱見李氏只顧著哭，他只好安慰道。

鐵牛出去玩回來，就看到姜老大急匆匆地往外走，而李氏正在院子裡哭得死去活來，鐵柱則是滿臉的憂愁。

他不知道家裡發生什麼事，只知道自己肚子餓了，於是也不管他娘和哥哥，直接跑進周氏的房間，想要去討一些吃的。

沒想到周氏根本不理他，反而把他罵了一頓，他只好一頭霧水地離開房間。

第三十二章

姜老二這些天忙著打探哪裡有水田要賣，阿酒則忙著釀酒，根本不知道姜家老宅發生什麼事。直到今日張氏慌慌張張地跑來找姜老二，阿酒才知道，姜老大竟要把家裡的水田和祖屋都賣掉。

「什麼？連祖屋都要賣掉？」阿酒驚訝地叫了起來。

賣祖屋可是大事，雖然姜老二和姜老三已經分家，但老宅對他們來說，仍有著不同的意義。

「聽說姜老大做生意虧了六、七百兩銀子呢，這可怎麼辦才好？」姜老三已經跟著謝承文去謝家的酒坊做事，十天才回來一次，男人不在家，張氏又聽到如此大的消息，一時慌得沒了主意。

「三嬸，妳知道阿奶身邊大概有多少錢嗎？」阿酒雖然驚訝，卻根本不著急，所以她很快就發現事情有些不對勁。

「我想應該有個幾百兩吧……哎喲，都什麼時候了，妳怎麼還問這個？」張氏六神無主地說道。

「三嬸，冷靜一點，妳仔細想想，阿奶有幾百兩的存銀，還有幾十畝水田，那些可都是上等田，一畝田最少也能賣個十兩，光是那些水田就能賣個五、六百兩，不至於要賣祖屋吧？」阿酒一點一點地分析給她聽。

「是呀，不應該啊……」張氏這時也發現了其中的不對勁。

阿酒冷笑幾聲。姜老大肯定是想讓姜老三也幫忙出點錢吧？不管什麼時候都不忘要算計自家兄弟，真是夠了，幸虧他們已經跟姜老大斷絕關係。

「不行，我得去找妳三叔，把這件事跟他說個明白。」張氏很快就想通，一開始聽到消息時她慌了神，差點忘了他們是什麼樣的人。

當姜老二回來，從阿酒那裡聽說老宅的那些糟心事後，他低著頭，好一會兒才說道：「這些跟咱們沒關係。」

阿酒頓時放下心。她最怕姜老二心軟，又要去管那些吃力不討好的事。

姜老三沒想到自己剛被張氏叫回來，就遇到周氏找上門來了。

周氏哭著對姜老三說道：「如今你大哥出了這樣的事，連祖屋都得賣掉才有錢還，難道你就這樣鐵石心腸，眼睜睜地看著他賣掉祖屋？」

「娘，咱們已經分家了，分家的時候，您就只分給我那一點點家當，我就算想幫，也要有銀子可幫啊。」姜老三無奈地道。

「你這不孝子，那可是你大哥！」周氏說著、說著，又想動手打人。

「娘，您不是存了不少銀子嗎？還有，小妹的夫家可是大地主，您怎麼不去找她幫忙？」姜老三可不像姜老二那麼好說話，他直接回嘴道。

周氏被姜老三氣得半死。她難道不知道要去找姜小妹嗎？她當然有去，可沒想到姜小妹就拿了十兩銀子打發她。

姜小妹如今可威風啊，成了當家少奶奶，當時她被石家逼得無路可退的時候，那態度可不是這樣的。

「這裡有十兩銀子，這可是咱們一家子好幾個月的花用，算是提前把年禮給您吧，再多也沒有了，我還有一大家子要養呢。」姜老三見周氏不說話，便拿出銀子。

十兩……又是十兩！如果在平時，十兩銀子還能做點什麼，可如今老大是欠人五百兩銀子，這十兩算什麼？

「我不管，你得拿五十兩出來。」見姜老三不買她的帳，周氏開始耍起賴來。

姜老三的臉色變得很難看。「娘，今天我拿出這十兩銀子，已經是仁至義盡，您要是再鬧，就連這十兩也沒有。」

周氏見無法討得更多的好處，只好用力抓起那十兩銀子，不甘地離開姜老三家，往姜老二家走去。

阿酒沒想到周氏還會再上門來，而且是那樣的理直氣壯。

「老二去哪了？叫他出來。」周氏看也沒看阿酒一眼，直接吩咐道。

「娘，什麼事？」聽到周氏的叫喊，姜老二臉色難看地走出來。

「拿些銀子來。」周氏欺負姜老二欺負慣了，一看到他就直接命令道。

「如今還不到送年禮的時候吧？」姜老二只是淡淡地說道。

「你、你是打算氣死我是吧？我就不信發生那麼大的事，你會不知道？」周氏捂著胸口，指著姜老二道。她怎麼也沒想到，如今連姜老二也敢跟她嗆聲。

姜老二不想再多說些什麼。如果今天是周氏出事，他可能還會心裡不安，但現在出事的是姜老大，那跟他就沒有任何關係了。

「老二，你給不給？信不信我去村長那裡告你不孝？」周氏見姜老二一改在她面前唯唯諾諾的樣子，心裡一股子氣直衝到喉嚨口。

「阿奶，您不會忘了吧？咱們可是已經跟大伯斷絕關係，對您也只需要在過年的時候送些年禮過去即可。」阿酒實在看不下去，在一旁不緊不慢地說道。

周氏一愣。她還真忘了這件事。

姜老二不再理周氏，自顧自地幹活去了，阿酒倒是還站在原地看著周氏。

周氏不敢再挑釁，她突然想起阿酒那不要命的樣子。

最終周氏兩手空空地離開姜老二家，當她回到老宅時，發現自己的房間很亂，不由得一驚，趕快跑到床邊，朝平時放鎖匙的地方摸去，結果卻是空空如也。

周氏打開櫃子一看，覺得氣血直往上衝，兩眼發直，就這樣跌倒在地。

「阿奶、阿奶，您怎麼了？」鐵牛驚慌的聲音頓時響徹老宅。

「妳說是不是好笑？妳阿奶還在外面要錢，自己的屋裡卻是遭了賊。」張氏冷笑著說。

阿酒知道姜老大是個人渣，卻沒料到竟渣成這樣，連周氏的錢都敢偷。

「三嬸知道阿奶丟了多少銀錢嗎？」阿酒好奇地問道。

「聽說有二百多兩來著。唉，就是可惜了那些水田，那麼好的田地，眼看就要成為別人的。」張氏嘆息道。

阿酒原本想著要不要把那些水田買過來？但她很快就把這念頭拋開。以姜老大的為人，要是以後讓他知道是他們家買下水田，誰知道會發生什麼樣的事，還是不碰為好。

「真的要賣水田嗎？」雖然說是欠了六、七百兩，但阿酒卻不大相信。

「這次妳大伯算是碰到硬骨頭了，聽說本來只欠五百兩的，但因為沒有按時還錢，就又加上利息，如今得還七百兩銀子呢。妳阿奶存下的家當，這次可說是全被妳大伯給賠光，只剩下那一座老宅子。」張氏搖搖頭道。沒想到周氏節省了一輩子，最後卻得來這樣一個結果，難怪她會中風呢。

「如今妳阿奶躺在床上，既不能動，錢也沒了，還不知道往後的日子該怎麼過下去呢。」張氏有些幸災樂禍地說道。

「那大伯母呢？」阿酒又問道。

「她啊，被妳大伯打傷，還得鐵柱照顧著呢。」張氏淡淡地說。

對於老宅發生的事，阿酒聽過也就算了，要她對周氏有什麼同情心，她還真沒有。姜老二背著她去看望周氏，她只是裝作不知道。在這時候若姜老二還能無動於衷，那他就不是姜老二了。

然而對姜老二的到來，周氏一點也沒露出歡喜的表情，甚至一看到他，就用自己那不大靈活的舌頭罵了起來，最終姜老二也只是放下五兩銀子，便離開老宅。

姜老二這段時間在外面辛苦地打探消息，終於有了結果，在上合村有幾十畝地要賣掉，不過卻希望可以一起賣。這對一般家庭來說，一下子買幾十畝地很是為難，而對那些大戶人家來說，幾十畝又太小。

姜老二聽到這個消息興奮不已，馬上決定出發去上合村看地；阿酒對這些不是很懂，就讓他先去看地，如果確定要買，自己再拿錢出來。

直到晚上，姜老二才回來，一看他的臉色就知道，事情進展得很順利。

「阿酒，那些可都是上等的水田，那賣主希望咱們一起買下，越快越好。」從他說話的口氣，就知道他有多中意那些水田。

「一共有多少畝？一畝要多少錢？」阿酒想了想，問道。

「一共四十五畝，八兩銀一畝。那裡還有一進房子，不大，就四間房，那賣主說，要是一起買的話，總共給他三百八十兩就行。」姜老二開心地說道。

「怎麼那裡的水田這麼便宜？」阿酒不解地問。姜老大的水田可是以一畝十兩銀賣出去的，那還是他賣得急，聽說平時可都是賣十一兩左右呢。

「他們那裡哪能跟咱們村子比。咱們這裡家家戶戶都有些餘錢，誰家會願意把地給賣出去，反倒都恨不得多買一些進來呢。那個村子因為雪災死不少人，有餘錢的人家也不多，更不要說是能一次買這麼大片地的人了。那家人也是急著去松江府跟兒子團聚，所以才想把地一次全賣掉。」姜老二解釋道。

「既然爹都看好了，那等要付錢的時候，我再把銀子給您吧。」阿酒點點頭道。家中置地是件好事，這樣以後就不用花錢買糧食，剩下的糧食還可以用來釀酒。

「行，那我明天去跟掮客商量一下，讓他順便找賣主一起去松靈府把手續給辦一辦。」姜老二笑著道。

聽說還得去松靈府，阿酒心裡一動。她來這裡也快一年了，最遠也就是去到流水鎮，不如趁這個機會去松靈府看看。

「爹，我也想去。」阿酒撒著嬌說道。

「妳要去？」姜老二有些擔心。去松靈府的話，坐牛車可要大半天，回來肯定很晚了，他一個大男人是沒關係，但阿酒若要跟著去，那不是活受罪嗎？

「爹，咱們就去住一個晚上，第二天再回來吧。」阿酒明白姜老二的顧慮，便提議道。

姜老二除了去外面做工，還從沒有晚上不回來過，可看著阿酒一臉的期待，他最終還是緩緩地點了點頭。

阿酒見姜老二同意，不禁露出一個大大的笑容。總算有機會可以去松靈府了。她馬上出門去找阿美，讓阿美明天跟著自己一起去。

想著明天就要去松靈府，阿酒心裡很是激動，晚上睡不太著，竟比平時提早很多就醒來了。她剛打開門，就見阿美已經站在外面，兩人不禁相視一笑。

當阿酒他們到鎮上時，天才剛亮，路上的行人還很少，那些做早點的小攤販卻已經排滿了整條大街。

「咱們去買些吃的吧。」阿美拉著阿酒，小聲地說道。

想來這姑娘太興奮，連早點都沒吃就過來找她。不過她包袱裡有劉姨做的糕點，可比這些攤子上賣的要好吃多了。

「他們來了。」當阿酒她們吃得正歡的時候，姜老二指著對面的兩個人，就是那掮客和賣主。

因路途遠，姜老二心疼阿酒，便租了輛馬車。這種出租馬車只是一個簡單的車廂，能容納六、七個人左右，前面用一塊布簾隔擋著。雖然不能跟大戶人家的馬車相比，但是比牛車要快多了。

阿美自從坐上馬車後，就嘰嘰喳喳地說個不停，當馬車一來到松靈府外，她馬上就把那簾子拉起來。「阿酒，妳快看，松靈府的城門到了。」

阿酒挨著阿美，朝前面看過去，只見一座高高的城牆出現在眼前，跟前世在電視裡看過的有些相似，只是在這個牆頭上沒有看到士兵，而城門也是打開的，行人來來往往，看起來好不熱鬧。

「原來這就是松靈府呀？」阿酒還沒進城，就見識到松靈府的繁華。

「嗯，松靈府可是咱們王朝裡數一數二的府城呢。」阿美說完就準備跳下馬車。原來城裡是不允許馬車進城的，城門外有專門停放馬車的地方。

「城裡那麼大，不讓坐馬車，難道只能用走的嗎？」阿酒跟著阿美下了車，好奇地打量著這個城府。

「城裡也有馬車的，比咱們坐的這種更大，那些馬車是走固定路線，很方便的，而且坐起來比這種更舒服。」阿美解釋道。

聽起來有點像現代的公車，沒想到在古代竟有如此先進的設施。

「看來妳對這裡還挺熟悉的。」阿酒笑著說道。

「妳又不是不知道我表姊家就在松靈府，我都來過好幾次了嘛。」阿美開心地說道。

「咱們先去客棧吃點東西，然後再去辦事，阿酒妳就跟阿美留在客棧裡等我。」姜老二安排道。

一行人沒有異議，那掮客對這城裡的客棧很熟悉，便帶著姜老二他們來到一個中等大小的客棧。「這裡住一晚不貴，屋子乾淨，而且掌櫃的人也很好，我來辦事的時候，都是在這裡落腳的。」

阿酒他們剛進客棧，就見一個穿著整潔的小二迎了上來。看來那掮客說得沒錯，這裡雖然不大，但是很整齊，大廳裡已經有幾桌人在那裡吃飯，生意好像挺不錯的。

「客官們是想打尖還是住一宿？」小二熱情地問道。

「咱們要在這裡吃個飯，還要住一宿，給我兩個房間。」姜老二說道。

「好咧，馬上給您安排。」小二點點頭，便先領著他們一行人在大廳裡坐下。

那掮客也定下他常住的房間，而那賣主下午還得趕回去，便不住下了。

簡單地吃過午飯，姜老二跟著掮客和賣主出去辦事，臨走的時候還叮囑她們別亂跑，等他回來再出去，阿酒連忙答應，讓他放心。

「阿酒，有才伯什麼時候才回來呀？咱們去玩吧，去找我表姊。」阿美根本坐不住，這姜老二剛走，她就鬧了起來。

「可是我答應過爹的，要在這裡等他回來。」阿酒逗著她說道。

「阿酒，好阿酒，咱們出去玩吧，一會兒跟掌櫃的說一聲，這樣有才伯回來就知道咱們出去了嘛。」阿美拽著她的手，一邊搖著，一邊撒嬌道。

阿酒被她搖得有些頭暈，只得無奈地點頭同意。

「哇，阿酒妳真好。走，咱們先去找表姊吧。」阿美開心地跳了起來。

兩人一起下樓，然後跟掌櫃的交代一聲，便出了客棧。

阿酒對這府城不熟，阿美卻像是來到自家後院，不時跟阿酒講哪裡好玩、哪裡有便宜的東西可以買，看來她以前來的時候，沒少到處走走逛逛。

「前面就是我姨媽家了。妳看那條街，住的都是大官，再過去的那條街，則是有名的富人街，咱們鎮上那謝家的人，也是在那條街住著呢。」阿美說道：「對了，妳現在不是跟他們家做著生意嗎？就是那個謝家。」

阿酒朝那條富人街看過去，從外面看起來，那條街的房子確實比別的地方還要富麗堂皇，而屋前還立著兩頭石獅子，紅漆大門緊閉著，看起來十分講究。

第三十三章

阿美在一個青磚黛瓦的小院前停下，走上前敲起門來，來開門的門房一見是她，馬上熱情地迎了進去。

阿酒打量起院子，跟姜家老宅差不多大，不過卻精緻很多，院子裡種滿花草，還有一些假石造景，一棵不知名的大樹立在那院子中間，樹下還放著一張桌子、幾個凳子。

「姨媽，我來看您了。」來到正廳，堂上坐著一個三十多歲的女人，跟姜五嬸有七分相似，正含笑地看著阿美。簡單幾句問候後，阿美便直接來到後院，後院看起來佈置得更加精緻，格局頗為講究。

「表姊，我來了。」剛進後院，阿美就叫了起來。

屋裡走出來一個穿著草綠色裙裝的小娘子，這不是雅婧又是誰？

「阿美？」雅婧高興地說道：「阿酒也來了啊！」

「表姊，咱們出去玩吧，阿酒可是第一次來府城，走吧。」阿美迫不及待地說道。

雅婧朝阿酒歉意地一笑，阿酒卻朝雅婧搖了搖頭。阿美的性格就是這樣，她早已習慣，而且與其在這裡坐著，還不如去外面逛逛。

雅婧先去跟她娘說一聲，雅婧她娘還叮囑阿美晚上一定要過來住，阿美應了聲「好」，三人這才朝門外走去。

雅婧帶著一個丫頭，大約十四、五歲，看起來很是穩重。

阿酒好奇地看向那丫頭。以雅婧家的條件，在這府城裡應該算是一般小康家庭，沒想到家裡卻有四、五個下人，想來那些大戶人家中下人成群，並不是誇張的說法。

「阿酒，妳快點來，這裡的滷肉很好吃。」阿美急切地招呼著，只見前面一個小店裡已經坐滿了人，外頭還排著長隊，想來味道肯定不錯。

「這麼多人，等排到咱們還要很久呢。」阿酒還想四處逛逛，於是有點遲疑地說道。

「咱們去逛街，讓秋香在這裡排隊就好。」雅婧貼心地說。

「好、好，還是表姊想得周全。」阿美這個馬屁拍得相當順。

秋香被留下來排隊，阿美她們則朝鬧市走去，只見街頭充斥著叫賣聲，以及熙熙攘攘的人群。

「這一條街的東西便宜又好，不像那條街的東西，很貴。」阿美指了指相鄰的一條街，解釋道。

阿酒朝另一條街看過去，只見那裡的店鋪人比較少，但走在那條街上的人，都是穿金戴銀、非富即貴的，想來有錢人都是在那裡消費。

店鋪中的商品琳琅滿目，什麼都有，像是精緻的繡品、小巧的手工藝品，還有一些小吃等等，都讓阿酒感到新鮮不已。

「阿酒，咱們進去看看。」阿美看到一間賣胭脂水粉的店，拉著她說道。

見有顧客進來，裡面的夥計很是熱情，忙上前來介紹。

阿酒好奇地拿起一盒水粉，用手指抹起一點搽在手背上，卻發現粉質粗糙，搽在手上還白得嚇人。這種東西要是搽在臉上，那不成了女鬼？

她趕快把東西放好，看著躍躍欲試的阿美，忙拉住了她。「阿美，妳的臉已經很白了，不需要搽這個，咱們去看看那邊的髮簪，那個挺不錯的。」

那夥計見到手的生意沒了，臉色有些難看，對她們的態度也差上許多。

「這髮簪不錯，怎麼賣？」雅婧拿起一支髮簪，轉身問道。

「八百文。」雅婧問價的時候，夥計已經有些愛理不理的。

「那這些頭花呢？」阿酒看中一對小巧的蝴蝶頭花，想把它買下來送給阿美。

「三百文。」可能是見阿酒確實有意要買，那夥計的態度又熱情起來。

阿酒瞧見夥計態度的變化，覺得好笑不已。原來不管在什麼時候，人性都是一樣的。

「這一對呢？」阿酒又拿起一對粉色的梅花款式，很是喜歡地問道。

「這個要四百五十文。您看這一對頭花做工特別精巧，連花蕊都能看到呢。」夥計笑著介紹道。

阿酒有些咋舌。這些東西還真貴，要一般人好幾天的工錢呢！不過阿酒還是想買下來，畢竟難得才買一次。

她挑了兩對頭花，在想著要不要給雅婧也挑一對，就見雅婧挑了一對並蒂蓮正在問價，也是三百文，阿酒一把拿過來，對夥計道：「我就買這三對，優惠點吧。」

「就一兩銀子吧，這可是最優惠的價錢，您可以去別間店鋪看看，肯定沒有這樣的價格。」那夥計滿臉笑意地說道。

最終以一兩銀子成交，還贈送三對髮帶。

阿美拿著那對小蝴蝶愛不釋手，而雅婧卻堅持要把錢給她，可阿酒仍舊沒有要。

「這間布莊的質料很不錯，價格也便宜，我娘都是在這裡買布的，妳們要看看嗎？」雅婧在一間布莊前停下來，問道。

「好呀，進去看看。」阿酒想著，阿曲再過些日子就要去鎮上的學堂，她打算給他做幾套好一點的衣裳，如果有適合的布疋，買一些回去也好。

阿美沒有多餘的錢買布，可看著興致濃濃的阿酒，只得跟著進到布莊。

這間布莊的布可真多，其實流水鎮的布莊也不小，畢竟他們那裡流動的人也挺多，而且還有很多來自番邦的布疋，但顏色卻比較一般，畢竟大部分都是村裡的人會在那裡買布。可這裡就不一樣了，各式各樣的花色都有，就連阿美瞧見也是驚叫連連。

「拿那疋下來看看。」阿酒指著一疋青色的細棉布說道。

這裡的細棉布紋路很細，而且織得很緊，阿酒十分中意。這種布要是用來給阿曲、阿釀做衣裳，一定很不錯。

「阿酒，這塊布好好看，妳買回家做衣裳吧。」阿美拿起一疋靛藍色的布，中間有一些銀色的暗線，打開時流光溢彩的，十分耀眼。

「這一定很貴吧。」阿酒發現那疋布可不是細棉布，一看就知道價值不菲。

「這種布本來要十兩銀子一疋的，不過中間有點瑕疵，所以放在這裡打算便宜賣掉，如果小娘子中意，二兩銀子拿走吧。」掌櫃剛好聽到阿酒的話，忙說道。

阿酒看了看掌櫃說的瑕疵，見問題不大，做衣裳的時候在上面暗繡幾朵小花，就能遮得住。

最後阿酒買下兩疋布，當她們走出布莊時，看到秋香朝這裡走過來，手裡提著幾個紙包，想來是買到滷肉了。

「咱們休息一會兒，等一下再逛吧。」雅婧走得有些累，她可不像阿美和阿酒，她大部分時間都是待在家裡，體力當然沒有那麼好。

三人一商量，就打算先回客棧把東西放好，順便吃點東西，等晚上再出來逛夜市。

她們剛出街市，就見一輛馬車朝這邊過來，而且剛好就在她們的面前停下。

阿酒並沒在意，只顧著往前走，這時那馬車的簾子卻被打開來，露出謝承文那熟悉的臉。

「阿酒？還真是妳！」謝承文沒想到會在這裡看到阿酒。

「謝少東家？」阿酒有些意外會在這裡遇到他。

「妳什麼時候來松靈府的？」謝承文自上次醉酒後，已經很久沒有去流水鎮，也就沒再見到阿酒，只覺得一段時間不見，她又有了很大的變化。

只見她穿著一身暖黃色的衣衫，襯得她的皮膚更加白皙，長高不少的身材看起來更加窈窕，就像一朵盛開的荷花，亭亭玉立。

「今天。」阿酒一時也不知道該跟他說些什麼，只是簡單地回答道。

謝承文似乎也意識到兩人之間的尷尬，又問個幾句就離開了。

雅婧的目光卻是一直都停留在他的身上，直到他離開，那目光也隨著他出去好遠。

「謝少東家看起來更帥氣了呢。」阿美的眼中全是讚賞。

「阿酒，妳跟謝少東家很熟嗎？」雅婧看向阿酒的目光有些複雜，裝作不在意地問。

「算不上熟，只是生意上有幾次往來。」阿酒沒有多想，直言道。

「聽說謝夫人正在替他相看小娘子，也不知道哪家的小娘子那麼幸運，能嫁給他？」雅婧有些嚮往地說道。

「他還沒成親嗎？」阿美詫異地問道。

「難道妳們不知道嗎？」雅婧睜大眼睛，似乎覺得阿美問的是個傻問題。

阿酒還真不知道，看他的樣子應該也有二十左右，一般男子在這個年紀，早就娶親了，特別是他們這種富貴人家的孩子。

謝承文剛回到家裡，就被唐氏叫到正廳。

「母親，有什麼事嗎？」謝承文恭敬地問道。

「你的年紀不小了，這些日子娘也替你相看了幾家小娘子，你過來看看吧。」說完唐氏就把手中的幾張畫像遞給他。

謝承文看著那幾張畫像，然後滿臉疑惑地看著唐氏。為什麼這上面沒有青梅？

「青梅已經訂親了，是京城的曾家。」唐氏看著謝承文的表情，知道他想問什麼，便不慌不忙地放下手中茶杯說道。

「什麼時候的事？」謝承文的拳頭握得緊緊的，卻還是不動聲色地問道。

「前些日子才定下的。」唐氏神情輕鬆地說道。

「我現在還不想成親。」話一說完，謝承文也不管唐氏什麼反應，便轉身離開。

唐氏臉上露出一個不明所以的笑容，就這樣看著謝承文離開。

而謝承文回到書房，馬上全身無力地坐在椅子上。

這就是他的好母親，為他物色的好對象，不是落魄人家的小娘子，就是那些小妾生的，而她明明知道自己跟青梅兩人一起長大，明明知道他對她有意，卻裝作什麼也不知道。

若不是自己從小就在謝家長大，他都要懷疑自己是不是撿來的，要不哪有這樣的父母？

「少爺，這是表小姐給您的信。」從小跟著謝承文的小廝平兒，在一旁悄悄說道。

「什麼時候送來的？」謝承文忙一把搶過信來。

「前些日子少爺一直在外面沒回來，這封信就是表小姐在那個時候偷偷拿來給小的，小的不敢聲張。」平兒解釋道。

謝承文一目三行地把青梅的信看完了，這封信正是在青梅訂親之前寫的，她知道家裡的打算，趕緊寫來了信，想要讓他找家裡人去提親，而且再三叮囑他，一定要早早過去。

「到底是我辜負了她。」他不知道她是以什麼樣的心情寫這封信，卻知道當她發現等待成空的那幾天，她一定很失望。

「少爺，我本來想通知您的，可是夫人不准。」平兒低著頭說道。

「知道了，你先出去吧。」謝承文低聲地說。

平兒抬頭看了謝承文一眼，眼神裡充滿擔心，這讓謝承文那冰冷的心裡流過一股暖流。在這個家裡，也就只有平兒還會關心自己了。

「沒事，我只是想靜一靜。」謝承文給了他一個放心的笑容，只是那笑容卻比哭還要難看。

平兒退出去以後，謝承文放任自己躺在床上，一行清淚從眼中慢慢地流下來。

「文哥哥，等長大以後，我就嫁給你。」

「文哥哥，你一定要等我哦，我好喜歡你。」

「文哥哥，你在外面看到漂亮的女孩，一定不要多看，我可是在這裡等著你哦。」

一個喜歡穿紅衣的小女孩，曾經無數次在自己耳邊叮囑道。

他一直以為唐氏這麼多年沒提起自己的親事，便是已經暗許他們之間的情感，只要等青梅長大，就會把他們的親事定下來。

誰知道他出去不過一個月，回來卻已物是人非，她竟是別人的未婚妻了。

為什麼？為什麼要這樣對我？謝承文一遍又一遍地在心裡問道。

可是他卻得不到任何回答，就像以往受了委屈一樣，他永遠得不到答案。

第三十四章

阿酒她們回到客棧的時候，姜老二正在房間裡焦急地等著，直到看見她們安全回來，才放下了心。

「爹，都辦妥了嗎？」阿酒一直惦記著這件事。

「辦好了，妳看看。」姜老二高興地拿出地契，遞給阿酒。

阿酒看著白紙黑字，笑了開來。幾百兩銀子換來這一張紙，可得好好收著。

他們一起吃過東西後，姜老二便打算先休息，而阿酒和雅婧則是被阿美繼續拉著出去逛夜市了。

沒想到這個時代的夜市竟是如此熱鬧，大街上掛滿燈籠，雖然比不上前世的電燈，但也照得很明亮，想看什麼都清清楚楚。

晚上的小吃比白天更多，各式各樣的糕點，還有各種粉絲、麵條之類的。

阿美就是個吃貨，明明剛剛吃滷肉的時候，她並沒有少吃，現在竟又開始從街頭吃到街中心，阿酒的肚子裡早就裝得滿滿的，可她卻還吃得不亦樂乎。

「阿酒，那位小娘子好美。」阿酒正看著幾個江湖人耍雜技，忽然之間卻被阿美拉著說道。

阿酒朝她指的方向看過去，只見一位小娘子被幾個人護著，朝另一條街道走去，每個人看到她的容貌都有些發呆，就連阿酒也被她那精緻的面容給吸引住。

那白皙的皮膚、彎彎的柳眉，以及一雙水靈靈的大眼睛、小巧而挺直的鼻子，還有略微翹起的嘴唇，看起來紅豔豔的，未啟就帶著三分笑。

「那是唐家的青梅小娘子，聽說已經訂親了，是許給京城的曾家呢。」

「青梅小娘子的美貌可是很出名的，而且又多才多藝，那好名聲都傳到京城去了，要不怎麼會被曾家給定下呢？」

阿酒聽著周圍的人議論紛紛，看來這個小娘子還真是有名。

雅婧自見到那個小娘子，表情就有些怪怪的，特別是當聽到那些人說那個小娘子已經訂親，她的眼神竟是亮了幾分。

「表姊，這唐青梅很有名嗎？」阿美見美人兒不見了，就轉過頭打聽起來。

「唐家專做絲綢生意，聽說日進千金，而這唐青梅就是唐家的閨女，從小就長得貌美，更難得的是才藝也高，在松靈府是出了名的。」雅婧緩緩說道：「對了，她跟謝家還是表親，謝少東家的母親就是她的姨母，以前還聽說她會嫁入謝家呢，沒想到轉眼卻訂了親，還是京城曾家。」她自從上次在溪石村見過謝承文之後，就特意去打探關於他的消息，對這唐青梅也就比較瞭解一些。

「原來跟謝少東家是表親，難怪長得那麼美。」也不知道阿美這是什麼邏輯，似乎覺得那唐青梅長得好看，是因為謝少東家的緣故。

逛完夜市，先把阿酒送回客棧之後，阿美就跟著雅婧回家去了。

阿酒好不容易來到這府城，她最想去的就是書店，今日跟阿美她們沒有去，就打算明早再去看看。

姜老二對府城不熟悉，對哪裡有書店就更不清楚，幸虧這府城的馬車很是方便，他們說了要去的地方，馬車就直接把他們送到門口。

阿酒讓姜老二去旁邊的茶店等著，自己則朝那書店走過去。

「這書店真大。」阿酒看著有兩層樓的書店，不由得有些驚訝。

走到書店裡面，只見架子上擺滿了各式的書，一陣陣墨香傳來，可能是天色尚早，書店裡空空的，沒有半個人。

阿酒朝書架走過去，只見那些書已經都分好類，啟蒙之類的書放在前面，而越珍貴的書就放在越後面。

阿酒想替阿曲和阿釀找幾本書，卻猶豫著不知道應該選哪些？

「唐小娘子，上次買的書又看完了嗎？這次又來了一些新書，您來挑一挑吧。」阿酒正準備過去問問掌櫃，看他能不能幫忙介紹一下時，卻聽到他正熱情地招呼著客人。

「行，那我去看看。」說完，唐青梅就走到放新進書籍的書架前面。

阿酒沒想到竟又碰到唐家小娘子，而且還是在書店裡，近看她比遠看還要美上幾分，她的一舉一動都很優雅，就連拿書的動作也有一種特別的韻味。美女就是美女啊，怎麼都好看。

「表妹。」一個熟悉的聲音傳了過來。

阿酒順著看了過去，發現竟是謝承文，只是他今天看起來沒有了往日的光彩，變得很是頹唐，眼睛裡全是血絲，看起來像是沒有睡飽一樣。

「表哥。」唐青梅的聲音有些發抖，不知道是因為太激動，還是別的原因？

在唐青梅打過招呼後，兩人之間沒了聲息，過了半晌，謝承文的聲音才又響起。「恭喜妳。」

很快地，就傳來輕輕的哭泣聲。「你為什麼沒來？」

阿酒尷尬地站在那書架後面。她這算是在偷聽嗎？本想轉身走開，但又怕驚動那兩人，她只得拿起一本書，裝作認真地看了起來。

謝承文長嘆一聲，看著眼睛紅紅的青梅，不知道該怎麼去安慰她？就算他當時在家，只怕也無法上門去求親，畢竟從一開始母親就沒有打算替他去求娶青梅，一直以來只是他的一廂情願，只是可憐了青梅，讓她受到委屈。

「青梅，妳永遠都是我的好妹妹。」謝承文緩緩說道。

「文哥哥，你明明知道，我一直都期待長大能嫁給你的。」唐青梅委屈地說道。

「青梅，如今妳已經訂親，說話可要注意一些，妳是個聰明的女孩，好好過自己的日子吧，我走了。」謝承文說完就走了，只剩下唐青梅細細的、傷心的哭聲。

阿酒沒想到自己會聽到這麼狗血的故事，看來那天雅婧說的竟是真的，青梅竹馬卻碰到棒打鴛鴦的雙方父母，女孩要遠嫁，男人只得黯然神傷。

過了好半晌，才沒聽見唐青梅的哭聲，想來她已經離開。阿酒拿起幾本書朝外面走去，卻沒料到唐青梅並沒有離開，只是無神地靠在那書架上，看起來楚楚可憐。

阿酒問了掌櫃的幾個問題，買了幾本書，又在一邊的雜書架上買了幾本自己中意的，然後快速地離開書店。

沒想到她在書店外面又看到謝承文，他看到她也是很意外。「妳剛才在書店裡？」

「是呀，剛才看書看入迷了，您怎麼在這兒？」阿酒很想否認，不過那樣太明顯，只得裝作什麼也沒有聽到的模樣。

「妳什麼時候回去？」謝承文似乎根本不在意她是不是聽到了些什麼，反而問道。

「下午就回去。」阿酒不明白他為什麼這樣問？

謝承文聽了，沒有再說話，直接轉身離開，也沒再看書店一眼。

看他的反應，阿酒以為他是早就知道自己在裡面，才故意站在這裡等她出來，但他怎麼就這樣走了？

阿酒不解地搖搖頭，朝姜老二所在的茶樓走去，心想爹一定等急了。

下午，阿美提著大包小包來到客棧，姜老二也幫忙拿著她們買回來的東西，準備回家。

雖然才出來一天，阿酒已經開始想家了，只想快點回到那個小山村去。

「阿酒，這裡！」

阿酒他們剛出城門，準備去租馬車，卻聽到有人在叫她。

「謝少東家？您怎麼在這裡？」阿酒驚訝道。

「上來吧，我剛好要去流水鎮。」謝承文輕聲說道。

阿酒有些遲疑。不知道是不是上午偷聽了那些對話的緣故，讓她在面對他的時候，有些心虛。

「謝少東家，您是要順路載咱們回去嗎？太好了，您這馬車一看就舒服多了。阿酒，快點，咱們上去吧。」阿美馬上興高采烈地叫起來，甚至不需要別人幫忙，她已經自己爬上了馬車。

阿酒只得無奈地跟著上了馬車，姜老二則是坐在前面，跟那趕車的坐在一起。

「謝少東家您也要去流水鎮呀？真是巧。這馬車好舒服，太感謝您了。」阿美一點也不拘束，開始打量起馬車來，然後感嘆地說道。

謝承文沒有回她的話，只是閉著眼，輕輕地靠在馬車上，一副生人勿擾的樣子。

阿美吐了吐舌頭，朝阿酒看過去，似乎在問他怎麼了？明明剛才還邀請她們一起坐馬車，如今卻不說話了。

阿酒搖搖頭。失戀男子的心思還是別亂猜，猜來猜去也是猜不準的，反正她們坐到流水鎮就要分開，不可能有多少交集，而且他們的關係也沒有好到可以說心事的地步，還是裝作什麼也不知道得好。

阿美終於後知後覺地發現異樣，不再說話，只是輕輕拉開一點車簾，看向外面。

阿酒學著謝承文的樣子，閉著眼休息。是說這馬車還真舒服，沒什麼震動感，不像他們來時坐的那輛馬車，遇到一點點坑就跳起來，坐上半天，屁股都坐麻了。等她以後賺到錢，一定也要弄一輛這樣的馬車。

不知道是不是謝家的馬比較大的緣故，很快就到流水鎮了，可謝承文竟沒有在鎮上下車，而是直接送他們回到溪石村。

「謝少東家雖然看起來很冷漠，不過人還是挺好的，居然送咱們回來。」阿美喜孜孜地說道。

阿酒看著單純的阿美，只得點頭同意，而這時謝承文竟大大方方地朝她家院子走去。

「你們回來了啊。餓了吧？飯已經準備好了。」劉詩秀迎上前來，她在看到謝承文時，有些意外，但也沒多問什麼。

等阿酒把東西放好出來時，只見謝承文已經毫不客氣地坐在桌前，準備吃飯。

真不把自己當外人。阿酒暗想。

吃完晚飯，阿釀纏著阿酒講松靈府的事，阿酒只得耐心地跟他講了半天，並答應等有空時就帶他一起去玩，阿釀這才放過她。

謝承文似乎根本沒有離開的打算，自己搬了把椅子，就坐在院子中央乘涼，見阿酒走過來，他抬起頭掃了她一眼。「今晚我就歇在這兒了。」

那理所當然的語氣讓阿酒有些氣結。她家又不是客棧，他說歇就歇，真是個大少爺呀。她很想一口回絕，不過一想起他是少東家，他大，只得無奈地去替他準備睡的地方。

「阿姊，謝少東家這是要在這裡過夜嗎？」阿曲悄悄地問道。

「嗯，今晚你過去跟阿釀睡，就讓他睡你這張床。」阿酒一邊換上新的床單，一邊道。

「他看起來很不開心，難道是妳得罪他了？」阿曲從小就學會察言觀色，很快就感覺到謝承文的異樣。

「可不關我的事。對了，我今天給你買了幾本書，你看看，如果有什麼不懂的可以去問問先生。」阿酒不想多說，便岔開話題。

「嗯，那阿姊早點休息。」阿曲也沒再多問，轉身看書去了。

阿酒見時候不早，就準備去睡覺，昨晚在客棧裡，她睡得很不安穩。想起外面那個明顯心情不好的男人，她就有些頭痛，也不知道他是怎麼想的，居然要在這裡過夜。

「謝少東家，去休息吧。」她走出來，只見朦朧的月光照在他身上，看起來更顯孤單。

「阿酒，坐。」謝承文指著身旁的一張椅子說道。

阿酒很想說，她很睏，要去睡覺；再說，他是個男子，要是讓別人知道他們這麼晚還坐在一起閒聊，傳出去就不好了。可不知怎麼地，她的腳卻朝那椅子走了過去。

阿酒坐下後，謝承文竟不再出聲，而她睡意漸濃，便靠著他慢慢地睡著了。

第三十五章

「怎麼回事？」阿酒疑惑地看著熟悉的床頂。她昨晚不是坐在外面嗎？怎麼進來的？

「阿酒，妳醒了？」劉詩秀一進來就看到她的臉上充滿不解，不禁笑道：「妳昨晚在外面睡著了，是妳爹抱妳進來的。」

阿酒有些不好意思。她怎麼就在一個男子面前睡著了呢，真丟人。

「對了，我買了一疋布，想給弟弟他們做一些衣裳，劉姨您可要教我。」阿酒有些不自然，忙指向一旁的布疋道。

「行。阿酒，妳確實不能只忙著釀酒，也該練練女紅了。」劉詩秀皺了皺眉道。

阿酒覺得自己真是哪壺不開提哪壺。原本經過一段時間的練習，她認為縫得還算可以的衣裳，卻被劉姨批得一無是處，後來劉姨就一直讓她學刺繡、練針線，都被她以忙為藉口給躲過去，如今好不容易有機會可以讓她練一練針線活，劉姨一定不會放過她的。

「劉姨，您就饒了我吧，那刺繡我是真學不來，您又不是沒看到我繡出來的東西……」阿酒一提到這個就頭痛。

讓她縫縫衣裳還可以，那刺繡根本是一團糟。之前阿美在學的時候，她也好奇地學了一下子，結果把一朵小花繡成一團線，她根本沒有這方面的天賦。

「妳啊，就是沒耐心。」劉詩秀雖然這樣說，但到底是沒有再強求，也不知道明明這麼聰明的一個人，怎麼總是會弄錯那麼簡單的針法？

「謝少東家走了嗎？」阿酒見劉詩秀不再糾結於刺繡一事，忙轉移話題。

「沒有，他跟著妳爹去了酒坊。」劉詩秀笑道。

還不走？難道要賴在這裡了？阿酒不由得翻了一個白眼。

「我去給三嬸和姜五嬸送點東西。」在府城的時候，她想起張氏跟姜五嬸一直幫著自己，就想著要給她們買些東西，剛好看到一個小攤上的髮簪很是精緻，雖然價格不高，但很適合她們，就幫她們一人買了一根。

阿酒來到村裡，就見本來圍著井口忙碌的女人們，一一停下手中的活。

「阿酒，聽說妳家來了個男子，而且還長得不錯？」

阿酒的眉頭一下子就皺起來。她們是怎麼知道的？

「嫂子，那可是謝家酒肆的少東家，他過來看酒，可因為天色已晚，就在家裡住了一個晚上。妳們怎麼會知道的？」阿酒似笑非笑地問道。

「原來是謝少東家，我就說吧，阿酒不是那樣的人，那李氏就是不懷好意。」

「就是啊。不過阿酒，謝少東家這次來，是酒出問題了嗎？」剛好有一個是村裡酒坊家裡的女人，馬上問道。

阿酒點點頭，快速地離開，心中卻火冒三丈。這李氏一大清早就在村裡亂說話，她到底安的是什麼心？

瞧見阿酒氣沖沖地回來，剛從酒坊回來的姜老二和謝承文一頭霧水。這是怎麼了？

「阿酒怎麼了？」姜老二擔心地問道。

「不知道是哪個嘴碎的，說咱們家裡住著一個男子，村裡的女人都在那裡說著呢。」阿酒特意朝謝承文看過去。

謝承文總算是知道她為什麼會生氣，這是在怪自己影響到她的名聲吧？他不由得有些尷尬地摸一摸鼻子。昨天只覺得心情不好，而每次來這裡都讓他感到特別安心，也沒多想，便住了下來，如今想來，確實是給阿酒添了麻煩。

因為那個傳言，村裡的小娘子都跑到阿酒這裡串門子，一開始阿酒還沒想明白，平時她的人緣沒那麼好啊，等發現她們的目光一直圍著謝承文轉，她才算是明白了，就像前世那些外國人去鄉下時一樣，他們都是好奇才過來看一看的。

見阿美也來了，阿酒馬上拉著她就跑進房間。

「妳說謝少東家到底是怎麼想的，為什麼要一直留在咱們村裡？」阿酒小聲問道。

「妳去問問不就知道了？我看謝少東家挺喜歡跟妳說話的。」阿美擠擠眼說道。

「討厭，還是算了吧。」阿酒才沒有那個閒情逸致，她還有很多事要忙呢。

阿酒以為謝承文待個一天，就會去流水鎮，誰知道眼看著天又要天黑了，他卻沒有要走的意思。

「謝少東家，要去幫您叫馬車嗎？」昨天他就把自家車夫給打發了，阿酒忍不住問道。

「不用，我打算跟妳學釀酒，這幾天都要留在這裡。」謝承文輕飄飄地說道。

「這幾天您都要在這裡？」阿酒的聲音不禁提高幾分。他待一天都惹出那麼多事，要是再留下來住個幾天，誰知道村裡那些人會怎麼說？她雖然不在意那些流言蜚語，但是一出門就被人指指點點，也不是件讓人開心的事。

「妳是不是太激動了點？」謝承文看著臉變得有些紅的阿酒，發現她好可愛。

激動個頭！她這是激動嗎？她是在生氣好嗎？他的行為就像是個無賴！根本沒徵求她的同意就住進她家裡，如今竟然還有長住的打算，他把自己當成什麼了？不就是一個生意夥伴，用得著那樣高高在上嗎？

「謝少東家，我家的飯很貴，房租也很貴的。」阿酒不客氣地說道。

「沒事，這點錢本少爺還是有的。」謝承文忽然發現，逗逗她也挺有意思。

有錢……有錢了不起呀！可雖然有著滿肚子的不願意，但她卻說不出趕他走的話，就當她可憐他好了，誰讓他失戀了呢。

反正他在家裡錦衣玉食的，如果只是在這裡住個一、兩天可能還沒事，住久肯定是不習慣的，到時候就會主動離開吧。

阿酒見他確實沒有要走的打算，只得去替他安排一切。

謝承文晚上睡在那簡單的床上，雖然沒有家裡的舒服，卻讓他感到特別安心。在這裡沒有那些冷言冷語，沒有那些明明是親人，卻讓他看不透、讓他心寒的人，在這裡很放鬆，如果可以，他甚至想在這裡待上一輩子。

謝承文被自己的想法嚇一大跳。他這是怎麼了？難道是青梅訂親一事，讓他受到的打擊太大？不行！這不像他，他明日就得離開，還是回去做生意實在。

因此，昨天還說要在阿酒家待上一段時間的謝承文，轉眼一覺起來，就說要離開了。真是男人心，海底針啊，特別是失戀的男人。阿酒抱著這樣的想法，送走了謝承文。

姜家老宅在這段時間裡是特別熱鬧，每天都能聽到李氏的詛咒聲，還有姜老大的打罵聲。

家裡的錢全被姜老大賠給別人，連水田也沒了，就剩下那幾畝旱地。

姜老大照樣一天到晚都不在家，家裡的事全丟給李氏。

李氏並不是個勤快的人，嫁進來這麼多年，從沒有下地幹過活，就連家裡的事，以前都是幾個妯娌在做，就算沒了妯娌，也一直有周氏幫襯著。可如今連周氏都倒了，癱瘓在床，過一會兒就叫，一下叫她幫著拉屎，一下叫她幫著拉尿，要是伺候得不如意，她就得挨罵。

李氏一開始還懼怕周氏的威嚴，每天給她洗洗擦擦，日子一久，見她的病根本沒有好轉，李氏的耐心也沒了。她如今一天只給周氏送幾次飯，屎尿根本就不管，那房間裡充滿各種氣味，最後還是鐵柱看不下去，每天都會過來照顧周氏。

姜老大也是剛開始還會來看周氏幾次，乘機問她還有沒有存銀？而周氏雖然癱瘓了，頭腦卻是清醒的，對姜老大是恨之入骨，見到他就罵。

姜老大在周氏的房間裡翻過好幾次，都沒看到銀錢，他也就不再進去周氏的房間。

「那房間根本無法住人，那氣味實在是讓人作嘔。」張氏說完露出一個鄙夷的目光。

「妳大伯根本就不是人，妳阿奶這一輩子最疼的就是他了。」

阿酒沒說話。對周氏她無法做到同情，沒幸災樂禍就不錯了。

「阿酒，你們要小心妳大伯。」張氏小聲提醒道。

阿酒睜大眼睛看著張氏，不明白她為什麼這樣說？如今他們跟姜老大可是沒任何關係，對周氏也仁至義盡了。

「妳大伯那個人恐怖得很，有一次別人家的狗咬了他，他隔了半個月後，叫人去把那隻狗給打死，還把那家人的十幾隻雞全部都偷來賣掉。」張氏悄聲說道。

「還有一次，妳大伯晚上回來，自己摔到水田裡，全身濕透，他一氣之下把那田裡的水全放光，還把人家水田裡的秧苗都給拔了。」

阿酒覺得這姜老大還真是變態，以他這樣的為人，還真難說他不會來找姜老二的麻煩。

在張氏的提醒下，阿酒過了幾天提心吊膽的日子，然而姜老大那邊卻沒有任何動靜，她不禁笑自己有些草木皆兵，也就把這件事丟開了。

阿曲在村裡學堂的課業已經結束，在先生的推薦下，他要去鎮上的學堂上學了。

這天，阿酒早早就起來，跟著劉詩秀準備好豐盛的早餐，還準備了一些糕點，打算帶去送給鎮上學堂的先生。

「阿姊。」阿曲今天穿著阿酒特意為他做的衣裳，靜靜地站在那裡，五官俊朗，身材挺直，好一個英俊少年。

阿酒越看越滿意。他們三姊弟都遺傳了林氏的好相貌，又遺傳了姜老二那高䠷的身材，這一年來的生活也過得不錯，三姊弟的身高就像春筍一樣地節節長高，特別是阿曲，如今都有一米六幾，跟阿酒一樣高了。

「今天去先生那裡，記得一定要有禮貌，不用太緊張。」阿酒拉著他的手低聲叮囑道：「先生要考的書你都看完了嗎？有沒有把握？」

阿曲一一回覆著。他其實並不緊張，因為要考的範圍他都已經記下，看起來阿姊似乎比自己還要緊張。

「阿姊，可以走了。」雖然他還可以再繼續聽阿姊嘮叨，但時辰已不早，再不走可能會遲到。

阿酒這才注意到時辰已經有些晚了，忙把準備好的東西提上，急急地拉著阿曲就朝外面走去。

學堂並不在流水鎮的街上，而是在碼頭的對面，這裡的環境清靜，背靠高山，前有小河，通往學堂的大道上，來來往往的都是求學的學子。

「沒想到這學堂規模還不小。」阿酒以為這學堂就像村裡的一樣，沒有想到根本出乎她的意料。

「這可是除了松靈府的官學以外，最大的學堂了。」阿曲解釋道：「附近幾個鎮的學子也都是來這裡求學的。」

原來是這樣，阿酒頓時心中沒底。阿曲讀書才讀這麼短時間，也不知道他能不能被這裡的先生收下？能不能考得過入學考？

「阿姊，放心吧，我一定能進去的。」阿酒拉著阿曲的手都汗濕了，阿曲只好小聲地安慰道。

看著充滿信心的阿曲，阿酒頓時心裡一鬆。她應該對弟弟有信心的，況且要是沒有考上，大不了下次再來，這又不是什麼大事。

來到學堂門口，阿曲拿出推薦信，門房便讓他進去，但阿酒卻是不能進入學堂的。

「阿姊，妳就在那裡等我吧。」阿曲知道姊姊是不可能一個人回去的，只得讓她去一邊的陰涼處等著。

「行，你去吧，把這些帶上。」阿酒見很多學子的父母或隨從也都是在外面等，就點點頭。

阿曲一步一步走進學堂，阿酒則開始了漫長的等待。她看著從學堂走出來的學子，有的充滿笑意，有的則低著頭，失望地走出來，她只覺得越來越緊張。

「阿酒？」熟悉且夾雜著驚喜的聲音在她身旁響起。

「明子？你怎麼在這裡？」阿酒沒想到會碰到他。

自上次明子離開後，阿酒就沒再見過他，再說他如今不是在府城上學了嗎，怎麼會在這裡？

「今天休假，我回來看看先生，妳怎麼會在這兒？」明子疑惑地問道。

「我陪阿曲來考試。」阿酒說道。

「明子，這是？」明子身旁的一位男子，輕聲問道。

「阿酒，這是我同窗李長風，如今在鎮上的學堂當先生；長風，這是阿酒。」明子這才想起身邊還有人。

「你好。」阿酒打量著站在明子身邊的男子，她似乎在哪裡見過。

「妳好，咱們見過，在書店。」似乎看出阿酒的疑惑，李長風笑著說道。

原來真的見過面，難怪有點面熟，他不說她都忘了呢。

阿酒朝李長風點了點頭，然後就焦急地看著學堂的門口。這時她根本沒有說笑的心情，只想阿曲能夠快點出來。

時間一點一點地過去，終於看到阿曲那熟悉的身影，阿酒幾步就迎了上去。

「阿姊，先生說我過了，明天就能來上學！」阿曲見到阿酒後，開心地說道。

「阿曲，你好棒！」阿酒笑得連眼睛都看不見了。

明子也跟阿曲打了聲招呼，還和阿曲說了一些在鎮上學堂讀書要注意的事。

阿酒慢慢地跟在前方三人的後面。她知道阿曲聰明，卻是沒想到他的聰明才智比她想像中的還要更高，難怪他剛剛一直都不慌不忙、胸有成竹的樣子。

看來她要抓緊時間賺錢，培養一個讀書人可是需要很多錢的，以後還得去府城上學，這花消可不少。

「阿酒，就在鎮上吃飯吧，我請你們，就當祝賀阿曲考進學堂。」明子滿含期待地說道。

「行，不過我請。」阿酒今天開心，不在意這一點銀子。

四人來到一個小飯館前，只見小小的地方已經坐了不少客人，見他們來，一位小二馬上迎過來，熱情地請他們到一個空桌坐下。

「妳別看這裡小，飯菜的味道卻很好，學堂裡很多學子放假的時候，都會來這裡打打牙祭。」明子熟練地點上幾樣菜，看樣子對這裡很熟悉。

一頓飯下來，阿曲已經把鎮上學堂的事瞭解得七七八八。

吃完飯後，因為明子他們還有些事，阿酒跟阿曲就先行離開。

等回到家裡，姜老二聽說阿曲考上了，便站在那裡一個勁兒地傻笑，似乎不知道怎麼表達心中的喜悅，最後乾脆抱著一罈子酒喝起來。

第三十六章

阿曲要去鎮上學堂的消息，很快地傳遍全村，姜家老宅那裡當然也知道了。

李氏氣得又跑到周氏的屋外罵了一下午，怪周氏不該同意讓鐵柱不上學，要不該輪到鐵柱去鎮上讀書才對。

最後還是鐵柱回來，李氏才不甘心地住嘴。不過等姜老大回來後，李氏又開始一個勁兒地抱怨他，怪他害了鐵柱。

姜老大今天心情本就不好，手中最後的一點銀子也被他輸個精光，一回來又聽到李氏的抱怨，心情就更糟了。

明明什麼都不如自己的姜老二，現在卻什麼都比自己強，就連姜老二的兒子都比他的兒子強，他心中的恨意就這樣再度被提上來。

「你又要去哪兒？」李氏見姜老大二話不說又往外面跑，不禁大聲地問道，然而回答她的就只有那幽深的夜色。

鐵柱和鐵牛自從家裡發生變故後，兩人都有了很大的變化。鐵柱變得懂事多了，家裡的活也會幫著做，那幾畝旱地都是由他在耕種，也大都是他在負責照顧周氏，他整個人變得沈默了許多，只是默默地做事。

而鐵牛則是變得更加淘氣，不但上山抓鳥、下河摸魚，還帶著村裡的一群孩子到處偷東西，或是搶別的小孩手中的零花錢，幾乎每天都有人上老宅來告狀，李氏卻反而把那些上門告狀的人都罵了回去。

鐵牛的膽子越來越大，慢慢地成了村裡的小霸王。

姜老大從家裡出來後，越想越氣，憑什麼樣樣都不如他的姜老二日子越過越好，而自己的日子卻是過得一塌糊塗，手中還沒有一分餘錢，這對於花慣了錢的他來說，這種日子實在太難熬。

他遠遠看著姜老二家的酒坊，心中湧起了一個念頭，他朝著酒坊的方向露出一個詭異的笑容，讓人覺得毛骨悚然。

阿曲去鎮上讀書，一個月只有三天休假，一時間家裡的人都有些不習慣。特別是阿釀，平時他都跟在哥哥的後面，如今哥哥不在家，他都沒什麼精神。

「阿釀，你認真讀書，等把先生教給你的東西都學會，你也能去鎮上的學堂讀書，這樣就又可以跟哥哥在一起了。」阿酒安慰道。

「去鎮上以後，是不是就看不到阿姊了？」阿釀糾結地說道。

阿酒不由得失笑。「那阿釀就一直陪著阿姊在家，不去鎮上。」

「如果不去鎮上，是不是就考不上秀才、做不了大官？」阿釀的眉頭皺了起來。

看著他苦惱的樣子，阿酒忍不住哈哈大笑起來。人就是這樣，小的時候總是想去外頭闖蕩，等見識了外面世界的精彩與複雜，家對他們來說，卻又是最留戀的地方，只是到那個時候，想回家，卻不一定回得了家。
「阿釀想做官啊，想做什麼樣的官？」阿酒笑著問道。
「想做大大的官，到時就沒人敢欺負阿姊了。」阿釀認真地說道。
阿酒只覺得眼中有一股熱流湧上來，心被填得滿滿的。對一個九歲的孩子來說，也許他根本不知道什麼叫官，但他為了她，卻還是朝著那個方向努力著，這怎麼不讓人感動？
「好，阿姊就等著阿釀做大官。」阿酒摸一摸他的頭說道。
阿酒釀的大麴酒已經有些日子，她搬了一罈出來，心裡很是緊張，這可是她第一次大量釀製的酒。
阿酒小心地把封在罈口的泥抹掉，然後揭開罈蓋，一股濃郁的酒香撲鼻而來，她心中一喜。這是成功了？
「嗯，就是這個味兒。」阿酒把酒倒出來一杯，小小地喝上一口，慢慢品嚐道。
酒麴香馥郁，口味醇厚，飲後回甘，這才是她記憶中的味道。
阿酒接著又喝了一口，神情愉悅地享受起來。
「好香，又釀新酒啦？」姜五一聞到酒味，興奮地說道。
「姜五叔，您嚐嚐。」阿酒開心地倒了一杯給他。
「真香，這酒肯定好喝。」姜五端起酒杯，放在鼻子下面聞了聞說道。
「入口醇香濃郁，清洌甘爽，回味悠長啊。」姜五喝了一口，閉著眼回味了一下子，才忍不住開口誇獎道。

「哈哈，姜五叔，瞧您這文謅謅樣子，姜五嬸都要不認識您了。」阿酒大笑起來。姜五叔這個樣子讓她想起了那些文人墨客，一手拿著扇子，然後另一手端著酒杯，一邊喝酒，嘴裡一邊吟誦著詩詞。

姜五被阿酒笑得有些不自在。他這不是以前在鎮上的時候，看別人喝酒經常這樣，就學了過來嘛。

「阿酒，妳釀的這種酒真好喝，一定能賣個好價錢。」姜五不捨地放下酒杯。

釀酒成功，阿酒心情很好，馬上大手一揮。「這罈酒就送您了。」

「真的？」姜五伸出手一把抱住那酒罈子，退開了幾步才不可置信地確認道。

阿酒愣住了，在她的眼中，姜五叔一直都是個穩重的人，沒想到為了一罈子酒，他竟也有這麼可愛的一面。

她這一批酒大約有百罈，她準備賣掉一半，另一半先存上個兩、三年，到時候應該會更好喝。

姜老二一家因為阿酒釀製的酒成功了，一家子都喜氣洋洋的，阿酒還特意讓劉詩秀去買一些肉回來，打算慶祝慶祝，並搬來一罈酒，讓大家都嚐嚐鮮。

可能是喝了點酒的緣故，吃完飯後，阿酒倒在床上就睡著了。直到半夜，她感覺金磚叫得特別大聲，就像是在她耳邊叫一樣。

「金磚，別鬧，我要睡覺。」阿酒不耐地嘟囔道。

金磚又在外面大叫起來，阿釀被吵得實在受不了，睜開眼睛一看，卻發現外面很亮，他很快地就反應了過來。「阿姊、阿爹、劉姨，你們快醒醒，失火了！」

聽到阿釀的尖叫聲，阿酒總算是反應過來。失火？怎麼會失火？

「阿釀，阿爹呢？」阿酒一打開門就感覺好大一陣熱氣迎面撲來，那火勢洶洶，眼看著就要燒到面前。

「爹、爹！」阿釀見姊姊總算是醒過來了，忙跑到姜老二的房間裡去搖醒他。

阿酒釀的酒實在太好喝，姜老二不知不覺就多喝了一杯，睡得比較沈，阿釀叫上半天，眼看著屋裡都要著火了，姜老二卻還沒有反應。

「快，快用茶壺裡的水淋下去。」阿酒已經把劉詩秀叫醒了，見姜老二他們半天都沒有出來，便跑了進去。

阿釀聽了忙拿起桌上的茶壺，就朝姜老二的頭頂上淋下去，姜老二一下子就坐了起來。

「下雨了？怎麼會下雨？」

「爹，快點起來，外面失火了！」阿酒跟阿釀拉著他就往外面跑。

「失火了、失火了！」遠處也開始有人在大聲叫喊著。

「阿姊，怎麼辦？」阿釀緊緊抓住了阿酒的衣裳，連聲音都在發抖。

「跑不出去了……走，咱們去菜地那裡。」阿酒看著外面的熊熊烈火說道。

姜老二還想去撲火，卻被阿酒一把抓住了。「爹，撲滅不了的，快走吧。」

「阿酒。」姜老二痛苦地叫道。

「爹，只要咱家人還在，別的都可以再重新買過。」阿酒明白姜老二的意思，這可是他們的家，才新建不久的家，就這樣被一把火給燒掉，任誰都不能接受。

幾人跑到菜地裡，那裡比較空曠，又沒有什麼可燃的東西，但他們還是被大火的熱氣烘得滿臉通紅。

劉詩秀懷中的康兒被大煙薰得哇哇大哭起來，金磚這時也不停地叫，阿酒看著那越燒越猛烈的火勢，只覺得一陣心驚。要是沒有金磚，他們一家子是不是會就這樣埋在了大火中？

過一會兒，外面總算傳來不少人的聲音，那些人很快就開始滅火。

姜老三看著那已經被燒光的酒坊，還有正在燃燒的房子，大聲地叫喊著。「二哥！阿酒！阿釀！」

阿酒他們四邊都是火，那熱氣他們根本受不了，阿酒想起他們平時放在菜地旁邊的水缸。「劉姨，您帶著康兒和阿釀，快點坐到水缸裡去。」

「不，阿酒，妳帶著他們去水缸，我陪妳爹站在外面。」劉詩秀這次沒有聽阿酒的，她把手中的康兒塞到阿酒懷裡，不由分說地推著他們。

阿酒本來還想勸她的，可看到她那堅決的樣子，就明白說再多也沒有用。一直沈著臉的姜老二這時出聲道：「那缸夠大，你們都進去。」

阿釀一直害怕地拉著阿酒的衣裳，阿酒讓他進到缸裡，他卻不願意，硬是要她先進去，阿酒無奈只得抱著康兒爬進了水缸裡。

缸裡還有水，阿酒只覺得連這水都有些燙了，等阿釀也爬了進來，阿酒就讓劉詩秀也快點進來，三個人擠一擠還是容得下的。

可劉詩秀卻任阿酒怎麼說都不肯進去，而是站在姜老二的身邊，陪著他。

姜安國焦急地安排村民救火，只是姜老二他們家離河比較遠，旁邊更是連池塘也沒有，就連唯一的一口井，也在酒坊之中，而火剛好就是從酒坊那邊燒過來的，一時之間根本就找不到水來滅火，他只得讓村民砍一些樹枝來拍打。

「村長，不行，火勢太大，根本滅不掉。」

「這可怎麼辦？姜老二他們現在也不知道怎麼樣了……」

「村長，您看看，那火可不是從一個地方燒起來的，這肯定是縱火。」姜五氣憤地指著大火說道。

他是最瞭解姜老二做事的，無論如何都不可能是失火，他們離開酒坊前也會檢查仔細，就連柴火都會打掃乾淨，怎麼可能會無故起火？而酒坊跟住房又隔了幾十米，如果只是酒坊起火，又怎麼會連住房都著了？

村長一想也明白了過來，忙讓山子去衙門找他哥哥報案去，一定要找出這縱火者。

火燒了大半夜，直到早上下起了雨，火才慢慢地滅掉了。

等姜老三帶著大春他們找進來時，只見姜老二和劉詩秀的臉已經被大火烤得通紅。

「二哥，阿酒他們呢？」姜老三顫抖著聲音問道，生怕聽到不好的消息。

「在水缸裡。」姜老二看著姜老三，愣了半天才回答道。

阿酒在缸裡一聽到姜老三的聲音，馬上站了起來，只是大雨讓姜老三的視線有些模糊，一時之間沒有看到她。

「阿酒，你們快出來，都去三叔家把衣裳換掉，別生病了。」姜老三先把阿釀拉出來，轉身就過去拉阿酒。

阿酒看著被大火燒得烏黑的房子，心裡很不是滋味。這裡是她花了不少心血才辛辛苦苦建好的家，就這樣沒了。

「二哥、阿酒，你們先去換了衣裳，房子沒了可以再重新蓋，可人要是一生病，就難好了。」姜老三難受地安慰著他們。

康兒的哭聲打破了這一陣沈默，阿酒的理智總算是拉了回來。這場火來得莫名其妙，肯定是人為的，她還要留著精力把這禍首找出來，她不能倒下。

阿釀跟劉詩秀他們已經先被姜老三領走了，阿酒則是隨後才拉著失神的姜老二，離開了那個被燒毀的家，來到了姜老三家裡。

張氏早就準備好了衣裳和熱水，見他們來了，忙讓他們去沖洗一下，換上乾淨的衣裳。

在姜家的祠堂裡，溪石村的村民都來了，就連姜家的幾位長老也都來了，姜安國正嚴肅地坐在上位，一旁還站著幾個從衙門裡來的人。

雖然村裡的村民平時都會有些吵鬧，但誰都不會如此狠心地去縱火燒屋，如今出了這種事，村民都感到無比震驚。

「大家都明白我今日為何要讓你們過來這裡，姜老二的為人怎麼樣，你們心中有數，而那場大火明顯是人為的。你們想想，在出事的前幾天，有沒有不認識的人出沒？這幾位是衙門裡的人，有發現什麼都可以跟他們說。」姜安國看著村民們道，還特別朝李氏坐的方向看了幾眼。

村民們都知道，姜老二雖沈默寡言，人卻很好，跟村裡的人都相處得不錯，平時也沒跟人吵過架，要說唯一有仇的，那也就只有姜老大一家了。

李氏是沒那個膽子的，那就只剩下姜老大的嫌疑最大了，可李氏卻說，姜老大這些天都沒回來，而他們的鄰居杏花嬸也證明了這幾天確實沒有看到姜老大。

阿酒看著無言的村民們，知道這樣根本就找不到什麼線索，姜老大若是真決定要放火，肯定會做好準備，哪會讓人輕易發現？

姜安國跟衙門裡的人對看了一眼，也都明白，看來是找不到什麼線索了。

阿酒見姜老二在村民們和衙門的人都離開後，一個人默默地走出祠堂，就知道他是要去哪裡了。

她帶著金磚回到被火燒光的屋子前，果然看見姜老二正一臉失意地坐在那裡，一動也不動，都不知道坐了多久。

「爹。」阿酒擔心地叫道。

姜老二過了好一會兒，才遲鈍地扭過頭看向她。「阿酒，妳來了？咱們的家沒了……」說完，便露出一個無比心酸的表情，他趕緊用雙手把臉摀住。

阿酒知道，他肯定流淚了，這個一直沈默卻堅強地站在孩子們面前的男人，他哭了……

他傷心這可以遮風擋雨的房子沒了，但讓他更傷心的是，這一切或許都是自己的親大哥所為。他不明白到底是什麼樣的仇恨，讓自己的親大哥居然想要置他於死地？

阿酒不知道該怎麼勸他。雖然房子沒了可以重建，但那種被親人傷害之後的心，卻是難以撫平的。

「阿酒，妳先回去吧。」劉詩秀不知道什麼時候過來了，小聲對阿酒說道。

阿酒在她那放心的眼神中，帶著金磚離開了。也許她能勸勸姜老二吧。

幾天過去了，姜老大一直沒有露面，而衙門裡一時也沒有找到證據，這件事就陷入了僵局。

不知道劉詩秀跟姜老二說了什麼，姜老二這些天雖然還是不說話，連飯也吃得很少，卻不再發呆了，只是每天去整理如今已變成一片廢墟的家。

阿酒最擔心的就是她的酒了。他們的酒窖挖在酒坊的側面，如今根本無法打開，需要把酒坊清理出來，才能進去看看。

「阿酒，你們沒事吧？」謝承文從錢掌櫃那裡得到消息後，一刻也不停地跑了過來，在看到往日溫馨的院子變得焦黑時，他就特別擔心她。

「謝少東家，您怎麼來了？咱們沒事。」阿酒驚訝道。

「人沒事就好，這到底是怎麼一回事？」謝承文也是天南地北到處闖蕩過的人，一眼就看出這明顯是縱火。

「咱們也不知道是怎麼一回事……」阿酒苦笑回道。

謝承文沒再追問，只是跟她商量了往後收酒的問題，然後留下一句「有事可以去鎮上酒肆找他」，就離開了。

又過了一天，阿曲聽到消息也趕了回來，他還不是一個人回來的，李長風竟然也跟著他一起來了。

「阿姊，怎麼會這樣？」阿曲氣憤地問道。才幾天沒回來，他居然連家都沒有了。

「阿曲，你只要認真讀書就可以了，家裡的事有阿爹跟阿姊在。」阿酒拍了拍他的手，緩緩說道。

「是不是大伯？」阿曲雙手緊握著，咬牙切齒地說道。

「阿曲，你應該知道話不能亂說，尤其是沒有證據的事。以後你要是當官了，難道就憑自己的猜測去判斷是非嗎？」阿酒嚴肅地說道。

「阿姊，我錯了。」阿曲低下頭，沒再多話什麼。

阿酒心裡知道這件事肯定是姜老大做的，但他們現在無憑無據，根本拿他沒有辦法，況且這些日子姜老大也沒回過村裡。

心裡的猜測是一回事，這樣說出來又是一回事。特別是阿曲，以後在外面碰到的事情肯定會越來越多，不能總是以自己的主觀意識去判斷事情，要有真憑實據才行。

「有什麼我能幫上忙的嗎？」李長風站在一旁看著他們姊弟倆的互動。難怪阿曲在學堂裡的表現會那麼優秀，原來他有這樣一個明辨是非的姊姊。

「暫時沒有，謝謝您了。阿曲，屋子倒了，看來要重新蓋了，你這段時間就不用回來了。」阿酒叮囑道。

「阿姊，要不我留下來幫忙吧？」看著忙碌的阿爹，阿曲有些不安地說道。

「又說傻話了。你好好認真讀書，就是在幫咱們的忙。」阿酒一臉不開心說道。

阿曲見她不高興，便什麼話都不敢說了，最後只是跟在李長風身後，離開了溪石村，只是他心裡要當官的念頭也更堅定了。

「阿曲，妳姊姊一直都這麼能幹麼？」李長風好奇地問道。

「我姊姊是世界上最好的姊姊了。」阿曲一提起阿酒，就有說不完的話，頓時滔滔不絕說了起來。

李長風從阿曲的口中瞭解到一個不一樣的女子，她聰慧、勤勞，甚至還有些潑辣，但就是這些點點滴滴，形成了一個與眾不同的小娘子。

李長風第一眼就覺得阿酒很特別，第二次見面則是覺得她很漂亮，再次見到她，又覺得她很聰慧，對她的好感也就越來越深了。

第三十七章

姜老二家發生的事，姜家老宅裡的人已經全都知道了。

鐵柱在這些日子變得更加沈默了，只是埋頭做事，有時李氏讓他休息一會兒，他也根本不搭理她。

李氏這些日子沒再罵人，也沒有再每天去村裡亂轉，她感覺只要一出去，就會被人指指點點的，連頭都抬不起來。

姜老大這些日子都沒有回來，她很想問問他，姜老二家的事到底跟他有沒有關係？她希望能到一個肯定的回答。

李氏也許自私，也許貪小便宜，但這種放火殺人的事，她想想都忍不住打顫。

「你說那場大火，真是你爹做的嗎？」李氏坐在院子裡，看著在一旁忙個不停的鐵柱，忍不住小聲問道。

鐵柱聽了，手不由得一頓，臉色也變得更加難看，卻是一言不發。

家裡唯一沒變的就是鐵牛，他每天都在外面遊蕩，這些日子連學堂都沒再去了。

「娘、哥哥，村裡的人都說二叔家的大火是爹放的，你們說這是不是真的？」鐵牛跑出去沒多久，就哭著跑回來了。

「他們亂說的，你怎麼也跟著添亂？」李氏的臉一下就變得慘白，呵斥道。

「可是他們都這麼說，村裡的小孩也都不跟我玩了。爹呢？爹在哪？我要問問他這是不是真的？」鐵牛不依地鬧了起來。

「別鬧了！既然你不想讀書，從明天開始就跟著我幹活。」鐵柱忽然大聲叫道。

李氏和鐵牛都被鐵柱嚇到了，他的臉色實在是太難看，看起來似乎想吃人一樣。

周氏躺在床上，現在的她不能行動，耳朵卻異常的尖，院子裡的一言一語她都聽得明明白白，一行淚水從她眼裡流了下來，也不知道她是後悔，還是太過開心？

「爹，這次咱們蓋青磚屋吧。」阿酒拉住了正在忙活的姜老二說道。

這是她前思後想了幾天的結果。本來想說低調一點，卻還是難擋算計，那她就要大方地告訴別人，我就是賺錢了。

「剩下的錢不多了吧？」姜老二擔心地問道。

「錢的事爹您不用擔心，這次咱們乾脆多蓋幾間屋子，蓋得牢固一些，把酒坊也建大一些。」阿酒越說，眼睛越亮。

她本就不是怕事的性格，來到這裡，卻得一直小心翼翼地過日子，就怕一個不小心惹上是非。只是她忘了，是非是躲不開的，只有變得強大了，是非才會遠離自己。

既然如此，那她就告訴別人，她賺錢了，還賺得不少。她打算這幾天去鎮上跟謝承文商量商量，看能不能讓她家的酒坊以他們謝家的名義來蓋？

既然現在她的勢力不夠大，那麼她就先利用手邊的優勢，借力來發展自己的勢力，讓別人畏懼。

「妳想怎麼做，就放手去做吧。」姜老二也被阿酒的豪氣所感染。他這半輩子一直都被周氏壓著、被親情壓著，結果呢？媳婦沒保住，現在連房子也沒了。以後，他只想保護好他們姊弟幾個，其他的事再也不重要了。

既然決定了，就馬上開始行動！阿酒第二天就讓姜五幫忙請人蓋房子，而她自己卻來到了流水鎮。

「阿酒，妳來了？」錢掌櫃熱情地招呼著她。

「錢叔，謝少東家在嗎？我有事想跟他談一談。」阿酒問道。

「咱們少東家有事外出了，可能還要過一會兒才回來，妳在這裡等等吧。」錢掌櫃對她說道。

「那我先去學堂，等一下再過來。」阿酒想把自己的想法跟阿曲說說，他是家裡的長子，多經歷一些事，對他只會有好處。

這些天阿曲一直都很擔心家裡的情況，但他答應過阿姊要好好讀書，所以他不敢回去，可每當夜深人靜的時候，他總是會想起家裡，想起那一片廢墟。

「阿曲，你家人在外面找你。」正當他又一次走神時，同窗的話讓他喜出望外。

肯定是阿姊來了！

「阿姊，妳來了。」阿曲遠遠就看到阿酒站在那裡，他焦急地跑了過去。雖然只有幾天沒見，但他卻感覺已經好久好久了。

「嗯，來看看你。」阿酒見他跑得很急，不禁笑著說道。

「阿姊，現在家裡怎麼樣了？抓到放火的人了嗎？」阿曲急切地問道。

「家裡一切都好，你放心，咱們打算蓋新房子了。如今咱們暫時都在三叔家住著，等新房子一蓋好，就能搬過去。」阿酒打量了一眼阿曲，只見他的眼睛中明顯有一些血絲，看來睡得並不好。

阿酒拉著阿曲來到一旁，把這次來的目的跟他說了，並詢問他有什麼意見？

「阿姊，我覺得這樣做很好，我支持妳。」阿曲聽完，只是點了點頭道。

「那你現在可以放心了吧？都說了家裡有阿爹和阿姊，你完全不用擔心。」阿酒拍了拍他的手道。

姊弟倆又說了一些話，阿曲最終還是忍不住問了出來。「是大伯放的火吧？他還沒有出現嗎？」

「阿曲，你別輕易去恨一個人，那樣會占用你的精力。是不是他放的火並不重要，無論是誰做的，就算現在沒被發現，以後總會露出馬腳。雁過都留痕，何況是這樣的事？現在咱們要做的，就是過得比以前還好，他不就是嫉妒咱們過得比他好嗎？當他發現根本無法打擊咱們時，他內心的痛苦會好好折磨他的。」阿酒一字一句嚴肅地說道。

阿曲聽了阿酒的話，沈默了半天，然後抬起頭，眼裡迸發出一種異樣的光芒。「阿姊，我明白了。」

姊弟倆相視一笑。

阿曲在往後也遇到了許多像今天一樣的困境，但他一次次想起阿姊說的這一番話，於是每次他都是重整心情，努力跨過心裡的障礙。原來打擊敵人最好的方式，不是在肉體上摧毀他，而是在精神上虐待他。

當阿酒回到「謝記酒家」的時候，謝承文已經回來了。

他今天穿了一件墨色的長袍，腰間繫著一條同色腰帶，上面還掛著一個青色荷包，烏黑的頭髮用一支玉簪挽起，看起來當真是風流倜儻、玉樹臨風。

阿酒愣了一下。明明見過他很多次了，卻還是會被他那外表所迷，她不禁在心中感嘆，真是美色誤人呀。

「阿酒，聽錢叔說妳找我有事？」謝承文裝作沒看見她在打量自己，開口問道。

「嗯，是這樣的……」阿酒把自己的想法說了出來，然後看著一臉沈思的謝承文，心中沒了底。

「阿酒，妳說的我同意，就這樣做吧。」謝承文點了點頭，接著又說道：「妳的新酒釀製出來了嗎？」

「嗯，是的。」阿酒點了點頭。

謝承文忽然站了起來，在房間裡打了幾個圈，然後把房間的門關上，臉上的表情變得有些嚴肅。「阿酒，妳肯定不想以後釀出來的酒，又像那烈酒一樣，必須被迫把配方賣掉對吧。」

謝承文用的是肯定句，而不是疑問句。他緊緊盯著阿酒的眼睛，阿酒在他的注視下無法說出否定的話來。她是真的不願意再賣掉自己辛苦研究出來的配方了。

「我如今給妳一個選擇，讓妳以後都不用再賣掉自己的配方——那就是這種新酒，不賣給謝家的酒肆，而是我跟妳合作，怎麼樣？」謝承文問道。

阿酒有些不明白他的意思。她現在不也是在跟他合作嗎，結果還不是一樣？

「我的意思是，妳的新酒只賣給我，而不是賣給謝家的酒肆。」謝承文解釋道：「妳應該知道，謝家酒肆的事，有些連我都做不了主；但如果妳選擇跟我合作，我保證只要妳不願意，妳的配方就絕對不會被搶走。」

阿酒明白他的意思了，那天他醉酒所說的話，讓阿酒明白謝承文在謝家的地位有些尷尬，而現在他是想另立門戶了。

「說說您的打算？」阿酒沒有一口就答應下來，她想聽一聽他的說法。

「我會想辦法繼續收你們村裡酒坊產出的烈酒，而妳則專門釀新酒，但不能讓別人知道，就連他們也不能知道。」謝承文指了指外面，她知道他是在說錢掌櫃他們。

「妳釀製出來的新酒，咱們就四六分帳，妳只要負責釀酒，其餘的全都由我來負責，就連妳現在建酒坊的錢，也可以由我來出。」謝承文說道。

謝承文這個條件的誘惑很大，這比她直接賣酒給他的利潤肯定還要更高，只是他怎麼肯讓這麼大的利給她呢？

「為什麼？」阿酒疑惑地問道。

「我家裡的情況有些複雜，我需要找一條退路。」謝承文倒沒有想騙她。既然選擇了合作，那麼還是坦承些比較好。

「可以，不過有兩個條件。第一，就是這種新酒的保密性。這一點我相信你明白其中的重要性，但我要強調的是，如果有一天，別人知道這種酒是自你手中賣出的，也不能讓別人知道這酒的配方是在我的手中。」阿酒只想單純的釀酒，並不想成為生意人，要不她大可以自己去做生意，畢竟前世她學的就是怎麼做生意。

「這個妳大可放心。」謝承文忙點頭答應道。

「第二，酒坊裡的一切我說了算，每一種酒釀多少，還有人員的管理，這些你都不能插手。」阿酒在謝承文提出合作的時候，心中就有了主意。往後他們可以只賣高檔酒，那這種酒的數量就不能太多，多了就不值錢了。

「這個當然，就算妳不說，我也沒時間去管的。」謝承文根本不想讓身邊的人知道他有這一檔生意，所以他以後出現在流水鎮的次數，會更少了。

「至於蓋酒坊的錢我自己出就行，只是要借你的名頭來用一用。」阿酒見謝承文誠意十足，滿意地說道。

「行，如果遇到什麼解決不了的事，妳隨時可以來找錢叔。」謝承文承諾道。

阿酒明白他的意思。只要不是新酒的問題，其他的都可以找錢叔。在流水鎮，錢叔基本可以代表謝家了，更何況流水鎮一般人家都惹不起謝家，哪怕是鎮長。

「那好，你把文書寫好，我有空再簽。」阿酒見天色有些晚了，她還要回去想想有什麼遺漏的地方？

「行，過幾天我會去溪石村看看，再帶文書過去。」謝承文想去看看她的新酒。這次連她都滿意了，那麼肯定比上次的酒還要好喝，他想去嚐嚐。

錢掌櫃見阿酒跟自家少東家商量了半天才出來，也沒多想，以為她是因為房屋燒掉了，所以才來尋求幫助的。

「阿酒，這就要回去了？那縱火的人抓到了嗎？」錢掌櫃關心地問道。

「衙門現在還沒來消息，但我相信他們總會抓到的。」阿酒笑著說道。

錢掌櫃見阿酒的心情似乎還不錯，不需要人安慰，也就沒再多問，而是讓阿良送她回去。

阿酒本來想拒絕，結果謝承文卻出來說道：「妳還是坐馬車回去好一些。天色有些晚了，誰知道會不會有意外發生？」

阿酒還真怕姜老大這次放火沒有燒死他們，又想別的辦法來害他們呢，畢竟他那種變態的思想，正常人是無法理解的。

姜老二家要蓋新房和酒坊的消息很快就傳了出去，當聽說他家要建青磚大院子，連酒坊都要加大的時候，村裡的人都議論紛紛。

有羨慕的，也有妒忌的，也有一些人根本不懷好意，在那裡亂說話，甚至還有些人起了壞心眼。

直到聽說那酒坊是謝家出錢建的，村裡的那些人才把各自的打算都埋在了心底，畢竟謝家可不好惹，聽說謝家跟知府關係不錯，甚至在京城也有靠山。村民對做官的總是有一種畏懼，這也就是阿酒要跟謝家借勢的目的。

姜老大這些日子以來，一直躲在鎮上的一個混混家，就是上次大鬧姜老二家的那個刀疤臉。

「你是說我家老二要重新建新屋了，而且還是青磚的？」姜老大猛地站了起來。

「嗯，這件事在全村都傳遍了，而且聽說連酒坊都要一起蓋更大的，如今已經張羅起來。」刀疤臉說道。

「好個姜老二，用爹的酒方子賺了錢，卻捨不得拿一點出來給我，還一個勁兒地哭窮，那場大火怎麼就沒有把他燒死！」姜老大惡毒地說道。

刀疤臉聽了姜老大的話，只覺得全身的肉一緊，嘴上附和著，心裡卻對他不恥，下定決心以後要離他遠一些。這樣的人心太惡毒，連親兄弟都要加害，更不用說是別人了。

姜老二被燒的屋前如今是熱火朝天，村裡來了很多人幫忙，再加上蓋房子的師傅，很快就把那些廢磚頭都整理乾淨了。

「師傅，您就照這張圖來蓋房子吧。」前世阿酒去參觀園林時，特別喜歡那些古色古香的院子，既然這次打算好好地建個房屋，那就按自己心中所想的來建。

「好、好。」師傅拿著圖紙，連連點頭。

阿酒最不放心的還是酒窖裡的酒，等堆在酒坊上的那些雜物清理乾淨後，她就拉著姜老二，迫不及待地來到酒窖前。

「爹，您小心一點。」阿酒出聲提醒道。

「放心吧，酒窖這裡沒被燒到，不會有危險的。」姜老二小心地打開酒窖的門，等過了一會兒才下去。

「爹，下面沒問題吧？」阿酒有些不放心地問道。

「妳安心吧，這些酒都好好的。」姜老二遞了一罈酒上來，然後自己才出來。

那就好，以後她就靠這些酒生錢了；還有那些酒麴，可都是她的希望，如果出事了，她真的會哭死。

打開酒罈的蓋子後，頓時一股濃郁的酒香飄了出來，甚至比上次的還要清香，看來這酒並沒有變質。

阿酒忙蓋上蓋子，讓姜老二把酒重新放好。她可不能讓別人知道這些酒的存在，她如今做事不得不更加小心。

第三十八章

「爹，您回來了？」鐵牛見到姜老大時，生疏且帶著怯意叫道。

「鐵牛，你娘呢？」姜老大在屋裡轉了一圈，見鐵柱不在家，連李氏也不在。

「娘跟哥哥去田裡了。」說完，鐵牛便低下頭不再理他。

姜老大覺得這些日子沒回來，連兒子都跟自己不親了。以前鐵牛見到自己就是馬上跑到他面前，然後伸手要幾個銅錢去買糖吃，難道如今連兒子都看不起自己了？

他的臉色發黑，大聲地說道：「鐵牛，你還站在那裡做什麼？快點去幫我倒杯水來。」

鐵牛趕緊跑到廚房去倒了一杯水來，然後不安地站在姜老大面前，大氣都不敢喘一聲。

「鐵牛，你這是怎麼了？」姜老大放下手中的杯子，不悅地問道。

「爹，二叔家的火是您放的嗎？」鐵牛因為村裡的小孩都不跟他玩了，每天只能待在家裡，連帶對姜老大也有些恨意了。

「放屁！這鬼話是誰說的？」姜老生氣地吼道。

「村裡的人都這樣說，以前的玩伴也都不跟我玩了。」鐵牛畢竟只是個九歲的孩子，雖然淘氣，但從沒被孤立過，他心中充滿了委屈。

姜老大的臉變得相當難看。「鐵牛，你覺得爹是那樣的人嗎？」對兒子，姜老大還是有幾分耐心的，不想兒子對他有不好的看法。

「可是連娘他們都這樣說。」鐵牛小聲說道。

姜老大聽了只覺得怒火沖天。那個蠢婆娘，都在兒子面前說些什麼了，他好好的一個兒子竟被她帶壞成這樣。他完全忘了這一切都是自己造成的，反而責怪起別人。

鐵牛看著姜老大那扭曲的臉，只覺得他好可怕，恨不得馬上跑走，可他的腳發軟，根本跑不動。

這時候，李氏和鐵柱正好回來了。

「鐵牛、鐵牛。」李氏一進門就叫著。「又跑出去了嗎？」

鐵柱把農具放好後，習慣性地先去了周氏的房間。

「姜有良，你發什麼瘋？回來就打人。」外面很快就傳來了李氏的叫聲，還有乒乒乓乓的聲音。

「你這個臭女人、蠢女人，我打死妳。」姜老大抓起東西就要朝李氏砸過去。

「鬧夠了沒有？」鐵柱聽到聲音連忙過來，把李氏護在自己身後，對著姜老大吼道。

姜老大似乎沒想到鐵柱會對著他吼，手中的東西一時沒扔出去。他看著自己的大兒子，只見鐵柱的雙眼直直地瞪著自己，那眼神裡明顯充滿了恨意。

「姜鐵柱，你是在跟誰說話？你知道站在你面前的是誰嗎？」姜老大只覺得幾天沒有回來，家裡的人竟都變了樣。

「您是誰？不就是咱們的爹嗎？」鐵柱的話裡充滿了諷刺。

「你這是什麼態度？我打死你這個不孝子！」姜老大被鐵柱語氣中的嘲諷激得大怒，他舉起方才拿在手中的東西，就這樣丟了過去。

「鐵柱，你怎麼樣了？」李氏驚恐地叫了起來，只見鐵柱的臉上一下子就流滿了血。

「哥、哥。」鐵牛也被嚇得大叫。

「姜有良，我跟你拚了。」李氏朝姜老大猛地撲了過去，一雙手在他臉上抓了起來。

姜老大見鐵柱流血了，也有幾分驚慌，站在原地發愣，直到臉上傳來了疼痛感。

「妳這個瘋女人，都是妳的錯。」姜老大用力一推，李氏被推倒在地上。

鐵柱不管自己還在流血，他把李氏扶起來，站在她的面前，像看仇人一樣看著姜老大。

「你再動手試試看！」

「姜鐵柱，你反了是吧？」姜老大有些怕了，不由得往後退了幾步。

「這不都是跟你學的嗎？」鐵柱陰陽怪氣地說。

姜老大氣得一句話都說不出來，他怎麼也沒有料到，竟會演變成這樣的場面。

李氏心痛地看著鐵柱，朝姜老大罵了起來。「你才是個瘋子！你管過這個家嗎？回來就打人，你怎麼不死在外面。」

如果說李氏以前對他還有感情，那麼自從上次姜老二家失火後，就慢慢地變了。李氏是喜歡占便宜，但她的膽子小，從沒想過謀財害命，她如今面對著姜老大，是從內心懼怕他。

周氏在屋裡把外面的一切都聽在心裡，她嘴裡嘟囔著，想爬起來，卻是一動也不能動，最後只能無力地躺在那裡。

姜老大離開了老宅，他恨恨地轉身看了一眼，然後頭也不回地離開了，而他這一走，就再也沒回來過。

「三嬸，您是說大伯回來過？」阿酒驚訝地叫道。

「嗯，妳是沒有看到，那鐵柱的頭被妳大伯砸了這麼大的一個洞。」張氏邊做手勢，邊驚恐地說道：「姜老大真不是人，連自己的兒子也下得了手；還有妳大伯母，也被打得腰都挺不直了。」

張氏每隔一天，就會去老宅幫周氏洗一洗身子，姜老大走後，她剛好抵達老宅，也才知道了老宅所發生的一切。

阿酒對姜老大更加畏懼了。他根本沒有人性了，以他做事的狠毒，只怕還是不會放過他們一家子的。這次的房子一定要建得牢固一些，家裡以後也要多養幾頭狗，以防萬一。

謝承文從流水鎮回到府城後，沒有直接回謝府，而是來到了另外一條街的一個小院子裡頭。

「少爺，您回來了。」一個十三、四歲的少年迎了上來。

「嗯，回來了。」謝承文笑著說道：「你把門關好，我有事要說。」

謝雲飛是他在幾年前無意中救回來的一個孤兒，那時謝雲飛才十歲，他剛好買下了這個院子，就把謝雲飛丟在了這裡。沒想到，他無意中發現謝雲飛對數字很有天賦，竟是個做生意的好手，這幾年他安排謝雲飛在謝家酒肆裡幫忙，該學的都已經學會了。

「少爺，您喝茶。」謝雲飛恭敬地站在謝承文身旁。

「坐下，我有事要你去做。」謝承文心情不錯，連說話的語氣都輕快幾分。

「您請吩咐。」謝雲飛說道，卻不肯坐。

謝承文搖了搖頭。「你明天就去酒肆裡把工辭了，然後帶著這二千兩銀子去京城，想辦法開一家酒肆，但你要注意，這酒肆不能跟謝家搭上一點關係。」

「少爺，這……」謝雲飛心情複雜地看著他。

「怎麼，做不到？」謝承文抬了抬眉問道。

「當然不是。」謝雲飛快速地否認。他知道少爺送自己去謝家酒肆就是去學習的，等自己學會了就可以幫少爺。如今有機會幫少爺了，他當然巴不得大顯身手一番，只是只有自己一個人去京城，他心中多少有點沒底。

「我十二歲就獨自一人到處巡店，十三歲就讓謝家酒肆多了五家分店，十四歲就把謝家酒肆開到了邊關，而你現在十四了吧？」謝承文笑著說道。

「少爺放心，我保證一定會開一家獨一無二的酒肆。」謝雲飛信心滿滿地說道。

「如果銀兩不夠，你帶著人去錢莊取就行了，只有一個要求，就是這家酒肆必須要能吸引那些達官貴人上門。」謝承文叮囑道。

「少爺放心，我一定辦好。」謝雲飛點了點頭說道。

「你去京城前，先去買幾個小廝，你自己帶一個，然後再把這裡安排好。」謝承文說完就站了起來，他不能在這裡逗留太久。

回到謝府後，府裡的丫頭看到謝承文，都是冷冷淡淡的。他不由冷笑，看來他在這府裡的位置，連下人都看得清清楚楚。

「你看老爺、夫人他們為什麼對大少爺那樣冷漠？明明大少爺比二少爺能幹多了。」

「誰說不是？可能是大少爺一天到晚都冷著一張臉，二少爺可比他會哄人多了，你沒見夫人只要看到二少爺就笑開了嗎？」

謝承文裝作沒聽到這些竊竊私語，進了自己的院子。這樣的話他已經聽得夠多了，以前心裡還會有些不甘，如今他並不在意了。

「大哥，你回來了。」一個細小的聲音傳了過來。

謝承文剛回到院子，就碰到了謝承學，他怯生生的臉上此時充滿了驚喜。

「你怎麼在這裡？」謝承文示意他跟著自己一起進書房。

「大哥，我聽姨娘說，母親相中了一個小娘子，準備讓你們成親。」謝承學小心地朝四周打量了一番，然後小聲在他的耳邊說道。

謝承文的眉頭皺了起來。上次他不是說了暫時不考慮娶親嗎？

「是哪家的小娘子？」他有些好奇地問道。

「好像是母親家的一個表姊，不是青梅姊姊。」謝承學說完，擔心地看著他。

謝承文聽到那個名字，抓筆的手緊了緊，然後裝作不在乎地把筆放下，露出了一個了然的笑容。

「你回去吧，姨娘會擔心你的。」謝承文緩緩說道。

謝承學還想再待一會兒，但看著謝承文那堅持的目光，只得不捨地走出院子。

謝承文等謝承學離開後，他忍不住一拳打在書桌上，桌面上的東西都動了起來。

「少爺？」平兒進來，就見書桌一片凌亂，不禁擔心地叫道。

「你收拾收拾，我去母親那裡看看。」謝承文淡淡地吩咐道。

謝承文剛走進唐氏的院子，就聽到謝承志逗唐氏的聲音，還有唐氏那開心的笑聲。

「夫人、二少爺，大少爺來了。」丫頭的通報聲打斷了室內的和諧。

「讓他進來吧。」唐氏冷淡地說道。

「母親。」謝承文朝唐氏行了禮。

「坐吧。你來得剛好，我已經給你相中了一個小娘子，是我唐家的姪女，如果你沒有異議的話，那就這樣定下來了。」唐氏的眼光一直都停留在自己的手上。

「母親，孩兒現在沒有成親的打算，再說唐家的女兒，孩兒高攀不起，還是算了吧。」謝承文拒絕道。

「你、你是怨我沒有為你向青梅提親？你也不想想自己的身分，她也是你能想的？」唐氏忽然就發起怒來，嚴厲地說道。

謝承文驚訝極了，不明白一直端莊自持的唐氏為什麼會突然發怒？他是什麼身分，她不是最清楚嗎？他是謝家的長子，而唐家也只是商家，當年母親能嫁入謝家，怎麼青梅就不能？

謝承文其實對青梅也沒有說非娶不可，只是認為水到渠成的事，忽然間變了，而且事先他一點消息也不知道，讓他一時接受不了。如今他已經不在意了，而他也不想再跟唐家扯上關係，就這樣簡單。

「我知道自己配不上青梅，也配不上唐家，所以這門婚事我不同意。」謝承文像是沒有注意到唐氏眼中的厭惡一樣，說完就站了起來。

「好、好，你大了，長本事了，你的事我不會再管了。滾，不要再出現在我眼前。」唐氏氣憤地說道。

謝承文迅速地離開了，後面還不斷傳來唐氏的抱怨聲。

他回到院子以後，坐在書房裡，只覺得全身發冷，明明外面的天氣很暖，他卻覺得周身寒氣逼人。

「少爺，老爺請您去書房。」平兒小心地說道。

自從上次把蒸酒的配方拿到手，交給了父親之後，父親就再也沒見過自己了。呵呵，想來是他的好母親的緣故，讓他又能看見父親了吧。

謝承文走出書房，抬頭看了眼耀眼的日頭，感覺暖和了一些，才朝書房走去。

「老爺，大少爺來了。」

謝承文剛走進書房，一本厚厚的書就砸了過來。「你這孽子，又惹你母親生氣了？」

謝承文看著暴怒的謝長初，腦中不知怎地閃過了姜老二那憨厚的臉，想起了姜老二跟阿酒相處的場景。那才是父親該有的樣子吧。

「父親，有事嗎？沒事的話我先走了。」謝承文把地上的書撿起來，放在書桌上，冰冷的臉上一點表情也沒有，甚至連疼痛的感覺都不存在一樣。

「滾！滾得遠遠的，最好永遠都不要再出現在我面前。」謝長初一見到他那一成不變的冷臉，心中的怒火就忍不住了。

這次謝承文沒回院子，而是直接離開了謝府，他站在街上，一時之間竟沒有了去處。

「少爺，咱們去哪裡？」平兒小聲地問道。

「去溪石村吧。」謝承文忽然之間想見見阿酒，他想喝酒了。

謝承文來到阿酒家時，這裡已經變得很不一樣了。上次來這裡只看到一片烏黑，就像是一片廢墟，如今卻是生氣蓬勃，眾人正忙著幹活，青磚屋已經建起了一半。

阿酒提著一桶綠豆水過來，只見穿著一身皂青色衣裳的謝承文站在那裡，也不知道他在想什麼，竟讓人感到有些孤獨落寞。

「謝少東家？」阿酒忍不住叫道。她對他散發出來的那種孤獨感，感到有些不忍。

「阿酒，妳提的是什麼？」謝承文接過她手中的桶子問道。

「綠豆水，天氣太熱了，喝點這個可以降降暑。」阿酒笑著回道。「謝少東家，你過來是想看酒嗎？文書帶來了嗎？你看那一片地方，我打算要建酒坊，這次要建大一些。」阿酒指著面前的一片空地說道。也因兩人合夥，說話便更隨意了。

「我就是想過來嚐嚐那新酒，文書我忘了帶來，下次吧。對了，妳對這種酒該怎麼賣，有什麼想法嗎？」謝承文忽然想聽聽她的想法，直覺她不會讓自己失望的。

「等一下，我先讓爹去取一罈酒。」說完，阿酒便喚了姜老二，讓他先去酒窖取酒。

「謝少東家，你想知道我的想法是嗎？那我得先問問，如今的烈酒在外頭是什麼價？」阿酒轉過頭問道。

「現在是二兩一罈。」謝承文不明白她問這個是什麼意思，不過還是回答了她。

「以前你可是花二兩才在我這買一罈。」阿酒意味深長地說道。

「妳的意思是……做精不做多？」謝承文歡喜地問。

「看來謝少東家也是這個意思。」阿酒在他的臉上看到喜，卻沒有看到驚訝，就明白他也是這樣想的。

「看來咱們是心有靈犀呀，想法竟不謀而合。」謝承文笑著說道。

謝承文來得快，去得也快，他喝了一小杯酒後，就興高采烈地抱著那一罈酒走了，走的時候，心情明顯好了很多。

第三十九章

日子就在忙碌中過得飛快，而姜老二家的新屋在一段時日後，也蓋好了。兩進的院子，青磚黛瓦，看起來很是氣派，在溪石村中算得上是數一數二的了。

看了姜老二家的房子，村裡的人都感嘆他家真的是發達了，再想想姜家老宅，都說周氏這下子肯定連腸子都要悔青了。

房子蓋好，接下來就要開始建酒坊了。這次都是按阿酒的要求來蓋的，比起以前的酒坊，釀起酒來更加方便。

「阿酒，你們家要蓋這麼大的酒坊，到時候得請人吧？」

「阿酒，發了財可別忘了咱們這些鄉親哦。」

酒坊還沒蓋好，一些婦人就開始打探消息，還有些人開始眼紅、說著酸話，而阿酒對這些人都是一笑置之。

新屋蓋好了，可是家裡的東西都被大火燒掉，全都要重新買過，阿酒手裡的錢也越來越少，每次見錢少了一點，阿酒就忍不住想罵人。

幸虧酒窖裡還有一些酒，讓她有些底氣，要不然她還真的什麼都不敢買。如今她可都挑好的在買，連家具都是整套一起訂製的。

「阿酒，這些東西花了不少錢吧？手裡的錢夠嗎？如果不夠的話可得跟我說。」姜五嬸這天帶著姜五和大春過來看看他們，不禁關心地問道。

「沒事，謝少東家借了不少錢給我，等酒坊建好，我釀出新酒來，再還他錢就行了。」阿酒笑著說道。

「那就好。不過阿酒啊，銀錢還是省著點花吧。」姜五嬸說完看了看阿酒，生怕她聽了這樣的話會不開心。

阿酒只是笑了笑，沒有說話。她明白姜五嬸的好意，但卻沒有跟姜五嬸解釋，她做不到像村裡的那些女人一樣，什麼都省著，有時候連一顆雞蛋都捨不得吃。

以前是沒有錢，那她就省一些，現在能賺得到錢，幹麼還要那麼省？錢就是要用來花的，讓日子可以過得更加舒適。

酒坊被燒掉後，阿酒還是請姜五做事，工錢照算，不過像大春和大棗他們就沒有請了，這才有了姜五嬸這一問，以為她是錢不夠用，所以請不起其他人了。

「放心吧，要是需要請人，我一定會再叫大春來的。」阿酒笑著讓她放心。

「過些時日他就要成親了，雖然在鎮上也能找到事做，可到底比不上在妳這裡。」姜五嬸感嘆道：「唉，這日子過得真快。」

「阿酒，妳快來看看，妳爹這是怎麼了？」突然聽見姜五喊道。

阿酒猛地站起來，憂心忡忡地朝外面跑去。

今天姜老二一早就去了鎮上，那建酒坊的磚頭少了一些，需要再買多一點回來；他還要去鐵匠那裡訂製一些蒸餾鍋，這些事不方便交給姜五去做，所以是由他親自去的。難道爹在鎮上發生了什麼事？

「爹，您這是怎麼了？」阿酒一跑出來，就見姜老二鼻青臉腫的，身上到處都是汙泥。

姜老二聽到阿酒的哭聲，費力地睜開眼睛，說道：「阿酒，我沒事。」說完他就暈了過去。

阿酒的眼淚忍不住往下流，不安地叫喊著。「爹、爹。」

「快，快點抬他進去！大春，你馬上去請姜阿公過來。」姜五見阿酒慌了，忙安排道。

劉詩秀忙打來水，輕輕地為姜老二擦拭著；姜五則把姜老二的衣裳脫掉，只見他身上也全是傷，就是不知道還有沒有內傷？

「這到底是怎麼一回事？」阿酒是真的怒了，到底是誰把阿爹打成這樣？

「我要去鎮上的時候，見一輛牛車停在路中央，卻沒看見人，就好奇地走上前看了看，結果發現你爹倒在路邊的山溝裡。」扶著姜老二回來的大江，在一旁說道。

看來這個動手的人，是針對姜老二一家來的。他們家去鎮上跟村民走的不是一條道，他們家從屋後直接出去，比從村裡去要近很多，而這條路只有姜老二一家子會走，如果真要打劫之類的，誰也不會等在這條路上，畢竟有時幾天甚至十多天，都不會有人走。

阿酒想也不用多想，這件事肯定就是姜老大幹的，這次阿酒不打算再放過他了。這個人不除，他們一家都不得安寧，姜老大是打定主意跟他們耗上了。

姜阿公很快就過來了，他在姜老二的身上捏捏、摸摸了半天，才說道：「他的腿骨斷了，胸內也受了些傷，要仔細調養才行。」

姜老二去年就受了一次重傷，當時周氏沒有好好替他療養，後來就分家了，當時的情況根本就無法養病，這次又受了這麼重的傷，他的身子根本就受不住。

「姜阿公，您開方子吧，我一定好好幫阿爹調養身子的。」阿酒紅腫著眼睛說道。

姜阿公對骨傷很有一套，便開了方子，並把要注意的事交代得清清楚楚，然後才離開。

阿酒把照顧姜老二的事交給了劉詩秀，自己則是去了鎮上。

這次一定不能再放過姜老大了！上次縱火的事她交給了衙門，可看來這時代辦案的效率不是很高，那麼就另想辦法吧。

謝承文的心情很好。阿酒釀的酒比自己預想的還要好，價格也能賣得更高，他決定跟她合作，還真是個明智之舉。

「少爺，您來了？」錢掌櫃迎了上去。

「錢叔，生意怎麼樣？」謝承文四處看了看，笑著問道。

「挺好的。今天過來有事嗎？」錢掌櫃覺得這段時間，謝承文來流水鎮的次數明顯比以往少了很多，不禁有些好奇他今日是為了什麼事情過來？

「沒事、沒事，你忙你的，我順路過來的。」謝承文也不知道是怎麼一回事，他剛從金洲回來，想也沒想，就來了這裡。

「阿酒，妳這是怎麼了？」阿良驚訝的聲音傳了進來。

謝承文忙站了起來，想要朝外間走去，可不知想到了什麼，慢慢地又坐了下來。

「阿酒，今天怎麼出來了？剛好少東家來了，妳是要來找他的嗎？」錢掌櫃見阿酒今天的表情有些異常，而且看起來也有些狼狽，想來是出事了。

「少東家在？那真是太好了。」阿酒說完就朝屋裡走了過去。沒想到她今天的運氣還不錯，竟能遇得到他。

「阿酒，妳來了？」謝承文見門簾被掀開，他抬起頭來，很快也發現了阿酒的異樣。只見她的雙眼紅腫，明顯是哭過，而衣裳也有些亂，這可不像是她，平時她哪怕是穿著粗布衣裳，也會弄得整整齊齊的。

「謝少東家，能幫個忙嗎？」阿酒在下定決心要好好處置姜老大以後，第一個想到的就是謝承文，她認為他一定會幫忙。

「說來聽聽。」謝承文不疾不徐地說道。

當阿酒噼哩啪啦把前因後果說完，就雙目圓睜，期待地看著他。

「妳怎麼能確定是妳大伯幹的？」謝承文皺著眉問道。

這件事有些棘手，不論是之前的縱火事件，還是這次的打人事件，這兩件事都沒有一點證據，這無憑無據的，就算是衙門也不能亂抓人啊。

「肯定是他！你也知道我爹的，他能得罪誰？一而再、再而三地遇上這種糟心事，肯定不是巧合。而且自從我家被火燒了以後，姜老大根本不回家，只有他有那個動機和嫌疑。」阿酒非常肯定地說道。

「那妳想怎麼樣？」謝承文點了點頭，問道。

「要不就是繩之以法，要不就讓他永遠無法再出現在流水鎮。」阿酒嚴肅地說道。

阿酒想，以謝家的權勢，要解決這點事還是很容易的，只是不知道謝承文願不願意幫這個忙？

「那要是我幫妳解決了這件事，妳打算怎麼報答我呀？」謝承文見阿酒迫切的表情，不知為什麼，就興起了逗一逗她的心思。

「報答？」阿酒被問住了，她還真沒想過該如何報答。

「是呀，怎麼報答？」謝承文充滿了好奇，不知道她會怎麼回答？

「那你想要什麼報答？不會要我以身相許吧？」阿酒脫口而出，說完她頓時羞得滿臉通紅。天呀！她到底說了些什麼？這可不是在前世，女孩子不能這樣亂說話的。

謝承文聽了阿酒的回答，明顯愣住了，他知道她的回答肯定會在自己的意料之外，可沒想到竟是這樣驚人的回答。

「哈哈，以身相許？這個我可以考慮考慮。」謝承文戲謔地說道。

他知道阿酒說這話的時候，根本就沒有經過思考，是戲言罷了，可不知道為什麼，他竟一點也不反感，反而有些期待。如果可以，讓她以身相許似乎也不錯。

「謝少東家，我是胡說的，你別當真。那你說說，想要什麼樣的報答？」阿酒連忙擺了擺手，解釋道。

雖然明知道他不會看上她，但她的心還是忍不住跳了一下，不過她很快就清醒過來。他們不是一個世界的人，在這個年代最講究門當戶對，再說她也不喜歡那種複雜的家庭，她可不想每天鬥來鬥去，有那個心思，還不如多釀一罈酒呢。

謝承文沒有繼續糾結在這個問題上，而是朝她微微一笑。「行了，這件事就交給我，妳回家等著我的好消息吧。」

阿酒走出了酒肆，她的頭腦還有些暈暈的。

真是丟臉，她竟被那男人的一個微笑給迷住了，後來他說了什麼，她都沒有聽進去，連怎麼出來的都有些迷迷糊糊。

「真是丟死人了。」阿酒忍不住摀著臉呻吟道。

謝承文只覺得這次來流水鎮真是來對了，雖然處理姜老大的事有一點麻煩，但卻讓他發現，逗弄阿酒真是一件極好玩的事。阿酒平時都是一副與她年齡不符的成熟穩重，沒想到還有這麼可愛的一面。

而就在這天，當姜老大慢悠悠地從酒館走出來，一邊唱著小調，一邊悠哉地走著，忽然之間兩眼一黑，沒有了知覺……

阿酒回到家時，姜老二已經醒過來了，他的臉看起來更腫了些，還浮現出一些血絲，看起來有些可怕。

「阿酒，爹沒事。」見阿酒的眼神中充滿了擔心，姜老二安慰道。

「爹，您好好休息，家裡的事都交給我吧。」阿酒認真地道。

姜老二還想說些什麼，阿酒制止了他，她感覺到他連說話臉都會痛。不管天大的事，等傷好些了再說吧。
姜老二受了傷，阿酒要忙的事就更多了，幸虧家裡的事有劉詩秀照料著，她不但把廚房裡的一切做得妥妥貼貼，就連姜老二也照顧得很是周到。
「我自己擦就行了，妳去帶康兒吧，這些日子可真是辛苦妳了。」姜老二見劉詩秀忙上忙下的，趕緊說道。
「阿酒可是把你交給了我，我當然要把你照顧好。」劉詩秀想也沒想就拒絕，等說完才發現自己的話聽起來似乎有些不對勁。
劉詩秀忙抬起頭看著姜老二，生怕他亂想，結果見他自顧自地在那裡試著移動身子，根本沒在意她的話，這才放下心來。
劉詩秀見他這樣，心裡有片刻的不自在，可一轉過頭，她便拋開了心中的奇怪想法。她到底在想些什麼呢？如今最重要的，就是把康兒養大。
姜老二見她終於出去了，這才靜靜地躺在床上。要是林氏還在該有多好呀，他心底的話就可以跟她說說。
如果之前對那縱火人他還抱著僥倖心理，說那不是姜老大做的，那麼這一次，他是真的徹底死心了。
他被一棍子打到後腦，暈了過去，然後就被一陣毒打。姜老大以為做得隱蔽，最後揚長而去，卻不料他因疼痛，在最後關頭醒來了，聽到了他那些罵人的話，清楚的知道到底是誰打他了。

等自己傷好，一定要找個機會好好跟姜老大問個清楚，到底是什麼樣的仇恨，竟會讓大哥這樣的恨自己？從小到大，大哥想要什麼就有什麼，而自己卻一直是被忽視的那個，如今大哥還要對他下這樣的毒手，大哥的心到底是什麼做的？

阿酒看著劉詩秀滿臉通紅地從姜老二的房間裡走出來，不由得腦補了一下。難道姜老二跟劉姨之間有些什麼？

姜老二才三十多歲，正值壯年，自從林氏過世後，一直都是一個人。阿酒以前從沒有往這方面想過，如今想想，如果可以的話，還是再為他找一個伴吧，這樣以後他也不至於一個人孤伶伶的，沒個人可以說心裡話。

姜老二見阿酒就站在自己的房間門口，也不知道她在想什麼，竟一動也不動。

「阿酒，妳來了啊。」姜老二開口喚了阿酒一聲。

「爹，您覺得劉姨怎麼樣？」阿酒裝作不經意地問道。

「劉妹子？不錯呀。」姜老二根本不知道阿酒問這話之前，心裡已經有很多想法了。

「要是她跟咱們變成一家人的話，您覺得行不行？」阿酒又試探地問道。

「她現在不就跟咱們是一家人嗎？難道妳要讓她走？」姜老二不解地問道。

阿酒見姜老二一臉懵懂，無奈地放棄了，她突然覺得自己一個未出嫁的閨女，跟他說這種事，似乎有些不適合。

「沒有的事。爹，您今天感覺怎麼樣了？」阿酒幫他捏了捏腿。

「好了很多。阿酒，妳大伯有回村裡嗎？」姜老二忍不住問道。

「爹，您問他幹麼？不會還想著要跟大伯和好吧？」阿酒詫異地看著他。「爹，要是您還想跟他做兄弟，那就不要怪咱們不認您這個爹。」阿酒生氣地站了起來，大聲說道。

姜老二沒想到他隨口一問，阿酒的反應會這麼大，忙擺擺手。「不是，爹怎麼可能會跟他和好，只是問問罷了。」

阿酒見他不像在撒謊，才重新坐了下來。「爹，您是被誰打的？」

「這事不用妳管，爹自己會處理。對了，新屋現在整理得怎麼樣？等到要進屋的時候，把妳大舅他們接過來，也讓他們來看一看吧。」姜老二不願讓阿酒插手這件事，馬上轉移話題道。

「新屋整理得差不多，等爹確定入住的日子，我就去通知大舅他們。」阿酒朝他點了點頭。

他們兩家有些遠，在這個一般靠步行的年代，往來還真是不方便。難怪以前那些嫁出去的女兒，有的都是十幾年沒回過娘家，以前阿酒無法理解，現在她是有著深深的體會了。

看來，家裡該要添上一輛馬車了。

第四十章

酒坊建好了，新屋裡該買的東西也都買好了，一切準備就緒，姜老二便選了一個良辰吉日，準備住進新家。

上次入伙飯就請了鄰居、好友隨便吃了一頓，這次阿酒準備熱熱鬧鬧地大辦一場，順便把她的靠山是謝家這件事給宣揚出去，讓那些想動歪主意的人，不敢輕易來惹她。

阿酒特意去了流水鎮，打算邀錢掌櫃那天來作客，最好連阿良他們幾個夥計也能來。

「阿酒，妳這是要去哪？」阿酒身後傳來一個熟悉的聲音。

她沒想到剛到鎮上，就遇到了謝承文，這次他騎在馬上，穿著騎裝，顯得更加英姿颯爽，看起來特別的英俊帥氣，阿酒不禁看得有些入迷了。

「謝少東家，好巧，我正想去找你呢。」她回過神後，有些不好意思地把視線移到了別處。

謝承文心裡有些小得意。看來阿酒這是被自己給迷住了，只是太可惜了，她那麼快就清醒過來。

「找我？有什麼好事？」謝承文有些意外，她可是無事不登三寶殿的人。

「嗯，好事，咱們的新屋蓋好了，如果你有空，想請你賞臉去吃個飯。」阿酒向他說明來意。

「那還真是好事！是哪一日要吃飯？到時候我一定去，妳可得給我準備一罈好酒。」謝承文明白阿酒找他去吃飯的目的，馬上就一口答應了下來。

「對了，妳讓我辦的事，我已經辦妥了。」謝承文跳下馬，讓平兒先把馬牽走，然後對阿酒說道。

「真的？太謝謝你了。」阿酒喜上眉頭，一直壓在她心裡的那根刺，終於拔掉了。

「妳不問問我是怎麼解決的？」謝承文好奇地問道。

「我信你，既然你說解決了，那必然是解決了。」阿酒只要結果，至於過程，她可不想管。

「我替妳解決了麻煩，妳可得記得報答我哦。」謝承文說完便大笑著離開了，留下阿酒一個人尷尬地站在那裡。

林松一家人在阿酒他們請吃飯的前一天就到了，當林松跳下馬車，有些不敢置信地看著眼前的青磚大院子，對著林宥之說道：「咱們不是下錯地方了吧？你姑丈能蓋得起這麼好的房子？」

「我問過了，確實是這裡，快點抱娘下來吧。」林宥之肯定地說道。

「大舅，你們可來了，剛剛爹還問說你們怎麼還沒到呢。」阿酒聽到金磚的叫聲，忙去打開院門，就看到站在門前的林松他們。

「還真是你們家呀。阿酒，這房子可花了不少錢吧？」林松一邊走，一邊說道。

「是啊，大舅您這次一定要留下來多住幾天。」阿酒一邊領他們來到姜老二的房間，一邊笑著說道。

「姜老二，你這是怎麼了？」林松一把抓住姜老二的手，連聲問道。

「沒事，就是腿斷了，不過已經好一大半了。」姜老二笑了笑，表示自己沒事。

「傷筋斷骨一百天，你這傷一定要養好，要不然等到老了，受罪的可是自己。」宋氏不贊同地說道。

「養著、養著，我家阿酒能幹，現在我什麼事都不用管了。」姜老二笑著說。

阿酒讓姜老二陪著林松他們說話，自己則去忙了。明天就要宴客，要做的事太多，幸虧張氏和姜五嬸都過來幫忙了。

阿曲也特意請了兩天假，如今正帶著阿釀要去鎮上採買明天要用的東西，沒想到剛出院子，就見鐵柱在外面打著轉。

他當作沒看見鐵柱，就要從鐵柱的身邊走過去，鐵柱卻把他拉住了。「阿曲，有需要幫忙的嗎？」

「不需要。」阿曲冷冷地說道。

鐵柱忙把手放下，然後看著阿曲，認真地說道：「阿曲，以前都是咱們不好，我知道如今說再多也沒有用，我就是過來問問有什麼我可以幫上忙的嗎？」

阿曲皺了皺眉，沒有說話，他現在學會了控制自己的情緒，可阿釀就沒有那麼客氣了。

「你走，咱們才不要你的幫忙。」

鐵柱把目光看向阿曲，見他的眼神冷冷的，拒人於千里之外，只好無奈地低下頭。「那我先走了，如果有事，就讓人過來喊我一聲。」

鐵柱沮喪地轉身離開了，阿曲他們也準備出發去鎮上，這時阿酒剛好從姜老三家拿東西回來，驚訝地問道：「你們怎麼還在這裡？」

「還不是鐵柱，他竟然過來問要不要幫忙？誰稀罕他的幫忙啊，他剛剛被我給趕走了呢。」阿釀得意地說道。

阿酒朝路的另一頭看過去，確實看到了鐵柱的背影，她看著那背影，若有所思。

村裡的人很早就來到了姜老二家，相比上次才請了幾桌菜來說，這次可熱鬧多了，那些熟悉的、不熟的人都來了，特別是聽說今天謝家少爺會過來，他們更是充滿了期待。

這可比阿酒料想的來了更多人，幸虧她什麼都多準備了一些，要不然東西不夠吃，就真要鬧出笑話來了。

姜老二躺在床上養傷，應酬什麼的都得阿酒親自來，她累得都連坐的時間都沒有，幸而阿曲在外面迎接那些客人，做得是有模有樣，阿釀也懂事的去幫著招呼那些小孩子。

「阿酒，謝少東家的馬車到了。」姜五叫道。

阿酒忙整理了一下衣裳，然後急匆匆地來到院子外面。

只見謝家的馬車剛停穩，首先下來的是錢掌櫃，他打開車簾，謝承文那英俊的樣子就落入了眾人的眼中。

阿酒身後傳來陣陣嘆息聲，都在感嘆這謝少東家長得真好，劍眉星目、天庭飽滿、面容俊美，那淡淡的笑容更顯出他的儒雅，一身月牙色的長袍，散發出清冽的氣質，讓他們不敢輕易上前。

「謝少東家，請進。」阿酒忙迎了上去。

謝承文沒有回話，錢掌櫃忙說道：「阿酒小娘子，恭喜、恭喜。」

「錢叔，裡面請。」阿酒招呼道。

謝承文沒有理會他們之間相互寒暄的客氣，只是不疾不徐地朝院子裡面走去。他不經意的打量著院子，比起之前可說是天壤之別，院子裡雖然沒有過多的裝飾，每個地方卻恰到好處的放著一些小東西，哪怕是一桌一凳，也透露出主人的用心。

謝承文在打量著院子，而別人卻都在打量著他，特別是村裡的小娘子，那眼光全都落在了他的身上。

阿酒把謝承文迎進了屋裡，讓林宥之作陪，就離開了，還有很多事等著她去處理。

謝承文沒想到屋裡竟還有一個這麼出色的男子，而且一看就跟阿酒的關係匪淺，甚至兩人的相貌還有幾分相似。

「你好，在下謝承文。」謝承文畢竟是在商場上打滾過的人，就算是心中詫異，面上卻半點也沒有表露出來。

林宥之剛才從姑父那裡得知，表妹跟謝家做著生意，甚至今天謝家的少東家還會上門祝賀，他就已經很驚訝了，沒想到他竟被表妹叫來陪著貴客。

林宥之雖然是讀書人，但他跟林松一樣，並沒有讀書人的迂腐，對商人也沒有看低的意思。

「你好，在下林宥之，是阿酒的表哥。」他朝著謝承文點了點頭道。

兩人對彼此的第一印象都不錯，在一陣交談中，慢慢覺得彼此竟有很多觀點相似。謝承文雖然做生意，但他也閱覽群書；林宥之則除了四書五經外，在別的方面都有涉入，兩人越聊越覺得惺惺相惜，只覺得相見恨晚。

這次酒席上沒有了周氏，從頭到尾氣氛都很歡快，等阿酒把村裡的客人送走，回到屋裡時，只見謝承文跟林宥之兩人不知道在聊些什麼，氣氛相當融洽。

阿酒站在門口看著兩個氣質各異的男子，覺得十分養眼。

謝承文見阿酒站在門口，半天都沒進來，不禁抬起頭看過去，只見她的目光在他跟林宥之間來回看著，一下子就明白了是怎麼一回事。

謝承文的心裡頓時有些不舒服了，特別是當她的目光落在林宥之身上時，他心裡竟有些酸酸的，他還來不及細想原因，就對阿酒說道：「阿酒，妳不是要帶我去看一看酒坊嗎，現在有時間了吧？」

「行，咱們走吧。表哥你要去嗎？」阿酒開口問林宥之。

「宥之是讀書人，他去看那些酒幹麼？」謝承文不知是怎麼回事，他竟一點也不想林宥之一同過去。

林宥之正想著，表妹還是個未出閣的小娘子，若跟一個男子獨處，那可不像話，於是想也不想就點頭道：「行，我正想去看看呢。」

謝承文跟林宥之的視線在空中相碰，頓時兩人之間火花四射，謝承文彷彿用眼光問道：你一個讀書人去幹麼？那可是酒坊。

林宥之也以眼神回道：那是表妹的酒坊，我就想去看看，怎麼了？

阿酒一點也沒注意到他們之間的針鋒相對，只是逕自走了出去。

她帶著謝承文他們一起進了酒坊，這酒坊剛蓋好，釀酒用的設備都還沒做好，顯得有些空蕩，不過也能讓人一眼就看出，這間酒坊與別間酒坊不一樣的地方。

「阿酒，這些是？」謝承文自家就有酒坊，而且不只一家，對酒坊當然很熟悉，所以很快就發現了不同之處。

「這樣釀起酒來會更方便。」阿酒並沒有過多的解釋。

謝承文沒有再問，只是仔細地觀察起來，可看了半天硬是看不出個所以然，只得放棄。

「阿酒，妳不是說今天要請我喝好酒的嗎？」謝承文突然想起這件事，忙問道。

中午客人太多了，阿酒沒有把大麴酒拿出來，只是拿出自己釀的米酒待客，就連謝承文他們裡屋的那一桌也不例外。

「我釀製的米酒，也比一般的酒水要好喝多了。」阿酒對自己所釀的米酒還是有信心的，並不像別人釀的那樣有些澀，而是帶著一點甜，清新的香氣中還帶著一點淡雅，挺適合在請吃入伙飯這種場合喝，不容易喝醉。

「好喝是好喝，就是太溫和了些，喝過了烈酒，再喝這米酒就有些寡淡了。」謝承文承認，就算是米酒，她釀製的確實要比別家的好。

「行，一會兒補上。」阿酒只好笑著承諾道。

林松愛喝酒，林宥之受他的影響當然也能喝酒，本來在酒席上喝到那米酒，就覺得比以前的好喝多了，卻沒想到謝承文根本就不滿足，而他聽見阿酒笑著說晚上要拿出更好的酒，他忍不住期待起來。難道還有比那米酒更好喝的酒？

一行三人從酒坊出來後，只見阿美蹦蹦跳跳地跑了過來。

林宥之沒見過阿美，於是阿酒便向林宥之介紹了阿美，他笑著朝她點了點頭。

阿美也回了個禮，然後忽然貼在阿酒耳邊，小聲說道：「阿酒，妳表哥長得真好，一點也不比謝少東家弱。」

阿酒被她逗樂了，不由得點了點她的額頭。

「怎麼，小妮子動春心了？」阿酒貼在她耳邊笑著說道。

「妳胡說什麼？打死妳這個小妮子。」阿美笑著追打著阿酒。

謝承文看著笑靨如花的阿酒，臉上不由得露出了笑容，林宥之在一旁看著，眼底有幾分了然。

這次謝承文把文書帶來了，等阿美離開，只剩下他和阿酒、林宥之在一起閒聊的時候，他便拿了出來。

阿酒接過來仔細地看了一遍，基本跟當時商量的一致，但她到底有些不放心，就把文書遞給了林宥之，讓他幫忙看一下。

謝承文的眼光不由得暗了暗，至於他在想什麼，沒有人知道。

林宥之看完，又問了阿酒一些問題，並未發現有什麼不妥，阿酒才在那文書上簽了字。

簽了文書，阿酒的心情特別好，就叫阿曲去酒窖裡搬來一罈酒，並讓劉詩秀弄了幾個下酒菜，她便陪著謝承文和林宥之，喝起了小酒。

「就是這個味道，太讓人懷念了。」謝承文喝上一小口，然後感嘆地說道。

林宥之先是聞了聞，只覺得一股清香撲鼻而來，再細細地喝上一小口，一股濃郁的酒勁衝到他的喉嚨裡，最先被酒的辛辣所刺，可等這味道過後，一股甘甜在口中慢慢散開來，香甜醇厚，讓人回味無窮。

「好酒、好酒呀。」林宥之忍不住大聲說道。

阿酒看著他們那享受的模樣，不禁有些好笑。雖然她喜歡釀酒，但還是無法明白男人有事沒事就喜歡喝這種白酒的習慣。

「是什麼酒這麼香呀？」林松那爽朗的大嗓子在外面響了起來。

「爹，快來，阿酒這裡有好酒。」林宥之站了起來說道。

林松一直陪著姜老二，見他有些睏意就出來走走，沒想到剛出來就聞到濃郁的酒香，他循著酒香過來，就聽到自己兒子的聲音。

「嗯，聞著就好香。」見林松進來了，阿酒忙為他倒上一杯。

「這是阿酒妳釀的？」林松從姜老二口中知道，他們之所以能在短短的時間內就蓋起這樣好的房子，都是因為阿酒釀酒所賺來的錢。本來他對這一切還有些懷疑，但喝了眼前的這杯酒之後，是一點懷疑都沒有了。

「嗯，大舅喜歡嗎？」阿酒很喜歡林松，雖然他們並沒有相處多久。

「喜歡，太喜歡了！阿酒啊，妳看舅舅來一次不容易呀，妳是不是要孝敬一下舅舅？」林松放下酒杯，滿臉笑容地看著阿酒問道。

「大舅，您是沒錢用了嗎？那您怎麼不早說，如今我十兩、八兩的肯定拿得出來。」阿酒裝作沒聽明白他是什麼意思，故意說道。

「就算我沒錢也不會問妳要！行了，我就要這酒，妳少揣著明白裝糊塗。」林松本來還想委婉地說，看來不明說不行了。

阿酒再也忍不住地大笑起來。誰讓大舅明明就是個急躁的人，卻突然客氣起來，這樣直來直往不就得了。

「大舅，您這叫吃著碗裡的，還望著鍋裡的。」阿酒笑著說。

「少給我說那些有的沒的，反正我不管，起碼要給我兩罈子酒。」林松說完又倒上一杯酒，慢慢地喝了起來。

「大舅，您可知道這一罈酒可以賣多少銀子嗎？」阿酒故意問道。

林松又喝上一口酒，然後閉著眼睛回味了半天，才睜開眼睛道：「這個嘛……至少要十兩一罈吧。」

阿酒但笑不語，看著謝承文。

「林秀才，這酒在金洲現在有市無價，一罈可以賣上百兩。」謝承文在一旁笑著說道。

「這麼貴呀？那可不行，再給我倒上一杯，讓我過過癮。」林松聽完吩咐道。

阿酒被林松的反應愣住了，一般人不是都會說「這麼貴呀？快收起來。」的嗎？

「哈哈，林秀才真是妙人。阿酒，看來妳這酒是留不住了。」謝承文哈哈大笑起來。

只有林宥之淡定地喝著小酒，似乎對林松的反應早已經見怪不怪。

「表哥，大舅一直都是這樣子的嗎？」阿酒見林松跟謝承文正在興頭上，便低聲問著林宥之。

「妳準備好兩罈酒吧，要不他肯定會賴著不走的。」林宥之並沒有回她，只是提醒道。

阿酒現在特別好奇林松在學堂裡是個什麼樣了。在她的印象中，學堂的那些先生不都是摸著鬍子、板著臉，然後頭一搖一擺的教著學子嗎？把這些動作代入到林松身上，阿酒再次看了看他，忙搖著頭把這些畫面甩出腦海中，光想想那情景都覺得不寒而慄。

「怎麼了？」林宥之奇怪地看著阿酒。

「表哥，大舅在學堂也這樣？」阿酒還是忍不住問出口了。

「哈哈，放心，我在學堂可受歡迎了。」林松剛好聽到阿酒的問話，笑著回道。

林宥之也在阿酒充滿疑問的眼神中點點頭，看來是贊成林松的話。

一行人喝得盡興，謝承文抱走了一罈酒，並跟阿酒說等過些日子就來取酒，然後便瀟灑地走了。

林松則讓阿酒坐下來，看來是有問題想問她。

「阿酒，辛苦妳了。」林松看著跟妹妹沒多少差別的臉，感慨地說道。

「大舅。」阿酒心裡有些激動。她是心甘情願為這個家付出的，所以並不覺得辛苦，當看到家裡的變化時，她只覺得心裡特別的充實、驕傲。

「妳很像妳娘，美麗、聰明，不過妳娘沒有妳大膽，雖然她也有心機，卻太在意別人的看法，再加上她身子不好，年紀輕輕的就去了。妳這樣很好，活得自在，舅舅很高興。」林松拍了拍她的手，輕聲說道。

「表妹像您。」林宥之卻在一旁插了一句話進來。

阿酒看著林松那又寬又方的臉，以及壯實的身材，實在不敢想像如果自己長得像他，會是個什麼樣子？她馬上一臉黑線的看著林宥之。

「性格，不是外貌。」林宥之知道阿酒想歪了，忙悄聲說道。

「怎麼，長得像我不好嗎？」誰知道還是被林松聽到了，他兩眼一瞪，不滿地說道。

阿酒被他一逗，不禁大笑了起來。大舅怎麼就這麼可愛呀。

林宥之卻是看著林松，一臉的無奈。表妹要是真長得像父親，他們可就真要擔心了。

第四十一章

晚飯因為只有阿酒一家跟林松他們，桌上的氣氛很好；姜老二也被林松抱了出來，他那黝黑的臉上笑意一直沒斷過。

飯後男人們都在喝酒聊天，宋氏不喝酒，阿酒就推著坐在輪椅上的她，來到院子裡。

皎潔的月光照在院子裡，涼風習習，如果再有棵桂花樹散發著桂花香，那就更加舒服了。

「阿酒，妳都十三歲了吧。」宋氏溫柔的目光落在她身上，很是溫暖。

「嗯。」阿酒點了點頭。

「都是大姑娘了，眼看著可以相看人家，可憐妳娘去得早，這些事也沒有個人替妳操勞。」宋氏憐惜地說道。

「舅媽，我才十三歲，早著呢，阿曲他們都還沒長大，我不嫁人。」阿酒把頭埋在宋氏的膝蓋上，不依地說道。

「姑娘家大了總是要嫁人的，可惜舅媽的腿不方便，住得又有些遠，要不舅媽一定要為妳挑一個如意郎君。」宋氏輕輕地摸著她的頭。「妳啊，像妳娘，長得好看，以後提親的人肯定也多。不過舅媽告訴妳，以後妳嫁的人，一定得好好選，不求他大富大貴，可必須得能跟著妳踏實地過日子。」

阿酒知道宋氏是真心為她著想，在提點她，她認真地聽著。這些道理她也懂，但她就是喜歡這種被人念叨的幸福。

「要是我將來要相看夫家，一定請舅媽過來。」阿酒見宋氏一臉的不放心，似乎一個不小心就她就會被別人騙走的樣子，忙出聲說道。

「好呀，妳一定要來接我。」宋氏毫不猶豫地就答應了。看來她跟大舅的性格還真有些相似，都一樣的熱心。

「舅媽，有一件事，我想問問您。」阿酒有些遲疑，不知道跟舅媽提這件事適不適合？

「什麼事？妳說。」宋氏看著欲言又止的阿酒，鼓勵地說道。

「舅媽，我爹還年輕，是不是應該讓他再去找個人一起過日子？」阿酒吞吞吐吐地說。

「這是妳爹說的？」宋氏頓時有些不高興了。

「不是，爹沒有提過，只是我心疼他，所以想為他找個人。再過幾年要是我出嫁了，阿曲他們如果有出息，也都要去外面讀書了，那家裡就只剩下他一個人，那樣太孤單了。」阿酒忙解釋道。

「妳爹有妳這麼個女兒，真是積了幾輩子的福氣啊。」宋氏感嘆地說道。「這件事我再跟妳大舅商量商量，就怕找來的女人到時要是對你們不好，那好好的一個家，只怕就要亂了。」

阿酒也知道她說得沒錯，但總不能因為這樣，就讓姜老二以後一個人過吧？這對他也太不公平了。

「難道妳有人選了嗎？」宋氏過了一會兒，忽然又問道。

「舅媽，您覺得劉姨怎麼樣？」阿酒小心翼翼地問道。

「就是那個被妳救回來的女人？」宋氏想了想，問道。

「嗯，就是她。」阿酒點了點頭。

宋氏沈默了一會兒，似乎在回想劉詩秀是個什麼樣的人。「如果妳覺得適合，也行，我跟妳大舅說說，讓他去探一探妳爹的意思。」

阿酒點點頭，沒有再提這件事，轉而問起了另外兩個表弟。

「他們跟著先生出去遊學，一時半會兒是不會回來的，等他們回來，我再接妳過去聚一聚。」宋氏沒有女兒，對阿酒是真心的喜歡。

「好呀，到時我一定過去打擾。」阿酒笑著回道。

「娘，該睡了。」不知道什麼時候，林宥之來到了她們後面，見天色已晚，不由得提醒她們道。

宋氏點了點頭，叫阿酒也快去休息，就讓林宥之推著自己回房去了。

林松他們住了三天就要回去了，學堂裡的學子們還等著他回去上課呢。

阿酒給他裝了好幾罈酒，並叮囑林宥之一次不能讓他喝多了。這酒的度數不像米酒，後勁大，容易醉。

「放心吧，大舅心中有數。」林松摸了摸她的頭。「阿曲和阿釀都聰明又認真，是讀書的好苗子，如果遇到什麼困難，就寫信過來給我。另外，妳爹的事，我跟他提了提，他一開始拒絕，後來在我的開導下，說是會好好想想。」

看著遠去的馬車，阿酒的心裡很是不捨。這幾天是她過得最開心的日子，她能感受到大舅、表哥對她無條件的疼愛，特別是宋氏的那種母愛，前世今生她還是頭一次享受到。

「捨不得妳大舅他們？」姜老二見阿酒進來後，神情懨懨的，不禁擔心地問道。

「嗯，有一點。爹，您感覺怎麼樣了？」阿酒擔心著他的身子，很快就將那種不捨的感覺拋到腦後。

「好多了。」姜老二想了想，又說道：「阿酒，妳想要個娘？」

姜老二從沒想過這個問題。自從林氏走後，他唯一的心願就是好好養大三個孩子，至於自己的事，他想也沒想過。林氏走後的兩、三年，也有人和他提過是否要再娶？那時周氏一口就拒絕了，而孩子們還小，他也怕討個女人回來會虐待孩子，後來就再沒提過再娶一事。

他沒想到如今竟讓女兒為他操這個心，當他從林松的口中得知這一切時，只覺得五味雜陳，心裡的滋味無法形容。

看著小心翼翼的姜老二，阿酒的心情一下就明朗了。「爹，您找個人回來陪您，也好有個說話的伴，現在咱們都大了，您也不能光為咱們著想。」

姜老二搖了搖頭。「爹沒事，已經習慣了，現在幫妳釀釀酒，等妳嫁人、阿曲也成家了，我帶帶孫子就行。」

阿酒聽了心酸不已。在他的世界只有孩子們，根本就沒有自己，這就是一個父親。

她打算慢慢開導他，如果他不中意劉姨，也可以另找一個，只是這事急不得。

很快就到了中秋節，劉詩秀提前做了很多月餅。這時的月餅跟前世的有很大的差別，不過阿酒嚐了嚐，覺得味道還挺不錯的，只是那餡料有些單一，只有綠豆、紅豆的。

「劉姨，可以包一點別的餡料嗎？」阿酒忽然很想吃前世的五仁月餅。

「別的餡料？還能包什麼？」劉詩秀疑惑道。

「可以包一些五仁、叉燒、蓮蓉和蛋黃啊！」阿酒脫口而出就是好幾種口味。

「這、這些該怎麼弄？阿酒，妳是從哪裡知道這些餡料的？」劉詩秀好奇地問道。

阿酒恨不得打自己幾個嘴巴，一得意就忘形。「難道劉姨沒聽說過這些？我好像是上次去府城那糕點店，還是在書上看到的吧。」

劉詩秀疑惑地看著阿酒。她娘家以前就是做糕點的，可從來沒聽說過這些餡料，難道松靈府現在出新味道了？

阿酒怕劉詩秀繼續糾纏這個問題，忙拉著她去試做，看能不能做出來。

劉詩秀不愧是糕點世家出來的，在阿酒的指點下，把五仁和蛋黃的餡料弄了出來，雖然跟以前吃的不一樣，但以現在的原料來說，已經很不錯了。

阿美一來就不客氣地拿起一個五仁月餅，吃得歡快。「這月餅很好吃，怎麼做的？」

「好吃吧，這可是我跟劉姨研發出來的。」阿酒得意地說道。

「這肯定是劉姨做的，妳最多就在一旁動動嘴。」阿美斜著眼看阿酒，了然地說道。

「那也是我說了，她才做的，再說妳就不要吃了。」阿酒威脅道。

阿美吃完手中的，又跑到劉詩秀那裡拿了一個蛋黃月餅，然後示威地對她招了招手。

阿酒無奈地朝她露出了一個苦笑。「行了，別光顧著吃，快點過來幫我裝好。」

她把劉詩秀做好的月餅用油紙包好，準備當中秋禮送去給走得近的幾戶人家，特別是謝家酒肆，謝承文幫了自己一個大忙，自己總要表示表示。

「我家的就不用包了，我自己來。」阿美倒是一點也不客氣，一邊包著月餅，一邊說道。

「對了阿酒，妳表哥成親了嗎？」她忽然小聲地問道。

「還沒有。怎麼了？」阿酒不明白她怎麼突然問起自己的表哥來了？

「我聽村裡有好多人在跟我娘打聽消息呢，看來是想跟妳家表哥說親。」阿美做了個鬼臉道。

「妳是不是又偷聽了？讓姜五嬸知道，妳又要被罵了。」阿酒笑著說道。

「重點不是這個，阿酒。」阿美吐了吐舌頭，然後不甘心地說道。

「表哥的婚事有我舅媽和大舅操心，跟我有什麼關係？」阿酒把包好的月餅放在了籃子裡，隨意地說道。

「妳現在是不知道那些人的厲害，等過兩天就知道了。」阿美一副看好戲的模樣。

中秋節，在那些大戶人家裡花樣挺多，但是在溪石村這樣的小山村，大家都只是弄頓好吃的就過去了，像月餅這樣的糕點，那也是銀錢充足的人才會買上一、兩個嚐嚐鮮，像阿酒他們這樣做上這麼多月餅的，還真沒有幾家。

當阿酒把月餅送到村長家時，就連姜老太爺都誇她的手巧，說這月餅是他平生所吃過最好吃的。

阿酒紅著臉解釋不是自己做的，姜老太爺卻只是搖著頭，接著又吃上一個。

村長奶奶忙把她領到外面，拿了一條魚給她。「咱們可沒有那麼精緻的東西可以送給妳，這妳拿回去吃。」

「村長奶奶，不用了，我家裡有的。」阿酒忙推卻道。

「拿著吧，我這兒還有好幾條呢。」村長奶奶堅持道。

最後，阿酒提了一籃子月餅出去，回來時則提了一籃子的東西回來，有魚、雞蛋啊，甚至還有蘑菇之類的。

「阿釀，你把這些送到老宅去。」阿酒把前些日子做好的衣裳，還有幾個月餅、一條魚、幾斤肉都裝在籃子裡，遞給他道。

「阿姊，我不想去。」阿釀拒絕道。

阿曲沒有回來，姜老二的腿傷了，只能派他去，結果他卻不願意了。

「阿釀，那是阿奶，你不去別人會說話的。」阿酒試著解釋道。

雖然他們家跟姜老大斷絕了關係，但跟周氏的關係是無法斷的，阿釀他們如果想考取功名的話，名聲可不能受損，這也是阿酒讓他去老宅的緣故。

「阿姊，我不喜歡那裡。」平時很好說話的阿釀，此時卻任性了。

阿酒看著一臉委屈的阿釀，只得好聲好氣地說道：「那你陪阿姊一起去。」

阿酒看著垂頭喪氣的阿釀，覺得既好氣又心疼。他是對老宅有了陰影，不願意去了。

「行了，男子漢就挺起胸來，你可是說過要保護阿姊的。」阿酒可以允許他把不滿發洩出來，但不能一直沈浸在過去的陰影中。

阿釀本來還覺得委屈不已，可一瞧見阿姊嚴肅的面孔，他才發現自己太自私了，阿姊肯定也不想去老宅。

「阿姊，要不我自己去吧。」阿釀突然懂事地說道。

「走吧，咱們一起去。」阿酒見他一點就通，欣慰地說道。

「阿酒，你們這是要去哪呀？」路過的梅寡婦看到阿酒，心情有些複雜地上前問道。

對梅寡婦，阿酒雖然沒有怨言，但卻敬而遠之。畢竟她當時在村裡放出那種流言，根本沒想過那對一個沒出嫁的小娘子有著多大的傷害，自己還是別跟她有什麼糾葛才好。

「去看阿奶。」阿酒淡淡地說道。

「哎呀，真是孝順，妳阿奶那樣對你們，妳還肯去看她。」梅寡婦誇張地說道。

阿酒本不願意跟她說話的，但現在卻想藉著她的嘴把這件事傳出去，就應付著說了幾句，才拉著阿釀朝老宅走去。

「阿酒，來看妳阿奶啊？」杏花嬸從屋裡探出頭，笑著問道。

「嗯，這不是過節了嗎？就過來看看。」阿酒笑著回道。

「快去吧，妳阿奶的福氣都被自己鬧完了，幸虧還有你們。」杏花嬸搖著頭說道。

李氏見是阿酒他們來了，忙笑著說道：「哎呀，是阿酒來了？妳阿奶昨天還在問，怎麼還不見你們送衣裳過來？我還勸她說放心吧，這不今天就送來了嗎？」說完李氏就伸手過來要把籃子接過去，阿酒朝側面一扭身。看來沈默一段時間的李氏，那心思又活起來了。

「不麻煩大伯母了。阿釀，走。」阿酒不想跟她有什麼瓜葛，直直朝周氏的房間走去。剛來到房門口，一股騷味就散發出來，阿酒忍住不適，快步走了進去，只見周氏的房間裡變得空蕩了很多，而她正靠著枕頭躺在那裡。

見阿酒他們走了進來，周氏就開始嘰嘰歪歪地罵了起來，只是明顯已經口齒不清了。

「阿奶，咱們來看您了，這是為您準備的過節禮，一套秋衣、一些月餅，還有魚肉。」阿酒故意大聲說道。

「錢、錢。」周氏含含糊糊地說道。

阿酒不由得有些惱。周氏都成這個樣了，還想著要算計他們呢，明明說好了只有送年禮時才要給銀錢的，如今她卻還要提錢。

「什麼？您問我爹呀？」阿酒大聲地說道：「我爹去鎮上，不知道被哪個沒良心的人給打傷了，如今還躺在床上呢。他現在也幹不了活，家裡就幾畝旱地，要不是謝少東家憐惜，只怕咱們連飯都沒得吃。阿奶，您說什麼？我爹怎麼樣？我爹現在腿斷了，動不了。」

阿酒看著周氏的臉慢慢變成黑色，心裡覺得痛快淋漓。她就是故意這麼說的。

李氏惦記著阿酒籃子裡的東西，就偷偷站在外面聽著，聽到阿酒這樣說，她心裡有些發虛。雖然姜老大這些日子都沒有再回來，但她覺得姜老二被打的這件事，跟他脫不了關係。

「這裡有一兩銀子，阿奶拿去買點藥吧，咱們能做的也就這些了。」阿酒故意把銀子放在桌子上，然後拉著阿釀就離開了。

「阿姊，妳幹麼要給錢？還放在那桌子上，阿奶拿得到嗎？」阿釀有些不服氣地問道。

「傻瓜，對一個時時刻刻都想要錢的人來說，看著錢卻拿不到的滋味是什麼樣啊？」阿酒不禁露出了微笑。

阿釀佩服地看著阿姊，只覺得她真是聰明，不過卻提醒著自己，以後可千萬不能得罪阿姊，要不她隨便一個點子，就會讓你求生不得、求死不能。

阿酒他們剛剛離開，李氏就進了周氏的房間，把放在桌上的東西一股腦地全都收走，就連那一兩銀子也不放過，拿走之前還在周氏面前拋了一下銀子，然後對周氏笑了笑。

周氏眼睜睜地看著李氏把那些東西拿走，只覺得眼前一黑，就要暈了過去。

「娘，您可要小心身子，您兒子可是好多天沒回來了，家裡好久都沒進帳，您要是有個三長兩短，我可沒錢給您看病。」李氏嘲弄道。

李氏剛走出房間，就見鐵牛大汗淋漓地從外面跑了回來，伸手就從她懷裡抓了個月餅，大口吃了起來。

「娘，這哪兒來的？可好吃呢，比鎮上那糕點店賣的還要好吃。」鐵牛邊吃邊說道。

「你問那麼多幹麼？少吃點，這些給你哥哥留著。」李氏伸手戳了戳他的頭。

周氏在裡面聽得口水直流，無奈自己動彈不得，想罵人卻因平時吃不飽，全身乏力。

晚上鐵柱回來看見桌上的菜，還有李氏遞給他的月餅，問道：「二叔他們送來的？」

「是啊，你二叔他們送來的這月餅真好吃，也就他們傻，還送這些東西來。」李氏露出一副嘲笑傻子的表情。

「娘，這些是二叔他們送給阿奶的，您怎麼就拿來吃了？他們還送了些什麼？您快拿去給阿奶吧。」鐵柱無奈地說道。

「呸，你阿奶現在吃的、喝的可都是我在替她操勞，你那死鬼老爹都有多久沒回來了？再說了，你都十六歲了，馬上就要娶媳婦，如今咱們水田也沒了，就剩下那一點旱地，以後可怎麼辦？」李氏想到以後，忍不住就罵了起來。

「娘，錢我會去賺，那些是阿奶的。」鐵柱感到有些心力交瘁。

「大哥，你要是不吃，就給我吃吧。」鐵牛一把將月餅搶了過來。

李氏順手就給了鐵牛一巴掌。「就知道吃，你都吃了那麼多了，滾。」

鐵牛叫了起來。「娘只疼大哥，都不疼我了，明明他不想吃，我拿過來卻得挨打。」

李氏氣得又要打他，鐵牛趕緊往外跑，李氏在他後面追著，嘴裡還不停地大聲罵著。

鐵柱搖了搖頭，便拿起碗，挾了些菜，朝周氏的屋裡去了。

中秋節過後，姜五把阿酒讓鐵匠打製的東西都拿了回來，阿酒跟姜五忙活了好幾天，終於把酒坊整理好，萬事俱備，只等阿酒哪天喊一聲，就可以釀酒了。

若要大量釀製大麴酒，她就必須多請幾個人了，畢竟選原料、碎糧這些活，都需要人力來完成。

「姜五叔，除了大棗叔、大江叔和大春，我還需要再請四個人，這件事就交給您了，您是知道我的要求的，萬事開頭說個明白，我可不希望有一天鬧出什麼不愉快來。」阿酒輕聲吩咐道。

「放心吧。」姜五不是第一天跟阿酒做事了，自然明白她對於請人的要求。

釀酒的事前準備工作還挺多，姜老二現在又幫不上忙，讓阿酒忙得團團轉。

忙了一陣子，好不容易得了空，她突然想起該問一問劉詩秀的意思了。

「劉姨，您還想過要回去嗎？」阿酒來到廚房找劉詩秀，開口問道。

「回去？」劉詩秀聽了，心裡湧上幾分惆悵。那個家，她還回得去嗎？

「您不回去的話，有什麼打算嗎？」阿酒想湊合她跟姜老二，因此得先瞭解她的心思。

「阿酒，妳不是要趕我走吧？」她不安地看著阿酒。

「不是，只要您願意，一直留在這裡也沒事。」阿酒見她誤會了，忙朝她擺擺手。

「那我就一直留在這裡，好好養大康兒。」劉詩秀放下了心，笑著說。

「難道您打算一直一個人？有沒有想過再找個人一起過日子？」阿酒不經意地問道。

劉詩秀一愣，很快就紅著臉說道：「阿酒，妳一個沒出嫁的小娘子，怎麼問起這個？我沒想過這問題，康兒那麼小，誰會願意要我？就算別人願意，誰又能保證對康兒好？」

阿酒注意到，她說這話的時候，其實並不是拒絕再嫁，而是擔心給不了康兒好的生活。

第四十二章

姜老二扶著枴杖，已經慢慢能走了，而阿酒的準備工作也全都做好了，酒坊終於開張，看著酒坊裡新釀好的一罈罈酒，她的心情很是愉悅。

「姜老二，在家嗎？」敲門聲夾雜著金磚的叫聲傳來。

「您是？」阿酒打開門，只見外面站著一個五十歲上下的婦人，一身棗紅色的綢緞衣，就連頭上都戴著一朵紅色紗花，臉上還擦了些粉。

「妳就是阿酒吧？我是花嬸，今兒個可是送好消息來的。」花嬸跨進了院子，眼睛四處打量，誇張地笑著說道。

阿酒還沒弄明白她的身分，只得陪著她進了屋。

姜老二正坐在屋簷底下，看到花嬸便皺了一下眉頭，然後對阿酒說道：「妳去忙吧，順便叫妳劉姨泡壺茶來。」

阿酒雖然好奇她的身分，但想著自己還有很多事要做，交代劉詩秀一聲後便走開了。

「花嫂子，妳這是？」姜老二疑惑地問道。

「姜老二啊，是好事，這不聽說你要娶親，就有人託我來問問真假了。」花嬸一個勁兒地打量著姜老二，心裡暗暗讚嘆，看來姜老二真的是大翻身了。

「誰說我要娶親了？我這半條腿都要伸進土裡的人了，妳胡說八道些什麼呢。」姜老二一聽她這樣說，就生起氣來。
阿酒是問過這問題，但他確實沒這想法，再說如果他真要再娶，也不會如此大張旗鼓。
「別急呀。姜老二，你才三十幾歲，離進棺材還久著呢；再說了，這個家裡還是需要一個女人的。你想想，剛剛那個是你閨女阿酒吧，看樣子也十三、四歲了，眼看著就要及笄，然後就得說親了吧？到時說親這檔事，你方便出面嗎？總不可能讓她自己來操勞這些吧？況且你可還有兩個兒子，到時去相看小娘子，也不可能你自己去吧？這些可都需要一個女人來主持的。」花媒婆做了半輩子媒，當然知道怎麼去勸說別人。
姜老二從沒想過這些，被花媒婆一說，覺得還真有幾分理，他猶豫了一下。「是誰託妳來打聽的？」
花媒婆一聽就知道有戲，心裡一樂，忙把身子坐正，介紹起那女人來。

阿釀很聰明，學堂的先生已經跟阿酒說了，認為阿釀沒必要再在村學裡待下去，如果還想上學，可以轉到鎮上。
明天阿曲剛好休假，阿酒正在準備東西，打算等一下就帶阿釀去鎮上學堂考試，順便可以帶阿曲一起回來。
「有這些就夠了吧？」劉詩秀把四色糕點打點好，問道。
阿酒點點頭。這次她比上次準備得更加周全，畢竟有經驗了；再說，以阿釀的聰明，先生一定會收下他的。

「爹，您在想什麼？」阿酒見姜老二坐在那裡發呆，忍不住問道。

「阿酒啊，妳坐。」姜老二明明有很多話想說，卻似乎不知從何說起，看著眼前越來越像林氏的面容，他深深地嘆了一口氣。

看著滿臉糾結的姜老二，阿酒順從地坐了下來。

「阿酒，妳上次提的那件事，我認真的考慮了一下。」姜老二認真說道。

阿酒愣了愣，不明白他怎麼會忽然間提起，不過還是想聽聽他怎麼說。

「那爹的意思是？」阿酒小心翼翼地問道。

「妳娘走了有七、八年了吧？她剛走的頭幾年，你們姊弟三個還小，不少人也勸過，讓我找一個可以照顧你們的，但妳阿奶不願意，我也從沒想過，總覺得對不起妳娘，又怕娶回來的女人對你們不好，見我不熱衷，漸漸地也就沒人再提這件事。

「那天妳又跟我提起，我原本是不同意，不過咱們家裡確實需要一個女人，等妳及笄了，才有人能幫忙去相看人家，到時阿曲他們的親事，也需要有人來操勞。」姜老二緩緩說道。

以前不願娶是考慮他們，現在娶親也是為了他們，阿酒看著姜老二那有些滄桑的臉，心裡有著說不出來的暖意。這就是父愛吧。

「爹，咱們的事您不需要擔心，我想讓您再找一個女人，是希望能夠照顧您的生活，讓您以後不那麼孤單，您再好好想想吧。」阿酒認真說道。

姜老二聽了，沒再說話。也許有些話他並不想直接跟女兒講，但阿酒想，他肯定會好好考慮自己說的話。

「對了，爹，剛才來的那個人是誰呀？」阿酒突然想起方才來的那位花嬸，忍不住問道。

「哦，妳說花媒婆呀？」姜老二愣了愣，回道。

「媒婆？來給誰說親的？」阿酒的心跳了跳。

「也不知道是哪個女人託她來打聽消息，我已經回絕了。」姜老二有些尷尬地回道。

阿酒見他竟難得的臉紅了。難道是來給他提親的？看來姜老二的行情還是不錯的。

「爹，真是給您提親的？對方的情況怎麼樣？」阿酒好奇地問道。

「是隔壁村的一個寡婦，還帶著兩個孩子。」姜老二明顯有些不想再提。

阿酒一聽卻是不高興了。對方怎麼是這樣的條件？她看了看坐在對面的姜老二。雖然三十多歲了，但他長得還不錯，標準的國字臉，濃眉大眼，憨厚的臉透著一絲成熟穩重，如今也算是有些家產了，這樣的男人放在前世，可是那些大叔控眼中的精品呢。

阿釀跟阿酒一起來到學堂前，這次阿釀進去後，阿酒沒有了上次的緊張，站在同一個位置上，她還有心情欣賞起這裡的風景。秋日的山頭，到處一片金黃，遠處田野中已經彎下了腰的稻穗，還有穿梭在這條路上的學子，構成了一幅獨特的美景。

「阿酒？」一個聲音在她身後喚道。

「李先生？」阿酒沒想到這麼巧，竟又遇到了李長風。

「還真是妳，怎麼過來了？」李長風穿著一件灰色的細布長袍，腳上一雙黑色的布鞋，雖然打扮有些簡單，氣質卻很是出眾，不知道是不是當先生的緣故，他不笑的時候看起來有些嚴肅，不過笑起來卻讓人感覺很親切。

「我陪阿釀過來考試。」阿酒笑著回道。

「妳兩個弟弟都很聰明。」李長風溫和地說道。

阿酒聽了，那笑容遮都遮不住，這可比誇她自己要讓人高興多了。

李長風看著眼前笑容滿面的小娘子，只覺得心怦怦地跳得格外得快，她本就長得好看，笑起來更像是一朵迎春花，讓人有一種如沐春風的舒服感。

李長風的臉有些發紅，看向阿酒的眼神也越加溫柔了起來。

「阿姊、阿姊，咱們出來了。」阿釀笑著跑了過來，阿曲則是不緊不慢地跟在他後面，感覺阿曲又長大了不少，也更加穩重了。

「李先生。」只見阿釀跑到阿酒的面前，歡快地說著考試的情形，而阿曲則是走到了李長風的面前打起了招呼。

「那咱們先走了。」見兩個弟弟都出來了，阿酒向李長風告別。

李長風朝她點了點頭，看著他們姊弟三人說說笑笑地離開了，他的目光不由得送了很遠、很遠。

「以後你就可以跟哥哥一起來鎮上讀書了，那你會不會想阿姊呀？」阿釀考上了，阿酒很是開心，但心底卻又漫起了一陣惆悵。

「當然會想。阿姊，要不妳也來學堂吧，以妳的聰明，肯定考得上的。」阿釀想起就要離開家了，臉上的笑容也淡了幾分。

「好呀，不過你們學堂收女學生嗎？」阿酒順著他的話問道。

阿釀把目光投向了阿曲，阿曲朝他搖了搖頭，他的臉一下子就垮了下去。「那怎麼辦？阿姊，要不我還是在村裡讀書就好了。」

阿酒聽了有些哭笑不得。阿釀有時候很聰明獨立，但有時候又表現得很依賴她。

「就算你們學堂招女學生，阿姊也不能去讀啊，阿姊要賺錢給你們讀書。再說了，你捨得阿爹一個人在家？」阿酒輕聲說道。

「那放假了我就回去，阿姊妳要準備很多好吃的等著我。」小孩子的脾氣總是這樣，來得快，去得也快，阿釀一見這件事行不通，馬上就想到別的了。

三人回到姜家，只見劉詩秀抱著康兒，正陪著姜老二在院子裡坐著，姜老二不時地逗一下康兒，康兒朝著他露出一個可愛的笑容，看起來十分溫馨融洽。

阿釀去鎮上讀書了，家裡一下子就靜了下來。阿酒只覺得心裡空空的，時不時就發起呆來，總想著阿釀不知道在學堂裡適不適應、有沒有人欺負他？畢竟他才九歲，別的學生都比他大。

「阿酒，妳姜五嬸說不知誰家有了小狗，妳去問問。」姜老二實在是看不下去了，便喊她出門去看看。

阿酒走在村道上，發現那些女人看她的眼神有些怪，最終有幾個女人圍了過來。「阿酒，妳這是要去哪呀？聽說妳爹想給妳找個後娘，是不是真的？」

「對呀，阿酒，要不嬸子給妳爹介紹一個，肯定是個老實的。」

「我娘家的一個小姨挺適合的，要不妳回去問問妳爹，過幾天一起去看看？」

不知道是誰把姜老二要娶親的事洩漏出去，阿酒不禁滿臉的黑線。沒想到姜老二竟是這樣受歡迎。

「阿酒，妳這是怎麼了？」姜五嬸看著像逃難一樣跑進來的阿酒，不禁問道。

「哎，一言難盡。」要不是她跑得快了些，只怕要被那些人拉得骨頭都散了。

「阿酒，如今這麼多人要給姜二伯介紹，到時輪到妳，只怕人更多了。」阿美聽完阿酒方才的遭遇，頓時笑得直不起腰來。

阿酒白了她一眼，不過阿美說的那種情況應該不會發生，畢竟村裡的人對自己的印象，好壞各半。

「姜五嬸，妳看阿美她想嫁人了，妳可得早點為她打算了。」阿酒故意大聲說道。

「妳亂說。」阿美撲過去用手摀住了阿酒的嘴，滿臉通紅。

姜五嬸搖了搖頭。這兩個瘋丫頭也不知道害羞，讓別人聽去了，那名聲可壞了。不過她心裡雖然這麼想，呵斥的話到底沒有說出來。姑娘家也就只有還在家裡的時候，能夠快快樂樂的過上幾年，等以後嫁了人，日子可就沒有那麼自由自在了。

「明明是妳先提起的。」阿酒掙扎了半天，脫離了阿美的限制。

「就不准妳說。」阿美跺著腳，有些賴皮地說道。

讓阿酒沒想到的是，她只當那些女人是說說而已，結果第二天，那些人居然上門來了。

「阿酒，這是怎麼一回事？」姜老二送走了最後一批人，黑著臉問道。

阿酒看著他的樣子，莫名的覺得有些好笑，可又不敢當著他的面笑，只得扭過頭去。

「阿酒。」姜老二無奈地叫道。

「爹，不就是您見到的這樣嗎？說實話，見了這麼多，有中意的嗎？」阿酒打趣道。

姜老二面無表情地坐在那裡，不再出聲，阿酒只好摸了摸鼻子，暗想真無趣，一點玩笑也不能開。

「爹，說真的，您是怎麼想的？」阿酒只好嚴肅的問道。

「以後這件事，別再提了。」姜老二有些怕了。以前怎麼沒有那麼多女人上門？她們打什麼主意，他一眼就看穿了，不就是看他現在賺了點錢，嫁過來能讓日子好過些嗎？有哪一個是真心想嫁給他的？還不都是奔著錢來的。

阿酒見姜老二不像是在說笑，就點了點頭，不再提起這件事。

沒想到李氏竟也給姜老二介紹起媳婦，不過被他打了出來，這消息很快就傳遍了村子。大多數的人都說李氏不安好心，也有少數人在暗地裡說姜老二一有錢就變了個人。

不過自此之後，再也沒有人上門來自討沒趣，這也是算是意外之喜了。

自從酒被搬走後，阿酒這些天心裡總是七上八下的。不知道那些酒賣得怎麼樣？價格好不好？在她的期盼中，謝承文總算是回來了。

「阿酒，妳看看，我給妳帶什麼來了？」謝承文的心情很好，那帥氣的臉上一直有著笑容，讓阿酒不禁看得失了神。

「這麼多？咱們發財了？」阿酒驚喜地看著眼前的一疊銀票。

謝承文點點頭，笑了笑。他並不是第一次拿這麼多銀票，不過過去那些都不是自己的，而眼前的卻都屬於自己，那種心情當然是截然不同。

「怎麼這麼快？」阿酒一邊數著手中的銀票，一邊問道。

「妳猜猜，為什麼會這麼快？」謝承文心情好，也就有了逗弄人的心思。

「你不說拉倒。」阿酒一點也不配合他。反正錢到手了，至於其他的，他不說就算了。

謝承文頓時覺得阿酒一點也不可愛了，他咳了幾聲，然後捏起一塊糕點，慢慢地吃了下去，才開口道：「其實能賺到這麼多錢，還真虧了我有個好夥計。」

原來謝雲飛拿了那幾千兩銀子到了京城，他發現在沿街的大道上要找一個店鋪，不說價錢有多貴，他連著找了好多天，根本就找不到。後來他乾脆放棄在那裡找了，而是在富人住的街區買下了一個小花園，那裡的環境很好，他適當地整修了一下，就成了一個休閒酒莊，在那裡喝酒、會友，很是愜意。

開張的第一天，謝雲飛拿出從阿酒這裡送去的米酒，眾人已經對這米酒感到很是意外了。可過沒幾天，他又免費送眾人一小杯大麴酒，喝過這種酒的顧客，紛紛想買，結果被告知這種酒需要預訂，而且只有幾十罈，早定者、價高者得。

因此，他開張不到一個月的休閒酒莊，在京城便已經出名了，許多人都翹首以盼那種酒的到來，等謝承文一把酒送到，不到兩天就售完了，而且已經有很多人定了下一批。

阿酒對謝雲飛的經商才能驚嘆不已。沒想到他的促銷手段那麼高明，先是吊足別人的胃口，然後又限量發售，對人性掌握得如此透澈，哪可能賺不到錢。

「我已經答應再過一個月就得送去一批酒，妳這裡可別出了差錯。」謝承文提醒道。

阿酒很想給他一個白眼，不過想想手中的銀錢，還是朝他點了點頭。「放心吧，不過下次有人要預訂這種酒，你時間還是拉長一點好，這些酒得放久一些，味道才更好。」

謝承文點點頭，想了想又道：「阿酒，妳這些日子過得不錯呀，這糕點可比外面賣的糕點要好吃多了。不如妳把這糕點方子給我吧，這要是放在咱們的休閒酒莊裡，就又多了一樣讓人愛上那個地方的東西。」

這下子阿酒是真的沒有忍住，直接給了他一個白眼，不過到底不想跟錢過不去，就去幫他問了問劉詩秀。

劉詩秀遲疑了一下，不過還是點了點頭，把方子告訴了阿酒。

「這方子可不是我的，不能白拿。」阿酒直接跟謝承文說道。她方才把劉姨的遲疑看在眼裡，想來這是她家傳的方子，但卻什麼也沒說就拿出來了，阿酒在心裡承了她的情。

「放心，這就當買這點心方子的錢吧。」謝承文直接又拿了一張銀票出來。

阿酒接了過來。有了這些銀子，劉姨要養大康兒就不成問題了，也免得她總是沒有安全感。

第四十三章

姜老二終於可以走路了，此時的稻穗已經一片金黃，眼看就能收割了。

「阿酒，明天我想去看看那些水田。」姜老二這些日子以來，一直牽掛著之前買下的水田，好不容易能動了，他當然是迫不及待想去看看。

「行，我也去。」阿酒笑著回道。

路程有些遠，於是姜老二跟阿酒一大早就出發了。今年風調雨順，田裡的莊稼長勢都不錯，想來他們家的收成也不會太差。

上合村是一個離鎮上比較遠的小村莊，這裡的位置偏僻，生活條件當然也無法跟溪石村相比。

從他們進村之後，放眼看過去，全都是泥屋，好一點的也只是土磚屋，在田裡耕種的村民所穿的衣裳，滿滿都是補丁，就連村民也是面黃肌瘦的。

「就是這裡了。」到了一間屋子外頭後，姜老二跳下馬車。

這屋子看起來還可以，雖然只有三、四間房，卻是青磚造的，而且還有一個大大的院子，後面還有一排土磚屋，那裡掛著一些衣裳，想來是住著人。

「東家，您來了。」一個穿著粗布衣裳、手中拿著把鐵鍬的漢子，朝他們走了過來。

「嗯，就要收成了，我過來看看。」姜老二朝他點點頭，然後介紹道：「這是陳莊頭，管著咱們家的田地；這是我閨女，阿酒。」

「小姐好。」陳莊頭給了她一個憨厚的笑容。

「那我先跟東家您說說田裡的情況吧。」陳莊頭放好鐵鍬，迎著他們進屋，這時一個小女孩跑了出來，一雙大大的眼睛好奇地看著阿酒他們。

「竹枝，去叫妳娘出來，說是東家跟東家小姐過來了。」陳莊頭摸了摸小女孩的頭說道。

小女孩蹦蹦跳跳地跑到那一排土磚屋前，很快就有一個女人走了出來。

姜老二已經跟陳莊頭聊上了，都是說一些田裡的事，阿酒聽不懂，也沒什麼興趣。陳大嬸雖然陪著她，但比較害羞，不愛說話，甚至不敢抬起頭來看她。

「爹，我去外面走走。」阿酒想著還是出去看看自家的地，總比現在這樣乾坐著好。

陳大叔家的竹枝帶著阿酒隨意在田野間逛著，沒想到竟讓她看到了幾棵桔子樹。

「咱們去山頭看看。」阿酒忽然覺得有些興奮。要是這個山頭能種得活果樹，對她來說可是件好事。

阿酒繞著這個山頭走了好久，發現這是一個孤立的山頭，它的周圍都是水田，這山頭的土壤應該比較肥沃，都是黑色的，山上除了桔子樹外，還有一些桃子和野梅子樹，甚至還有野葡萄藤。

越看阿酒越興奮。若這個山頭是屬於自己的，她可以用來種一些果樹，以後就能釀果酒了。她越想越覺得可行，只是不知道這個山頭有沒有在賣？

阿酒說要買山，姜老二明白了她的打算後，自然同意。有錢辦事就是快，當知道姜老二要買那山頭時，村長帶人跟著姜老二去丈量了山頭，並和他去鎮上把手續辦好，地契很快地就到了阿酒手裡。

因為要種果樹，當然就要請人，村長便給她介紹了陳三順。

陳三順是個長相很老實，眼睛卻閃過一點精明的男子，見到阿酒先是一愣，倒也沒有看輕她，只是有禮地站在一旁，等著她說話。

「聽說你會種果樹？」阿酒漫不經心地問道。

「我就是比較喜歡瞎琢磨，所以種出來的桔子比別人家的要甜。」陳三順老實地回答，倒也沒有誇大。

「那如果讓你負責來管理果樹，你行嗎？」阿酒又問道。

這是她頭一次覺得自己需要培養幾個信得過的人。等以後果園建起來，肯定會有大把的事，而她不可能事事都親為，就需要有人來幫她了。

「管理？」陳三順先是一驚，接著就是狂喜。這可是天大的好事！

「不行？」阿酒倒沒有感到失望，畢竟跟他不熟，用他只是因為村長推薦了他，想來他的人品還是值得信任的。

「不是，我能行的！」陳三順這時也顧不得謙虛了，再謙虛到手的活都要沒了。

阿酒讓他先回去想想該做些什麼，又找了他明天一起去看看那個山頭，想先觀察一下他的辦事能力。

陳三順離開了，阿酒把要處理的事一件一件列了出來，只是她到底對於種樹什麼的不大瞭解，她寫的這一切也不過是紙上談兵罷了。

第二天一大早，阿酒剛打開院子門，就看見陳三順已經站在外面，看樣子來了有好一會兒了。

雖然沒說什麼，她心中卻十分認同他的態度和積極。「怎麼來得這麼早？走吧，咱們去那個山頭看看。」

兩人來到了這個小山頭後，阿酒便開始測試陳三順了。

「你說說，咱們首先要做些什麼？從哪裡做起？」阿酒故意問道。

「小姐，咱們如果要種果樹，這些雜草都得除掉；此外，種果樹還要考慮日頭和果樹之間的距離，不能種得太密或太疏。」陳三順指著那些雜草說道。

阿酒見他說得頭頭是道，看來昨晚他回去也是做了一些準備工作的。

「如果是你，你打算怎麼做？」阿酒指著那些雜草和雜樹。

阿酒站在這裡才發現，自己把事情想得太簡單了，她以前從沒有種過樹，甚至連花草都沒種過，來到這裡也只是在自家菜園裡摘一摘菜，對於該怎麼種樹，她是一點想法也沒有。

「咱們可以請些人來，把這些沒用的草和樹先處理乾淨，而且必須得連根拔起才行。」陳三順說出自己的想法。

「咱們請人來弄這些，你打算怎麼給他們算工錢？」阿酒又發現一難事。有的地方雜草和雜樹比較少，處理起來簡單，可有的地方難度就比較大了。再說這山頭有幾百畝大，不可能只請幾個人就夠，也不知道什麼時候才能弄得完？

「小姐，咱們不按人頭算，咱們按他們幹活的區域來算。就像這裡的雜草多，比較難處理，那咱們一畝地的工錢就算高一些；那邊雜草相對少很多，咱們就少算一些工錢。如此一人領一塊地，咱們只要依照地的大小來給錢，不用去管是由他一個人幹活，還是一家人一起幹活的。」陳三順說完，看著阿酒，神情中有些緊張。

阿酒越聽，眉頭展得越開，覺得這主意真好。她發現這陳三順真是個人才，居然能在這麼短的時間內，就想出這樣的辦法。

「這辦法是你想的？」阿酒好奇地問道。

「不是，咱們去幫人家收穀子，一般就按這樣的法子來算工錢，這樣做起事來又快、又好管理。」陳三順又露出一個憨厚的笑容來。

阿酒這時對陳三順已經很滿意了。只要他以後夠忠誠，那她不介意一直讓他管著這裡。

「挺好的，就按你說的辦法，你回去馬上算算一開始大約要花上多少錢？還有需要買一些什麼樣的農具？明日再過來找我。」

「好、好，我這就回去算。」陳三順知道自己過關了，這個冬天不用再去外面找事做，如果做得好，想來可以過個好年。

「你識字嗎？會做帳嗎？」阿酒這才想起這個問題來。

「不會，不過小姐放心，我一定會把要花費的錢算個清楚。」陳三順緊張地回道。

「那可不行，你這段時間想辦法多認識一些字，等下次來，我就教你做帳本。」阿酒嚴肅地說道。做帳是對一個管理者來說最基本的要求，要不她怎麼查帳？

「行，我一定會好好學的。」陳三順雖然覺得有些困難，但正是東家看得起，才會讓他去做這些事。

隔天一大早，陳三順就過來找阿酒了。

陳三順雖然不會做帳本，卻還是把要用到的錢和要買的東西，說得清清楚楚，這讓阿酒更相信他一定會管理好這個果園的。

「這些銀票你收好，按你說的去買好工具。工錢的話，前面一些日子你可以選擇每日一結，等後面你就可以等半旬或者一月一結。如果銀錢不夠了，你記好數，等咱們來的時候一次付給你。」阿酒相信自己給的銀錢已經足夠，但凡事總有意外不是？

「放心，我會管好一切的。」陳三順的手有些哆嗦地接過那些銀票。他還是第一次拿到銀票，也難怪他心情激動。

姜老二早就安排好田裡的事，如今見阿酒也忙完了，他們就準備回家了。

這次到上合村可說是收穫滿滿，他們手裡除了一座山頭外，又多了幾十畝地，剛好跟原來的地連在一起，圍著整個山頭。

「真是作夢也沒有想到，咱們會有這麼多的地。」姜老二手裡握著地契，感嘆地說。

「爹，您放心吧，咱們的日子只會越來越好。」阿酒把頭依在姜老二的身上，滿懷信心地說道。

如果是以前，姜老二肯定不相信，但現在只要是阿酒說的，他都相信。

阿酒的酒坊裡又出了一批酒，當她把最後一罈酒封存在酒窖裡之後，阿酒就給酒坊裡的工人放了假，讓他們回去收成自家的農地。

一到秋收，學堂裡也放了假，阿曲他們回來了，家裡頓時熱鬧許多。

阿釀雖然才去學堂不久，阿酒卻覺得已經很久沒見到他，發現他長高了不少。

「阿姊，學堂裡的先生很嚴厲，如果沒有背好書，他們是會打手掌的。」阿釀嘟著嘴說道。

「怎麼，難道你沒背出來？被打疼了嗎？」阿酒緊張地問道。

「我當然都背出來了。」阿釀得意地說道。

「行了，別驕傲了，那你在不滿什麼？」阿酒好笑地看著他。

「那裡一點也不好玩，同窗們都比我大，他們看我的眼光很不一樣。」阿釀委屈地道。

阿酒算是聽明白了，想來他的同窗有些嫉妒他，都不願意跟他玩，還孤立了他，讓才剛到一個新地方的他感到無助。

「阿釀，你覺得很委屈？」阿酒嚴肅地看著他。

阿釀點了點頭，有些不安。阿姊的表情太凝重了，而且眼裡好像還有著失望。

「阿釀，你要記住，不是環境來適應你，而是你去學會適應環境。你想想，初到一個地方，你不熟悉那是肯定的，但為什麼別人能夠快速地融入，而你卻被眾人隔絕？其中肯定有你自己的緣故。你不在自身尋找理由，反而去責怪別人，這想法本身就是錯誤的，你是個聰明的孩子，好好想想吧。」阿酒語重心長地說道。

雖然阿釀年紀還小，這些話對他說可能有些重，但作為一個男子漢，本就不該怨天尤人，而是應該積極的想辦法。

阿釀聽了阿酒的話，陷入了深思中，阿酒則沒有打擾他，轉身出去了。

阿曲他們回去學堂後，阿酒的酒坊再度開工，謝承文又來載了幾十罈酒。

阿酒開始物色適合的人選來幫她做事，最後把目光放在了大春的身上。

大春以前在鎮上做過事，而姜五叔更是把他當成掌櫃在培養的，不但識字能做帳，做事也穩重，有姜五嬸他們在，也不怕他不忠心。

「五叔，我想讓大春替我辦別的事，您找個人代替他的位置吧。」阿酒笑著說。

姜五聽了，驚喜地看著阿酒，忙點頭道：「行，妳有事只管吩咐他，要是他做不好，妳就來告訴我，我替妳教訓他。」

阿酒不禁笑了笑。只要他忠心，事情做不好可以慢慢教，不過這些想法她並不打算說出口。人心難測，很多事說了也沒有用。

大春來得很快，阿酒卻沒有立即跟他說話，只是慢慢地喝著茶，想著要安排給他做的事情。

既然要種果樹，那麼就要果苗，而他們流水鎮這邊不說果苗了，就連果樹都沒有，他們這邊的山並不適合種果樹，山上都是杉木之類的。

流水鎮沒有，那就只能去別的地方找了，但她如果自己去找，阿爹肯定不會同意，讓阿爹去又不適合，他向來嘴拙，肯定不會講價，那麼這件事就只能交給別人來做。

這是阿酒交給大春做的第一件事，也是對他的考驗，她打算先看看他的處事能力，才知道以後能不能交代他做別的事。

大春對阿酒並不是很熟悉，只知道她跟自家小妹玩得很好，而且娘也很疼愛她，後來娘就讓他來她家做事了，但他們很少直接打交道。

他很難相信就是眼前這個長相甜美、身材嬌小的小娘子，在短短一年間，把一窮二白的姜老二家翻身成為村裡的大戶，更不明白她年紀輕輕怎麼就能釀得一手好酒？而且她看起來明明就是個普通的小娘子，那氣度卻讓他站在這裡，連大氣都不敢喘一下，完全不敢打擾她的沈思。

「大春哥，你來了？」阿酒故作才發現他，招呼道。

「阿酒，妳找我？」大春平靜地問道。

「嗯，你坐下。」阿酒指著對面的凳子，漫不經心地問道：「你有聽說過這附近哪裡在賣果苗的嗎？」

「果苗？」大春雖然好奇，但沒有多問：「沒聽說過，妳需要嗎？」

「你明天就去鎮上打聽打聽，看看哪裡有在賣果苗？像是桃樹、梅樹、葡萄之類的，打聽到地方後，再回來告訴我。」阿酒直接吩咐道。

「行，我明日就去。」大春點了點頭道。

大春的辦事能力還不錯，才過了一天，他就打聽到了，離流水鎮百里之外的一個鎮上，那裡有在賣大量的果苗。

阿酒有了確切的消息，迫不及待地想過去看一看。如今已經冬初了，等年一過，果園裡馬上就需要果樹，阿酒恨不得立刻就能看到那些果苗。

聽說阿酒要去看果苗，姜老二一臉的不同意。「妳一個姑娘家，怎麼能跑那麼遠？」

「爹，您就讓我去吧，再說不是還有大春哥在嗎？」阿酒撒嬌道。

姜老二心裡一點也不想讓她去。那地方人生地不熟的，誰知道是個什麼情況，她一個小娘子要是出了什麼事可怎麼辦？

最後在阿酒的極力要求下，姜老二答應了她，不過他也要跟著去才行。

阿酒雖然覺得沒必要，最終還是依了他。

第四十四章

一行三人坐了一天的馬車才趕到清水鎮，這裡跟流水鎮明顯不同，到處都是賣樹苗的店鋪，聽說這個村子就靠這些樹苗為生，家家戶戶都有種。

當然並不是每一戶人家都種果樹，很多種的是景觀樹，各式各樣的樹都有，在他們鎮上有一個碼頭，正是從這個碼頭把這些樹苗送往各地。

阿酒他們一行人下了馬車，馬上就有個自稱「王強」的男子迎了上來。

「客官們是想買果樹嗎？不是我自誇，咱們清水鎮的果樹可是全梁國最好的，就連京城很多高官貴人的莊園裡頭，那些果樹也都是在咱們這裡買的。」王強自豪地說道。

阿酒看著小小的街道上，人來人往，很多還是外地人，看來這個王強還真沒有誇大，他們這裡的生意是挺不錯的。

「客官們想看什麼樣的果樹？你們說說，我馬上帶你們去看看。」王強十分熱情地說。

大春很快就跟他聊了起來，並把自己需要的果樹種類跟他說了，他馬上熟門熟路地帶著阿酒他們來到果園裡。

阿酒並不能分辨出這些果樹，前世她只吃過果子，沒看過果樹，這一世更是連果子都沒吃到過，就更不用談樹了。不過看姜老二的眼神，對這些果樹還是挺滿意的，而這裡的人對果樹苗照看得很是仔細，有許多樹的樹根都用稻草綁了起來，說是為了抗寒，讓樹苗不會在冬天被凍死。

「怎麼樣？如果有喜歡的，可以先訂下來，明年春上咱們村裡就會派人給你們送去。」王強笑著說道。

阿酒對他們這種先進的管理方式還挺佩服的，而且他們竟然整個村都是這個模式，難怪他們的生活條件看起來不錯，甚至很少看到穿著補丁衣裳的村民。

阿酒把要求跟大春說了一遍，然後就把事情交給了他，自己則是跟姜老二去鎮上轉了一圈，想看看有沒有好一些的花苗，或是可以種在院子裡的景觀樹。

「他們這裡的樹真好看。」姜老二感嘆地道。

阿酒前世看多了園藝造景，倒不覺得有什麼特別。

「阿酒？」謝承文原本以為是自己眼花了，沒想到真的是阿酒，在這裡也能碰到她，讓他很是驚喜。

「謝少東家？」阿酒沒想到會在這裡碰到熟人。

「你們來這裡幹麼？」謝承文好奇地問道。

「我想種一些果樹，就過來看看。你呢？這鎮上也有你們家的酒肆？」阿酒朝街道看了看。

「就在前面。妳要買果樹？」謝承文點了點頭，又問道。

阿酒沒有繼續這個話題。她倒不是有意要瞞著他，只是覺得兩人的關係並沒有好到什麼都能說的地步。

謝承文見她無意繼續這個話題，心裡雖然很好奇，卻也沒再追問下去。

「走，去咱們家的酒肆坐坐。」謝承文熱情地邀請道。

阿酒他們本就是來逛一逛的，倒是無所謂去哪兒，也就不介意地跟著他進了酒肆。

「阿酒，這一批酒又賣光了，銀票我按妳的要求存在錢莊，這是票據，妳收好。」謝承文拿出一張紙，遞給了她。

阿酒看了一眼，確實是錢莊的單據，而且還是全國通用的票據，她對上面的數字雖然有些意外，卻不驚訝，畢竟她也聽說了那個謝雲飛的經商才能。

「阿酒，如果能再多釀幾種不同的酒，那就更好了。」謝承文笑咪咪地看著她，那看向她的眼神，就像是在看財神爺一樣。

阿酒雖然有這個打算，可是卻沒有說出來。他以為釀酒那麼容易？那大麴酒要不是她在前世看爺爺釀得多了，哪有那麼容易釀成？再說了，大麴酒是需要久放的，年分越足，口感更是不一樣，以後可有得他驚喜的。

「二老爺，您回來了。」外面響起夥計的招呼聲。

一陣急促的腳步聲傳來，伴隨著一個中年男子的聲音。「你們少東家回來了嗎？」

謝承文在聽到中年男子的聲音後，他的臉色就變了，一下子就陰沈起來。

阿酒見他變了臉色，意識到他不大喜歡外面要找他的那個人，忙站了起來。「謝謝你的款待，那咱們就告辭了。」

謝承文對阿酒他們的離去很是不捨，卻更不願意讓謝啟初看到他們，於是點點頭，把他們送了出去，不料還是在門口被謝啟初瞧見了。

阿酒剛拉開門簾，就見一個穿著華貴、行色匆忙的男子走了過來，他長相不錯，只可惜應該是長期過著花天酒地的生活，眼神慘淡，有些輕浮，看起來就是個紈袴子弟。

「承文啊，你總算是回來了，快去收拾一下行李，咱們這就回去吧，這個地方太冷清了，一點也不好玩。」他一看到謝承文，馬上焦急地說道。正當謝啟初準備朝謝承文走去，那抬起的腳卻倒退了一步，驚喜地叫道：「咦，這是哪裡來的美娘子？」

姜老二一聽，眉頭緊皺起來，一把將阿酒拉到自己的身後，滿臉不悅地看著謝啟初。

謝啟初一見姜老二的動作，頓時心情不好了，這很明顯是在防著他。

「二叔。」謝承文板著臉，一點表情也沒有地看著他。

「承文，等一下，我現在有點事。」謝啟初一點也沒有注意到謝承文已經怒火中燒了。

「二叔，他們是我的客人。」謝承文嚴厲的語氣中帶有警告。

謝啟初這才後知後覺的發現，謝承文是跟他們一起走出來的，他有些不甘地看著阿酒。

「承文啊，既然是你的客人，快給二叔介紹、介紹。」

謝承文卻是對姜老二說道：「有才叔，既然你們還有事，那就先走吧，我就不送了。」

姜老二點點頭，忙拉著阿酒的手，快步離開了酒肆。

「哎，怎麼就走了？承文，你怎麼也不介紹一下？」他們身後傳來謝啟初的抱怨聲。

姜老二跟阿酒一路無言，各自的心情都有些不好，姜老二是在後悔不應該讓阿酒出來，而阿酒則是覺得碰到這樣的人十分晦氣。

「有才伯，你們這是怎麼了？」見姜老二黑著臉走過來，大春詫異地問道。

「大春，事情辦妥了沒有？辦好了就收拾東西回去。」姜老二沒回話，只是吩咐道。

「辦好了、辦好了，我這就安排馬車回去。」大春忙說道。

王強的心情很是不錯，剛剛接了一筆大單，正想著要送幾棵四季青給他們，這養在院子裡可以增添一些綠意。「大春弟，這是要回去了？」

「王大哥，咱們的事情都辦好了，這就要回去了，等明年春上，你一定要記得把這些樹送到。」大春再次提醒。

「那是一定的，放心吧。」王強拍拍胸口保證道。

阿酒突然想起還有件事沒做，忙走了過去。「王大哥，我想向你打聽一件事。」

王強已經知道眼前的小娘子才是他的買家，見她有事要問，忙上前說道：「小娘子只管問，我一定知無不言。」

「你們這裡有擅長種果樹的人，去外地做工的嗎？」阿酒問道。

「咱們鎮上的人一般不外出做工，家家戶戶都忙著種樹呢。」王強為難地說道。

阿酒聽了有些失望。她本想請一個種樹能手，看來是請不到了。

「不過我可以幫妳打聽打聽。再說，一般咱們把果樹送到時，那個送去的人都會教你們怎麼種，還有應該注意些什麼。」王強感覺到了她的失望，忙安慰道。

「那就麻煩你幫著打聽一下，要是有人願意，就請他明年跟著送果樹的人一起去莊園吧。」阿酒不抱希望地說道。

大春很快就把馬車準備好了，阿酒他們坐上馬車，打道回府。

謝啟初本來急切地想離開這裡，不過在看到阿酒後，他的心思又活了起來。沒想到這麼個小地方，居然會有如此出眾的小娘子，特別是那雙活靈活現的眼睛，太勾人了，要是能把她帶回去養在屋裡，肯定別有一番滋味。

謝承文剛準備告誡謝啟初一番，卻被下人告知有重要的事必須去處理，只得匆匆離開。

謝啟初一見他走了，馬上招來酒肆的夥計打聽消息。「你們少東家帶回來的小娘子是哪家的？跟你們少東家是什麼關係？」

「以前沒有見過那個小娘子，我不認識她。」那夥計如實地說道。

謝啟初看向那夥計的眼神頓時不好了，想著要發火，卻又忍了下來。「去、去，趕緊給我去打聽那個小娘子是哪家的閨女？」

夥計轉身離開了酒肆。他心裡根本就看不起謝啟初，沒想到少東家居然會有一個連他這個小夥計都看不起的二叔。

夥計根本就沒有去打聽阿酒的消息，而是在酒肆外徘徊，打算等少東家一回來，就馬上告訴少東家這件事。

謝承文處理完事情以後，就趕緊回酒肆了。他很不放心謝啟初，謝啟初的為人他清楚得很，為達目的，不擇手段，而且都是些不入流的手段。

「少東家，您可回來了。」夥計見謝承文回來了，趕緊跑上前，幫他拉住了馬。

「你不待在酒肆裡，站在外面幹麼？」謝承文不滿地皺了皺眉。

「二老爺讓小的去打聽那個小娘子的消息，我只好在這等著您。」夥計苦著臉說道。

謝承文聽完，臉一下子就黑了。果然狗改不了吃屎，看來絕對不能帶謝啟初去流水鎮了。

阿酒他們回來時，剛好經過林家所在的上水村，就順路就去了林家。

他們這次在林家看到了已經遊學歸來的兩兄弟。林茂之長得很像林松，性格也像，大剌剌的，並不像其他兩兄弟一樣好文，以前他一直對未來感到迷茫無措，經過這次遊學之後，他突然頓悟，決定將來要馳騁沙場。

「妳說妳二表哥，好好的書不念，非要學什麼武，這將軍是那麼好當的？妳看看他，如今才跟著師父學功夫，就弄得滿身是傷了，那要是去了軍隊，誰知道會是什麼樣？」宋氏絮絮叨叨，言辭間滿是擔心。

阿酒也沒想到二表哥竟會有這樣的志向，不過她對男兒想要馳騁沙場的嚮往倒是理解。就像前世，其實她也挺想去當一名女軍人的，可惜她當時的家世根本就不允許。

「舅媽，男兒志在四方，不論做什麼，都是必須付出與犧牲的，您看二哥雖然受了傷，但他心甘情願不是嗎？」阿酒勸道。

「妳啊，跟妳大舅是一個想法，你們哪裡能明白一個做娘的心。」宋氏不滿地說道。

阿酒不敢答話了。這她確實不明白，不過她知道宋氏也只是抱怨，卻不會去阻止，要不然就不會讓舅舅替二表哥請師父了。

「妳爹再娶的事怎麼樣了？」宋氏突然問道。

「他不願意，我也不能隨便給他作主。」阿酒搖了搖頭。她也算是想開了，如果姜老二真心不願意再娶，以後她就在村裡或是鄰村找個人嫁了，那樣也方便照顧他。

「妳爹啊，都是為了你們著想，怕他娶了新媳婦，讓你們過得不自在。」宋氏語重心長地說道。

阿酒就是因為明白這一點，才更加心疼阿爹，不過既然他不想再娶，以後自己就只能對他更好一些了。

姜老二牽掛家裡，在林家待了一個晚上就回去了，林松很是不捨，宋氏更是拉著阿酒的手，兩眼淚汪汪的，直到阿酒承諾過年的時候一定會來住些日子，才讓他們上了馬車。

阿酒他們剛下馬車，姜老三就跑了過來，氣急敗壞地對著姜老二說道：「二哥，你可回來了！」

阿酒一驚。難道他們不在家的這段時間，又發生了什麼事？

「老三，什麼事？」姜老二皺著眉，有些不快地問道。

「二哥，你去老宅看看吧，夏荷被休回來了。」姜老三的情緒稍微平靜了一點，不過說話的聲音還是很激動。

「你說什麼？」姜老二的表情彷彿凍成了冰。

姜老二跟著姜老三氣沖沖地跑去了老宅，阿酒卻是一肚子的疑問。姜老大家的夏荷不是嫁到了鄰鎮嗎？聽說男方的家世不錯，嫁人以後，她倒是很少回來，阿酒也才見過她一面。

「阿酒，妳回來了？累了吧，快來喝點水。」劉詩秀見阿酒進來了，很是高興的上前伺候道。

阿酒擺了擺手。「劉姨，您知道老宅發生了什麼事嗎？」

「昨天妳三嬸倒是來過，不過聽到你們還沒有回來，便什麼也沒說就走了。」劉詩秀一向不去村裡，特別是姜老二他們不在家，她更是不敢離開家裡，而她又沒有交好的婦人，當然不知道老宅發生了什麼事。

「算了。康兒呢？這些日子沒見，還真有些想他。」阿酒想著，反正老宅的事她也不摻和，就懶得打探了。

「阿酒，妳終於回來了。」誰知道她不想去打聽，那消息卻是送上了門。

「三嬸，咱們出去也不過幾天，怎麼聽您這樣一說，感覺像出去了很久一樣。」阿酒被她的語氣逗得有些發笑。

「妳是不知道，這次真的出大事了。」張氏卻是一點笑意也沒有。

不就是夏荷被休回來了嗎，不就是前世的離婚，這難道是大事？

「阿酒妳還小，不懂這件事情有多嚴重，要是夏荷真被休回來，不但她的名聲受損，咱們整個姜家，甚至咱們整個溪石村的小娘子的名聲，都要受損。」似乎看出了阿酒的困惑，張氏嚴肅地說道。

阿酒見她神情凝重，也不由得重視起來，忙問道：「這怎麼說？」

「成親是大事，不管是男方、女方都得去相看，而相看無非就是打聽家風、為人之類的，一個女子嫁出去後，如果不是犯了重大的錯，夫家是不能給她休書的。如果是因為無子、兩人不和，一般是兩方商量後以和離的方式解決，男方得把女方的嫁妝退還，而且以後男女雙方嫁娶都是自由的，影響並不大。但如果得到了休書，就說明女方在德行方面有問題，那就是她的家風有問題，以後她家的小娘子出嫁就會受影響。一般男方來相看，一聽妳家裡有被休棄的媳婦，人家就會懷疑妳的教養了。」張氏細細地為她解惑。

阿酒恍然大悟。難怪張氏這麼急，她家的春草如今可是正在相看呢，這明顯會影響到春草的婚姻，做娘的哪有不操心的道理。

「那現在該怎麼辦？」阿酒擔心地問道。

「肯定要讓夫家把這休書給退回去，就算夏荷要回來，那也是和離回來的。」張氏恨恨地說道：「都怪李氏那個蠢婆娘，看她家的鐵柱、鐵牛以後還要不要娶親了！都出了這樣的事，也不掩蓋著，她倒好，弄得整個村無人不知、無人不曉。」

原來夏荷哭著回來找李氏，誰知李氏一聽說她被休棄，馬上就把她趕出家門，嫌她丟臉，不讓她進屋。

夏荷跑到河邊想尋死，結果被村裡的人救了上來，這件事也就鬧得沸沸揚揚。如今村裡的人一提起他們姜二門這一家子，那語氣都不好了。

阿酒只覺得李氏的腦袋有病，自己的女兒出了事，不是想著幫她討回公道，竟還無情地把她給趕出家門。

「那現在夏荷怎麼樣了？」阿酒有點同情夏荷了，遇到這樣的娘，難怪想去跳河呢。

「被鐵柱領回家了，李氏還在鬧呢，最後被鐵柱吼了一頓，才把夏荷帶進了家門。」張氏頓了頓，又道：「有這樣一個娘，只怕就算拿到了和離書，日子也不會好過。」

姜家老宅此時熱鬧極了，姜姓家族的每一家都有男子在這兒，他們打算一起去夏荷的夫家討個公道。

鐵柱衝在前頭。他早就想去了，只是姜老三一直攔著，說是等姜老二回來再一起去，他們自己去勢單力薄，而男方可有一個村的人在後面當靠山呢。

他們就要出發時，鐵牛不知道從哪裡跑了出來，硬是要跟著去，鐵柱不讓他去，他就在地上打滾叫鬧。

「鐵牛，你不能去，要是你出了什麼事，娘該怎麼辦？」李氏緊緊地拉著鐵牛，哭著說道，似乎他是去送死一樣。

見鐵牛被李氏拉著，一行人急急地坐上馬車走了，誰知道等他們到了目的地，下了車才發現，鐵牛竟不知道什麼時候跟了過來。

姜老二直到第二天才回到家裡，一臉憔悴，臉色難看極了。

阿酒為他倒水，本想問問情況，但想著他那不喜歡說閒話的性子，肯定也說不出什麼。

沒想到姜老三跟張氏兩人很快就跟了進來，姜老三臉上明顯還很氣憤，不知道跟張氏說了什麼，張氏的臉色同樣不好看。

「妳說說，這李氏也太不是人了，以前娘管著她，她也就貪貪小便宜，可如今妳看看她做的那些事，哪一件不讓人笑掉大牙？」姜老三大聲說道。

「行了，你叫有什麼用？現在娘病了、大哥走了，誰還管得了她？」張氏不滿地說道。

姜老二嘆了一口氣，看來他對李氏也很不滿。

「妳說說，那是當娘的該做的事嗎？本來昨天她就應該跟著去，有她衝在前頭，咱們行事也理直氣壯不是？結果她倒好，嫌丟人竟然不去。她不去也就算了，畢竟是咱們姜家的女兒，咱們理當去討回公道。結果呢？那嫁妝一拿回老宅，她一把就奪了過去，這叫什麼事呀？還有鐵牛那白眼狼，好的不學，壞的倒是學了個十成十。」姜老三內心不平，說話的聲音不免大了些，震得阿酒有些頭暈。

「行了，那是她們母女之間的事，你在這亂叫什麼？」張氏心裡雖然也不贊成李氏的做法，不過想著以前夏荷那趾高氣揚的性子，也就同情不起來。

姜老三垂頭喪氣地跟著張氏離開了，阿酒和姜老二也沒有再說話，只是她心裡暗暗想著，以後一定要遠離老宅的是是非非。

第四十五章

眼看著村子裡的莊稼都已收割完，姜老二惦記著那幾十畝地的收成，而阿酒也想去看看陳三順把那個山頭整理得怎麼樣，因此父女倆又要出遠門了，阿酒這次打算帶上大春一起去。

「爹，看來您還是得娶個媳婦才行，要不咱們一出去，這家都沒人管了。」阿酒見姜老二的心情不錯，便開起玩笑來。

姜老二白了她一眼，什麼話也沒說，轉身去把劉詩秀準備好的糕點拿出來。

「爹，說真的，您覺得劉姨怎麼樣？」阿酒鬼使神差地問道。

姜老二愣了一下，一張臉馬上泛紅，就連耳根都慢慢地紅了。

阿酒目瞪口呆地看著姜老二，沒想到他竟這般純情。

「走吧，妳這腦袋整天在胡思亂想什麼？」姜老二拍了她的頭一下，不滿地說道。

阿酒跟在他後面，兩人一起出了院門，他們誰也沒注意到劉詩秀就站在屋簷下，把他們父女倆的對話全都聽在耳裡。

如果能嫁給姜老二……她忍不住幻想起來。姜老二話雖少，卻細心忠厚，三個孩子也都聰明能幹，而且都是善良的孩子，只要她以後好好地照顧他們的生活，對姜老二體貼，他們肯定也會好好對她的。

劉詩秀越想越覺得不錯，臉也越來越紅，她正想得起勁，衣角卻被康兒給拉住了。

我都在胡想些什麼？他顯然沒打算再娶，再說我還帶著康兒呢，誰會想要替別人養兒子？

劉詩秀那澎湃的心，一下子就被打回了平靜。

阿酒再次站上山頭，發現這裡已經有了翻天覆地的變化，原本雜草叢生的山上，如今只有少許原生的果樹立在那裡。

「阿酒，這都是妳買下的？」大春看著眼前如此大的一個山頭，驚訝得合不攏嘴。

「嗯，我想哪些話該說、哪些話不該說，不用我教你吧？」阿酒警告道。

這次她把大春帶過來，是因為明年春上若是要種果樹，就需要他來回奔波監督了，所以先帶他過來熟悉一下環境。

「放心，我不會說出去的，就連我爹、娘都不說。」大春連聲保證。他發現當阿酒板著臉、正經說話的時候，那氣勢有些嚇人。

陳三順聽說阿酒來了，忙跑過來。「小姐，您可來了，看看還滿意嗎？」他有些得意。離小姐交代的日子可還長著呢，這片山頭卻已經清理過半了。

「進度不錯，這些日子辛苦你了。」阿酒滿意地點點頭。

「主要是小姐給的工資不錯，村民們可積極了，每天天還沒亮就到山上來，天黑以後才回家，而且都是一家老小一起上山頭除草。」陳三順笑著說道。

遠處的山頭上滿是正在勞作的村民，就連看起來沒幾歲的孩子，也在山上幫著撿草根和樹枝。

「除了那些原本就長在這裡的果樹，其他的都讓孩子撿回家當柴火吧。」阿酒知道一般人家的孩子，都是早早就幫著家裡幹活，以前阿釀不也每天上山撿柴嗎？

陳三順一聽，心中對阿酒越發恭敬。他知道她這是在幫助那些村民，以後一定要讓村民們把活做得更好。

大春不禁佩服起阿酒來。以前自己總把她當成一個小妹妹，如今卻是真正把她當成自己的東家。

「等一下回到莊園，你就把算好的那些帳報給我聽聽。果苗我已經買好了，等山頭整理得差不多以後，必須先挖好洞，可不要明年樹苗一送來，卻沒地方能種。」阿酒叮囑道。

「放心，過些日子我就讓村裡的男人們開始挖洞，不過要送來的都是些什麼果子的樹苗，還請小姐先告訴我，畢竟不一樣的果樹，對陽光、水分的要求不同，要種下的地方就得好好安排一番才行。」陳三順把這些日子考慮到的事，都一一說出來。

阿酒點點頭，對他是越來越滿意。做事能夠舉一反三，把將來要做的種種也想得十分周全，讓她放心不少。

阿酒跟陳三順的對話，讓大春受了不小的刺激，他心裡暗暗對自己說，以後做事要更加積極、穩重，這讓才能讓阿酒器重自己。

等阿酒他們回到莊園，只見姜老二跟陳莊頭正忙著清算田裡的收穫，看著姜老二滿臉的笑意，想來收成很是不錯。

「今年風調雨順，田裡的莊稼長勢不錯，皇上又下旨減輕稅賦，咱們村裡不少人的日子總算是緩過來一些。再加上他們去小姐的山頭幹活，看來今年都能過個熱鬧的年。」陳莊頭充滿敬意地說道。

姜老二一臉自豪。自家閨女長得漂亮，還這麼能幹，不僅會釀酒，如今種起果樹來也是有模有樣的。

「我家阿酒最能幹了，聽她的準沒錯。」姜老二毫不吝嗇地誇道。

阿酒進來，剛好聽到姜老二這句話，臉不由得紅了起來。她也就動動嘴，真正做事的大部分是姜老二，沒想到他把功勞全都安在自己頭上。

「爹、陳叔。」阿酒有禮地打過招呼。

陳三順已經把他的帳本拿了過來，不過他的帳本還是只有他看得懂，別人看過去就是鬼畫符。

「三順，你有去學識字嗎？」阿酒問道。

「小姐，您放心吧，我晚上都會去跟村長學呢，只是記帳的話，村長也不擅長。」陳三順忙站起來說道。

阿酒示意他不用緊張，等聽完他解釋那一筆一筆的帳目，便說道：「這幾天你抓緊時間跟大春學好該如何做帳本，下次我再來，希望你的帳本不再是這樣，起碼我要能看得懂。」

「行、行，我一定好好學。」陳三順巴不得有人教他，現在人都送上門來了，哪有不學的道理？

幾天後，阿酒他們回到溪石村，金磚特別熱情地帶著幾隻半大的狗迎上前來，尾巴搖得歡快，看來牠是想阿酒了。

謝承文終於擺脫謝啟初這個麻煩後，馬上出發來到阿酒家。自從上次見過阿酒，不知怎麼地，他總覺得有些不放心，特別是謝啟初這幾日以來，老是旁敲側擊地問阿酒的消息。

對於謝承文每隔一段時間就會出現在姜家，不止是姜老二一家子習慣了，就連酒坊裡的人也都習慣了，他們都以為他是過來查看那些酒的，倒也沒有別的想法。

謝承文一到阿酒家，也不等她招呼，便自顧自地坐在院子中間。

阿酒讓劉詩秀把小菜和酒端上，他就這樣怡然自得地坐在那裡喝酒。

「康兒，來姊姊這裡來，姊姊這裡有好吃的。」阿酒讓謝承文自己喝酒，而她正逗著康兒走路，她手中拿著康兒最喜歡吃的紅豆糕，誘惑著他，想讓他走過來。

康兒已經十個多月大，村裡的孩子像他這般大，都還不能走，不知道是他吃得多還是怎麼一回事，塊頭比別人大，走路也比別人快一些。只是他比較懶，很少走路，所以阿酒現在一有空就逗他，讓他走走路。

康兒看了看阿酒手中的糕點，又看了看自己的小短腿，來回看了好幾遍，終於站起身來，朝阿酒的方向走過去。

阿酒見他走過來，馬上壞心眼地退了幾步。

康兒又往前走幾步，疑惑地看了看阿酒，然後抬起頭看向劉詩秀，只見她搗著嘴笑，他只得又朝阿酒走去，結果走上好幾步，卻發現離糕點離他還是那麼遠。

康兒乾脆站住不動了，阿酒叫他，他也不應，到後來乾脆不理阿酒，蹲在地上玩自個兒的。

阿酒再也忍不住地笑出聲來。這孩子也太聰明了吧。

謝承文吃著小菜、喝著小酒，看著眼前笑得燦爛的人兒，感到十分愜意，只覺得一切煩惱在進到這個院子時，全都拋開了。

轉眼又到了臘月，天氣是越來越冷，村裡很多人都染上了風寒。

劉詩秀早早就準備好薑湯，可也沒能阻擋病毒的到來，康兒染上風寒，發起高燒，還意識不清，哭聲都嘶啞了，把她急得不行。

「劉妹子，妳別急，大夫都說了，康兒歲數小，藥的用量不能像大人一樣，所以恢復得會慢一些。」姜老二安慰道。

「可看著他難受的樣子，我心疼，要是他有個三長兩短，我也不要活了。」劉詩秀說完，忍不住哭了起來。

姜老二見她這樣，心底有些同情她，這些天便幫著她一起照顧康兒。

「我說劉妹子，妳還是找個人嫁了吧，妳一個人帶著康兒太辛苦。」張氏經常帶著小圓滿過來，跟劉氏的關係也日漸變好，兩人如今已是無話不說。

「就我這情況，能嫁給誰呢？要是夫家對康兒不好，我後悔都來不及呢……」劉詩秀感嘆地說道。

「那也不一定，妳長相秀美，女紅出眾，又做得一手好菜，放在哪裡都有人求娶，要是妳有意，我就幫妳四處探探消息。」張氏熱心腸地勸道。

姜老二本來想過來看一看康兒好一些沒有，沒想到卻聽到這一番對話，他剛開始還覺得無所謂，可越聽到後面，心裡越不是滋味。

「爹，您這是怎麼了？」阿酒見姜老二垂頭喪氣的，忙擔心地問道。

姜老二張口就想說，卻發現的人眼前是阿酒，忙住了嘴。「沒事，就是想到一些事。」

說完姜老二轉身朝酒坊走去，留下一頭霧水的阿酒站在院中。

好不容易又到了阿曲他們休假的日子，他們跟山子約好要去山上抓一些野味，阿酒閒來無事，也跟著他們上了山，阿美則是哪裡有熱鬧，哪裡就有她。

「那不是夏荷嗎？」剛進山不久，阿美就指著正在不遠處撿柴的女子說道。

對於夏荷，阿酒的印象不是很深，記憶中的她潑辣不講理，以欺負他們姊弟幾個為樂，所以她對夏荷也就沒有什麼好感。

「沒想到她現在還會撿柴了。」阿美感嘆地說道。

「行了，妳少操心夏荷。妳娘不是在為妳相看嗎？有中意的嗎？」阿酒轉移話題道。

天氣一涼，田裡的活也少了，姜五嬸跟張氏兩人忙著在替阿美跟春草相看，這段時間把兩人都關在家裡，學著該如何管家和做家務。

「哎，我娘不是嫌這個不夠高、那個兄弟多，要不然就是嫌脾氣不好、家風不好，反正啊，我看要挑一個合她心意的，難！」說完，阿美還裝模作樣地長嘆一口氣。

「妳這沒良心的，也不想想姜五嬸是在為誰操心。」阿酒忍不住笑著指責她。

「我知道啊，所以我沒說話，只是聽著她抱怨。」阿美狡黠地笑道。

山子他們早已走得不見人影，只聽見山裡頭傳來金磚的叫聲。

「阿姊，咱們抓到了一隻山雞！」不一會兒，阿釀歡快的叫聲從遠處傳來。

「阿酒，快點，咱們過去看看！」阿美興奮地叫了起來，飛快地往前走去。

等他們一行人抓住兩隻山雞，還找到一些鳥蛋，來到山腳下時，天色已經有些暗了。

他們又再次瞧見夏荷，只見她背著一大捆柴，正坐在山腳下歇息。

看到阿酒他們，夏荷的目光有些閃躲，頭也很快就低了下去，臉上很是憔悴，一點也沒有以前的張揚。

「阿姊，咱們快走吧。」阿釀見阿酒的腳步慢了下來，不禁喊道。他都等不及要回家吃野味了。

阿酒加快腳步，笑著摸了摸阿釀的頭，幾人歡快地朝回家的路上走去。

夏荷這時才抬起頭，她有些羨慕地看著他們，然後費力揹起柴火，緩緩地離開了。

直到這天，張氏來阿酒家串門子，阿酒才真正明白夏荷為何會如此憔悴。

「那李氏真不知道是怎麼想的，以前那樣疼愛夏荷，如今卻把她當丫頭使喚，就連我都看不下去了。」張氏同情地說道。

「怎麼了？」阿酒對老宅的事不上心，也就不知道那裡的近況。

「夏荷和離回家後，李氏便拿走她的嫁妝，前一、兩天還好，除了罵她沒用，連一個男人都抓不住之外，倒還過得去。可現在啊，不但一天到晚指使她幹活，還讓她住在周氏隔壁，要她照顧周氏的起居，且打柴、做飯、種菜這些活也都要她來做，只要她一停下來，李氏就一個勁兒地罵，甚至還會打她。夏荷如今瘦得連一陣風都能吹起她來，李氏有時還不讓她吃飯，為了這件事，鐵柱都跟李氏鬧上好幾次，可鬧過之後，李氏還是一個樣。」張氏感嘆道。

難怪那天阿酒看見夏荷，覺得跟以前判若兩人，眼睛裡一點生氣都沒有，還灰頭土臉的，看來這段時間對她的打擊太大，讓她對生活失去了熱情。

姜老二自從聽見張氏和劉詩秀的對話，心裡就有些怪怪的，暗中也對她更加注意。

這天是林氏的忌日，姜老二拿上一壺酒，獨自一人在房間裡喝了起來，阿酒他們擔心不已，卻又不知道該怎麼去安慰他？

劉詩秀弄了幾個小菜，端著小菜便來敲響他的門。

姜老二粗聲問道：「誰呀？」

聽那聲音明顯已經有些喝高，劉詩秀的眉頭皺了皺。「是我。」

接著裡面傳來乒乒乓乓的聲音，過了半晌，姜老二才打開房門，眼睛看起來有些紅腫。

「劉妹子，有事？」

「我來陪你喝喝酒。」劉詩秀側身進到屋裡，一股很濃的酒氣馬上迎面撲來。

姜老二走路都有些不穩了，他坐到桌子前，笑著說：「劉妹子，來喝。」

她迅速地把小菜放好，溫柔地說道：「先吃菜，你這樣喝悶酒，容易傷身。」

姜老二愣了一下，便端起酒杯一飲而盡，然後才挾上一口菜，慢慢地吃了起來。

劉詩秀也倒上一杯酒，慢慢地喝了起來。

「姜大哥，你可要照顧好自己的身子，孩子們都擔心著你呢。」劉詩秀喝了一點酒下去，膽子也大了些，便看著他說道。

姜老二已經有些醉意，覺得眼前視線矇矓，聽著這溫柔的話語，感覺就像是林氏又回到了他身邊。

「英兒，妳回來了？我好想妳。」姜老二激動地說道，一把抓住了劉詩秀的手。

劉詩秀沒料到姜老二會忽然來這一招，一時反應不過來，聽到姜老二的醉言，她不禁感到心酸，更有些羨慕林氏，都去世這麼多年了，姜老二還心心念念著。

劉詩秀掙扎著想離開，姜老二哪裡允許，他用力地抱住她。「英兒，妳好狠的心，那麼早就離開，留下我跟孩子們，現在孩子們都大了，我好想妳。」

說完姜老二終於支持不住，趴在桌子上睡著了。

劉詩秀感慨萬千，拿起酒杯，又喝了不少酒。

她的酒量本就不好，一個沒克制，很快也醉了。當她想站起來，卻發現眼前一片模糊，門看起來竟有四、五扇，她想往前走去，身子卻不由自主地向後退，然後不知道踢到什麼東西，她整個人被絆倒在床上，不醒人事。

第二天早上，阿酒聽到康兒大聲啼哭著要找娘，好半天也不見劉詩秀進去哄他，她感覺有些不對勁，畢竟她一向把康兒看得很緊。

「康兒，你娘呢？」阿酒見康兒哭得都打起了嗝，馬上心疼地抱起他。

「娘、娘。」康兒還不大會說話，只知道叫娘。

阿酒抱著康兒來到廚房，結果沒見到人，又去了菜地，人也不在那裡，直到經過姜老二房門口時，卻聽見劉詩秀的驚叫聲。

阿酒一慌，忙推開門一看，只見劉詩秀一臉懵懂地坐在姜老二的床上，而姜老二則趴在桌子上，顯然還沒醒過來。

見阿酒進來，劉詩秀很是緊張，臉上有些不自然。「阿酒，不是妳想的那樣，我只是過來陪妳爹喝酒，結果……」劉詩秀連聲解釋，說話時還帶著哭音。

「劉姨，康兒找您。」阿酒也有些尷尬。她沒料到會發生這樣的事，忙拿康兒擋著。

「康兒，娘在這兒。」劉詩秀一聽，忙將康兒抱了過去，然後飛也似地跑出姜老二的房間。

阿酒見她離開後，這才走到姜老二面前，伸手搖他。「爹、爹，您醒醒，睡在這裡會著涼的，快去床上睡。」

姜老二有些不自在地睜開眼。其實他在阿酒推開門的時候，就醒過來了，只是沒想到昨晚劉詩秀竟在他的房間過夜，為了避免她的尷尬，他只好裝睡。

「阿酒，爹沒事。」姜老二不敢直視阿酒，紅著臉說道。

阿酒忍住笑，覺得姜老二的表情實在是太可愛，活像被人捉奸了一樣。

之後的幾日，劉詩秀跟姜老二之間的氣氛一直都有些怪怪的，她似乎在躲著姜老二，而姜老二幾次開口想跟她說什麼，她也都找藉口躲過去了。

不過兩人之間似乎有了些變化，阿酒說不清，反正就是感覺他們之間不大對勁，不過阿酒沒打算插手，不管姜老二最後娶不娶劉詩秀，她都沒意見。

第四十六章

天氣越來越冷，阿酒又過上了窩在房間的日子，她不是看書，就是跟著劉詩秀做做女紅，要不就是逗一逗康兒，日子過得挺愜意的。

這天阿美過來找她，還神秘地趴在她耳邊，說起了悄悄話。

「真的？」阿酒睜大眼睛，驚訝地說道。

「嗯，我前兩天不是去鎮上嗎？剛好遇到姨媽回來，我聽她跟外婆說的，不過聽說只是在相看著，還沒有定下來。」阿美說道。

「妳表姊肯定高興壞了吧？」阿酒打趣地說道。

「肯定的，就是不知道能不能成？」阿美臉上帶著笑，很是開心。

沒想到謝家竟會跟方家相看，而方家也沒有拒絕，這讓阿酒很是意外。

「妳姨媽怎麼會答應呢？不是說妳表哥以後大有出息嗎？」阿酒好奇地問道。

「他們為什麼不答應？如果表姊能嫁入謝家，那可是高嫁。」阿美理所當然地說道。

阿酒有些困惑。謝家不就是一商家嗎？而方家再怎麼說也是個官家，怎麼嫁到謝家還是高嫁了？

阿美似乎看出了阿酒的困惑，仔細為她解釋起來。

原來謝家並不只是普通的商家，第一他是皇商，第二他們家曾有過做大官的祖先，就是現在，謝家其他幾支分家的人，也有不少在朝為官的。

阿酒沒想到謝家還有如此強硬的背景，幸好當初沒有跟謝承文硬碰硬，要不然自己就真成炮灰了。

看來方家同意跟謝家議親，也是看中謝家背後的勢力，只是不知道謝承文會不會答應？雅婧雖然沒有青梅那樣的耀眼，卻也小家碧玉、清秀動人，而且也算得上是溫柔敦厚，配上謝承文一點也不弱。

「不知道為什麼，我覺得這樁婚事可能談不成呢。」阿美有些不安地說道。

阿酒甩給她一臉問號。她這話是什麼意思？

「我也說不上來，就是一種直覺，我都不敢跟別人說。」阿美一臉的煩惱。

阿酒有種想撞牆的感覺。幸好不是她在相看，要不真會被阿美氣死。

「行了，妳表姊如此在意謝承文，肯定會盡力促成這樁親事的。妳可別亂說話，要是讓妳表姊知道，妳就慘了。」阿酒警告道。

阿美忙點頭。她還不傻，這種話肯定不會亂說。

謝承文剛走進謝府，就覺得氣氛有些不同，而那些下人看自己的眼神也比前多了一些熱情，甚至有一、兩個還笑著說「恭喜」，這讓他感到莫名其妙。

「大哥，你回來了。」謝承志從後面追了上來。

「嗯，你這是又去哪裡鬼混？」謝承文皺眉看著他。

真不知道母親是怎麼想的，明明那麼疼承志，卻放任他這樣混日子，讀書不行，做生意也是隨隨便便，每天就只會跟著那些紈袴子弟在外面吃喝玩樂。

「大哥，你先別問這個，我剛剛聽到一件大事。爹給你定下了親事，你知道嗎？」謝承志忽然放低聲音說道。

「你怎麼知道？」謝承文可沒聽到風聲，他也不認為謝長初會告訴謝承志。

「我偷聽到的。」謝承志得意地說道。

謝承文的眉頭不禁皺了起來。親事？也不知道是哪家的小娘子？

不一會兒，謝承文跟謝承志一前一後進到正廳，只見唐氏正跟謝長初說著些什麼，見他們兄弟進來，忙停了口。

謝承志一如既往地迅速朝唐氏走過去，就算是在謝長初的注視下，也只稍微停頓一下，便又繼續從容地走過去。

唐氏早已笑咪咪地看著謝承志，一把拉住他的手，母子倆開始說起話來。

謝承文行過禮之後，就坐在一旁，一言不發地看著他們母慈父愛，彷彿他與這裡的人毫無關係。

等他們終於意識到屋裡還有一個兒子時，已經過去許久。

謝長初看著謝承文，眼中閃過算計，他緩緩地喝了一口茶，說道：「承文啊，你年紀也不小了，為父給你相中了一家小娘子，等過些日子就去提親，你覺得如何？」

雖然父親是在詢問他的意思，但語氣卻很堅定，想來不管他同不同意，這門親事已經定下了。

「全聽父親的。」自從青梅嫁人後，謝承文覺得娶誰都一樣，只是等他說完這話時，不知為什麼眼前居然閃過阿酒那帶笑的眼。

「好，為父相中的，就是咱們隔街的方家。雖然他們現在小家小戶的，但那小娘子的哥哥聰明伶俐，已經是秀才了，聽說後年就要上考場，而小娘子的叔叔在京城任職，這樣說來，她也算是個官家小娘子。」謝長初難得好心情地解釋道。

唐氏本來面帶笑容的跟謝承志說著話，卻不知道謝長初哪句話惹到了她，讓她的臉一下子就垮了下來。

謝承文有些意外。他還以為會是母親娘家的小娘子呢，沒想到卻是方家的，雖然如今看來對方的家世要比自家差一點，但細細分析起來，竟也差不了多少。此時他心裡有些激動，想來父親對自己還是挺關愛的，要不然也不會為他挑上這樣一門親事。

「謝謝爹。」謝承文的話裡有了幾分真心。

謝長初心裡有些得意，面上卻是不顯，唐氏則是緩緩說道：「承文、志兒，你們去歇息吧，我跟你們的爹有事商量。」

謝承文再度行了個禮，走出正廳，回到自己的院子。

平兒早已站在書房外等著，等謝承文進去後，他也跟了進去。

「這是怎麼一回事？」謝承文開口問道。

平兒立即把打探到的消息，一一告訴謝承文。

原來方雅婧的父親沒多大本事，卻喜歡去酒樓喝酒，這段時間剛巧對謝家酒肆的烈酒上了癮，每天都會到謝家酒肆喝上幾杯。

有一天謝長初去酒肆收帳，方父已有幾分醉意，一個不小心把酒灑到謝長初身上，謝長初有些惱，但方父馬上認錯，謝長初也不好說什麼，畢竟是自己店裡的酒客。

後來兩人又在酒肆裡見了幾面，慢慢熟絡起來，方父在一次醉酒後，無意中說起自己的女兒，說她溫柔聽話，然而說者無心，聽者有意。

謝長初經過這些日子的相處，也算有些瞭解方父，他十分膽小怕事，只要給一點好處就能收買，而他多次提起女兒特別聽話，謝長初就派人去打聽方家的小娘子，打聽回來的消息跟方父說的，並沒有多大出入。

謝長初對於謝承文的媳婦人選，一開始也是打算在唐家找一個，後來想著青梅的事，如果再選唐家的小娘子，怕謝承文反感，如今發現更適合的，就有意無意地跟方父透露了自家長子還沒成親的消息。

方父雖然不聰明，但謝長初幾次不經意地提起，他也算是明白過來，一開始還有幾分猶豫，畢竟女兒的婚事自己作不了主，只好回到家裡跟夫人提了提，沒想到夫人倒是上了心，特意去打探一番，隨即就答應下來。

而謝承文應下親事，唐氏卻有些不樂意，正在跟謝長初鬧著。「你是怎麼想的？居然幫他找了一個這麼好的岳家。」

「夫人，那方父是個沒本事的，而方家那小娘子又聽話，等她進門後，妳多哄哄她，將她拉攏過來，以後要是承文那裡有個什麼風吹草動，咱們馬上就能知道，這不是很好嗎？」

謝長初不明白唐氏為什麼要反對？

「那小娘子真有那麼聽話？別到時娶一個厲害的回來，和她那兄長一起幫著承文，那咱們就得不償失了。」唐氏對這婚事唯一不滿的，就是那小娘子有一個聰明的兄長。

「放心，我都打聽好了，她家裡的婆子都說，方家小娘子最好說話，對父母千依百順，性格還有些膽小怕事。」謝長初信心滿滿說道。

唐氏只得點點頭，卻還是不放心地說道：「那我找個時間去看看那小娘子，如果真如你說的那樣，我就同意這門親事吧。」

轉眼又到臘八，今年的臘八粥劉詩秀更加用心地煮著，隔好遠都能聞到香味。

阿酒端著一碗來到老宅，看著躺在那裡無法動彈的周氏，不禁感慨萬千。去年周氏還神氣地把粥潑在姜老二身上，如今卻連想動一下都要別人幫忙。

「滾、滾。」周氏一見到阿酒，特別激動，捲動她那不靈活的舌頭罵道。

「行，我走。」本來阿酒見她那副模樣，還有幾分同情，想著要不要請個人幫忙照顧她？結果這念頭剛上來就被她給打下去了。

夏荷剛好提著一桶水走進來，差點就跟阿酒撞在一起。

「阿酒，妳要走了？」夏荷有些怯怯地小聲說道。

阿酒有些意外，沒想到夏荷竟會主動跟自己打招呼，便朝夏荷點了點頭。「阿奶不喜歡我，一看到我就激動不已，我還是快點離開吧。我送了臘八粥過來，妳再餵她吃一點。」

「嗯，我等等就餵。阿奶病了，心情不大好，妳別放在心上。」夏荷輕聲說道。

夏荷真的變了很多，以前她絕對不會說出這樣的話，也許過去是李氏、周氏的教養有問題，才會造成她蠻不講理的性格。

「那我先走了，如果阿奶有什麼事，妳再過來找我。」阿酒說道。

阿酒剛走，李氏就跑進來端起那碗粥。「真香呀，阿酒那小蹄子每次送來的東西都特別好吃，不過妳阿奶是吃不下去的，就由我來幫她吃了。妳看什麼看？快點去洗衣裳。」李氏見夏荷一直盯著她手中的粥，怒聲道。

夏荷張了幾次嘴，最終只默默地走出去，鐵牛卻不知道從哪裡鑽了進來。「娘，什麼東西這麼香？我好餓哦。」

「鐵牛，快來吃。這粥真香，可惜就這麼一碗，真是小氣。」李氏咂咂嘴，不滿地說。

周氏躺在床上，把一切都看在眼裡，指著李氏卻是一句話都罵不出來。

「妳怎麼又在洗衣裳了？」鐵柱剛從鎮上做完事回來，就見夏荷在院子裡洗衣裳。

「沒事，你累了吧？快進屋裡，我給你留了點粥。」夏荷對這個唯一會給她溫暖的弟弟，露出一個柔柔的微笑。

「大姊，妳的病都還沒好，這麼冷的水妳怎麼受得了？我不是說讓妳放在那兒，等我回來再洗嗎？」鐵柱心疼地說道。

夏荷搖搖頭，讓他快點進屋，這時李氏剛巧從周氏的屋裡走了出來，出聲罵道：「你大姊哪有那麼嬌貴，不就是洗點衣裳嗎？鐵柱，你賺的錢呢？」

「在這裡。」鐵柱把口袋裡的十幾文錢，塞進李氏的手裡。

「就這一點？你藏起來了？我打死你這個不孝的。」李氏見錢少了，立刻怒道。

「剩下的要留給阿奶買藥；還有，阿姊都病成這樣了，您別老叫她做這、做那的。」鐵柱無奈地說。

「那老不死的每天躺在床上，還要吃什麼藥？也就你把她當成寶。還有妳，讓妳幹活動作也不麻利點，我真是白養妳了，連一個男人都抓不住。」李氏氣到胸口發痛。

鐵柱一雙拳頭忍不住緊緊握起，而夏荷的臉色也變得慘白，緊閉著嘴，眼睛紅紅的。

「大姊，我餓了，妳怎麼還不去弄飯？」鐵牛對著夏荷不客氣地吩咐道，轉過頭又開始向李氏撒嬌。「娘，剛才那粥真好吃，妳也給我煮吧。」

夏荷忙擦乾手進到廚房，鐵柱心疼地看著她，轉身去把衣裳晾了起來。

阿酒回到家後，發現劉詩秀早已為她準備好熱呼呼的粥，一碗粥喝下去，總算是把她心中的鬱悶全都去個乾淨。

很快的，阿美和春草也送來了粥，她們聚在一塊兒說笑起來。

「阿酒，妳三嬸已經為春草相中了一戶人家。」阿美忽然神秘地貼在阿酒耳邊說道。

「阿美妳別亂說，事情還沒有定下來。」春草不禁滿臉通紅，帶著羞意看了阿美一眼，然後迅速地低下頭。

阿美看著春草，不懷好意地笑了起來，春草就在她這樣的笑聲中落荒而逃。

「阿美，妳娘還沒有給妳挑到適合的啊？」阿酒打趣道。

「我看難呀、難呀！」阿美搖頭晃腦的，看那樣子就好笑得很。

「阿酒，妳呢？妳可比咱們還大上一些。」阿美好奇地問道。

「我？」阿酒愣住了。難道她也要像她們一樣，盲婚啞嫁，湊合著找個男人過日子？

阿美又跟阿酒說了些什麼，她都沒聽進去，完全被這個問題給困住，就連阿美是什麼時候離開的，她也不曉得。

她來到這個地方已有一年多，雖然午夜時分偶爾還會想起前世，想起那個繁華的世界，可她清楚地意識到自己回不去了。

她只想著該怎麼釀好酒、怎麼賺多一點錢、怎麼讓姜老二他們過得好一些，唯獨沒想過自己要嫁人這件事。她一直覺得自己的年齡還小，而且若要讓她嫁給一些十五、六歲的毛頭小子，想想都覺得可怕。

幸虧姜老二並沒有跟她提過這件事，但只怕過了這個年，姜老二不提，別人也會提起，到時候她該怎麼辦？順勢找個人嫁了，過著相夫教子的日子？不！她沒辦法做到。還是乾脆不嫁人？可就算是在前世，到了一定的年紀還不嫁人，也會被人說成是剩女，以為妳有什麼見不得人的隱疾，更不要說是在古代了。

接下來的日子裡，阿酒一直無精打采的。

姜老二看在眼裡，疼在心裡，可他一開口問閨女，她卻直說沒事，但看她的樣子，哪像是沒事？姜老二只得託劉詩秀去打探消息。

「妳這是怎麼了？妳爹很擔心妳。」劉詩秀柔聲地問道。

阿酒開口就想道出心中的困惑，可看著劉詩秀，卻又住了嘴，想來她也同樣認為婚姻大事就該聽從父母之命，她不可能理解自己心中的想法。

「沒事，只是有點事情沒想明白。」阿酒搖搖頭說道。

「不能說一說？」劉詩秀不死心地問道。

「劉姨，您夫君是個什麼樣的人？您怎麼會嫁給他？」阿酒沒回答，只是好奇地問道。

劉詩秀從沒提過以前的事，阿酒也從沒問過，如今她問了出來，頓時覺得有些唐突。

「如果您介意就不用說了，我只是隨意問問。」阿酒見劉詩秀陷入深思，忙說道。

過了半晌，劉詩秀才深嘆一口氣，幽幽說道：「其實也沒什麼，我家跟他家是世交。我爹開了一間糕點鋪，娘是鎮上繡坊的女兒，後來看上爹，就嫁給了他，生下哥哥、我，還有弟弟，日子過得不錯，哥哥還娶了同在鎮上做生意的嫂子。

「再後來，爹給我定下一門親事，是世伯家的兒子，我以前也見過他幾次，印象還不錯，我一到十七歲就嫁給了他。本來生活還過得去，雖然跟婆婆有些不和，但沒有太大的矛盾。

「直到有一天，我弟弟忽然離家出走，父親則是病重，母親每日以淚洗面，家裡的糕點鋪無法再開下去，而大哥既要照顧爹、娘，又要託人打探小弟的消息，咱們家一下子就垮了。

「婆婆對我日漸不滿，我的丈夫對我也漸漸冷淡，有時我回娘家幫襯，回來後他更是冷眼相待。沒過多久，雪災來臨，父親就在那時候離世，母親也不肯多留於世，而本就陷入困境的家裡，根本沒有多餘的錢財可以安葬爹、娘，大哥只得把鎮上的房子賣掉，回到村子裡，大嫂過不了苦日子，就回了娘家。我無法看著大哥一個人孤苦地過日子，就求夫君，想跟他借一些錢，讓哥哥重拾糕點生意，誰知道他卻是一文不給。我一怒之下就跑出門，回到娘家才發現自己有了身孕，住在娘家幾月，他竟沒上門接我，我也沒再回去。

「雪災之時，我正住在娘家，大哥見情勢不妙，就帶著我離開住處。我本想回到鎮上去找我的夫君，誰知卻得來他因路滑掉進山谷而亡的消息，他爹、娘還怪罪於我，我哥哥便跟他們理論。後來還是鄰里看不過去，紛紛指責他們，才沒有再鬧下去，不過卻不承認我是他家的媳婦，我哥哥就這樣帶著我離開鎮上，四處流浪起來。

「流浪的途中，我從鄰里口中得知，其實我夫君是去找他相好的，最後卻被壓死在那相好的屋子裡。哈哈，妳說這是不是報應？」劉詩秀說完竟哈哈大笑起來。

阿酒聽得目瞪口呆。怪不得劉詩秀從不提起過去，也從不讓康兒知道他有一個爹，原來事情竟是這樣的。

「我哥哥最可憐，染上風寒還要照顧我，結果連命都沒了，幸虧我嫂子還給他生了個兒子，要不就無後了。」劉詩秀想起哥哥，不禁一臉哀傷。

阿酒的心情更加低落，覺得在這個年代結婚，也太沒有保障了。

「我都不難過了，妳黑著一張臉幹麼？人要向前看，不能因為心中有所畏懼就怯步，就像妳釀酒一樣，難道妳第一次釀的時候，就知道自己會成功？什麼都要去試過，才知道箇中滋味。雖然婚姻不一樣，一賭就是一輩子，但道理卻是相通的。」劉詩秀意味深長地說。

阿酒本來充滿絕望，卻因為她這幾句話，心中一下子又光明起來。

是呀，她在這裡傷春悲秋根本於事無補，與其在這裡唉聲嘆氣，不如過好每一天。如果將來真要嫁人，她就挑一個自己看得過去的男人嫁了，然後用心地過日子。要是能合得來，以後就跟他好好過；如果合不來，大不了自己過，難道她還養不活自己？

阿酒想通以後，只覺得一身輕鬆，心情也好了起來。

「劉姨，謝謝您。」阿酒感激地道。

劉詩秀搖搖頭。其實這些話一直壓在自己心裡，她也想跟人傾訴，可一直沒有機會，如今全說出來，感覺那一切真的都過去了，所有的不甘和痛苦，都隨著時間的推移散去了。

阿酒見她如同鳳凰涅槃、重獲新生的樣子，知道她已把前事放下。也許是她跟她夫君之間並沒有太深的愛戀，所以容易放下吧，這是不是這時代的婚姻的唯一好處？就算有人叛變，也不會要死不活。

不管怎麼樣，阿酒恢復了精神，就連劉詩秀的笑容也真實多了，她不再只是躲在廚房裡，有時村裡的女人上門來，她也慢慢地會跟她們閒聊幾句。

第四十七章

轉眼已到臘月二十三，過小年的日子，阿曲他們都回家了，讓人意外的是，李長風也跟他們一起過來了。

「阿曲，他怎麼來了？」阿酒拉著阿曲到一旁，悄悄地問道。

「李先生說想來跟阿姊討一罈酒。」阿曲也有些不解，可李先生都這樣說了，他也無法拒絕。

阿酒就讓姜老二去搬了一大罈酒過來，等一下好讓李長風帶回去。

李長風再次見到阿酒，只覺得她比上次更耀眼了，他的眼光都捨不得從她的身上移開，心怦怦地跳得厲害。他終於明白自己這些日子為何不時會想起眼前的女子，原來在無意間，他的那顆心已落在了她身上。

「先生，請用糕點。」阿釀小聲叫道。

李長風的注意力全放在阿酒身上，根本沒聽到阿釀在說些什麼。

阿釀不知道先生在想什麼，竟想得那麼入神，不禁把聲音提高一些。「先生，請用糕點。」

李長風被這突如其來的聲音驚醒，看著阿釀那好奇的眼神，不由得紅了臉。他竟在佳人面前失禮了，可別因此留下什麼不好的印象。

李長風謝過阿釀後，緊張地抬起頭再次看向阿酒，卻見她不知道在忙碌著什麼，臉上的表情很是溫柔，動作優雅，神情專注，那溫和的陽光照在她身上，讓她恍如墜入凡間的仙子一般。

阿酒正在準備做糕點用的糯米粉，覺得有人在注視著自己，她回頭看過去，卻沒發現什麼異樣，只有阿釀陪著李長風坐在那裡吃糕點。

難道是自己太敏感了？阿酒搖搖頭，接著做自己的事。她猶豫著今年要不要給謝承文送一份年禮過去？雖然他不稀罕這些東西，但也算是自己的一分心意。

想起謝承文，就想起他跟雅婧的親事。不知道定下來沒有？也沒再聽阿美說起。

阿酒正想得出神，沒發覺李長風已經來到她的面前。

「阿酒姑娘，妳這是在忙什麼？」李長風見她有一下、沒一下的揉著那些白色粉末，好奇地問道。

「哦，我在揉勻這些粉，李先生沒見過？」阿酒一時之間不知道該說什麼，只好沒話找話說。

李長風覺察到她的不自在，可他就是想近距離地跟她說說話。「沒有。難道這些就是做出那些美味糕點的原料？」

他家境不錯，家裡還有幾個僕人，因此從沒有去過廚房，當然對這些也就不熟悉，現在看著她那纖纖玉指將那些白色粉末一揉一壓，變成了一團團，感覺挺神奇的。

「嗯，這些是糯米粉，做糕點都少不了它，咱們家劉姨做的糕點，可比鎮上那些糕點鋪賣的都要好吃呢。」阿酒對李長風的印象還不錯，再加上他如今又是阿曲和阿釀的先生，因此說話間也少了些隨意，多了幾分恭敬。

兩人一來一往，慢慢地聊了起來，在李長風帶有目的的詢問中，漸漸更加瞭解她的為人。

劉詩秀將這一幕看在眼裡，她畢竟嫁過人，對男人眼中的神情還是有些瞭解的，李長風眼中的溫情瞞得了阿酒，卻瞞不過她。

不過她沒打算去打擾相談甚歡的兩人，而是滿意地看著他們。如果那李長風真對阿酒有意，倒不失為一樁良緣。

「打擾多時，我該回去了。」李長風雖然不捨，但畢竟他是有修養之人，懂得分寸，見天色不早，趕緊起身告辭。

阿酒還真有些意猶未盡。這李長風真是個聊天的好對象，他博學多聞，只要她問出口的，他基本都能為她解惑。

「您等等。」阿酒讓阿釀把酒搬到馬車上，自己則去廚房拿出食盒，裝滿糕點。「這些糕點味道不錯，您帶回去嚐嚐。」

李長風點點頭，又認真地看了她一眼，把她記在心裡，這才跳上了馬車。

姜老二打算在年前再去一次莊園看看那些農田，而阿酒也想去看看果園弄得如何，過年後可就要種下果苗了。

「爹，您就別去了，我帶著阿曲過去就行。」要過年了，家裡的事多，阿酒不想他那麼勞累，便要求道。

姜老二本來有些不願意，後來想想，讓阿曲過去看看也好，不然自家的地他都不認得。結果阿釀聽說以後，也鬧著要去。阿酒想著，讀萬卷書，不如行萬里路，讓他出去見識見識也好。

於是三姊弟開開心心地上路，阿酒則叮囑大春，在年前一定要買輛馬車回來，否則實在不方便，每次出門都要去租車。

馬車緩緩行至莊園，出現在眼前的是一望無際的田地。

「這都是咱們家的地？」阿釀站在田地前，驚訝地叫了起來。

「怎麼樣，意外吧？」阿酒被他的表情逗樂，不禁笑道。

「阿姊。」阿曲的感情沒那麼外露，考慮得也多一些。他知道銀錢來之不易，因此對這些田地十分看重，想著自己是不是該回家幫忙才對？

他想要說什麼，阿酒都明白，她握了握他的手。「阿曲，阿姊希望你能好好讀書，家裡的事有我跟爹扛著。寒門學子所付出的，原本就比別人更多，只要你有目標，那麼不管多艱難，你都能堅持下去。」

阿曲看著廣闊的田地，心情激動，他心中的那點小心思也全放下了。為了阿姊，他一定會好好念書，考上功名，這樣才能保護好她，不讓她受到別人的傷害。

阿酒在莊園待了兩天，解決一些事之後，還順道買了個下人陳勝，他們這才往回趕路。

回到家時，天色已經有些晚，讓人意外的是，阿酒他們敲上半天的門，門才被打開，而且劉詩秀的臉色有些憔悴。

「劉姨這是怎麼了？」阿酒擔憂地問道。

「你們可回來了，快去看看，妳爹從昨日開始，便高熱不退呢。」劉詩秀見到他們，馬上如釋負重地吐了一口氣，急忙說道。

阿酒他們一聽，頓時急了。姜老二很少生病的，他這是怎麼了？

一行人來到姜老二房間，只見他躺在床上，才兩天不見，阿酒覺得他瘦了很多，連眼睛都深陷下去，一點精神也沒有。

「爹，您感覺怎麼樣？」阿酒轉過頭，急急地問道：「劉姨，請大夫了嗎？大夫怎麼說？吃藥了嗎？」

「大夫昨日來看過，說是風寒，也開了藥，只是病去如抽絲，只怕沒那麼快好。」劉詩秀小聲地回答。

姜老二朝劉詩秀看了一眼，她忙扶起他，然後端起桌上的水，小心地餵給他喝。他看向劉詩秀的眼神，比以往都還要溫柔，兩人之間有著難言的默契。

阿酒驚訝地看著他們。難道就這兩天，他們之間發生了什麼？

可能是阿酒的眼神太過露骨，劉詩秀感到有些不自在，不過還是小心地用帕子替姜老二擦乾嘴角的水珠，重新扶著他躺好，才溫柔地說道：「我去替你熬藥，你好好休息。」

姜老二朝她點點頭，目送著她離開。

阿曲的臉色有些難看。他已經十二歲，又比一般孩子懂事，能看懂姜老二跟劉詩秀之間那一點不同。

只有阿釀沒發現異樣，他爬上姜老二的床，小聲地問著阿爹有沒有好一些？

阿酒見姜老二高燒已退，只是需要靜養，也就放下心來，這才發現他們把陳勝丟在院子裡，忙讓阿曲去安排一下。

姜老二見阿曲離開，才有些不自然地對阿酒說道：「我想娶劉氏。」

雖然阿酒一直希望姜老二再找一個人過日子，可當他真說出這樣的話，她卻覺得心裡有些發酸，不大好受。

「爹，您想清楚了？」雖然她心裡思緒萬千，面上卻是不顯。

「嗯，她人不錯，家裡也需要一個女人。」姜老二認真說道。

看來姜老二已經考慮再三才下定決心，阿酒當然不會反對，可她發現阿曲似乎有些不好的情緒。「爹，您打算跟阿曲說一聲嗎？」

姜老二搖搖頭。跟阿酒說是他習慣了萬事跟她商量，他卻完全沒有要跟阿曲說的意思，畢竟在他的思想裡，父母要做什麼，根本無須向兒女交代。

阿酒很快明白過來，這裡可不是眾人平等的前世，她忙說道：「爹，那您先休息，我出去看看。」

阿酒來到阿曲的房間，沒看見阿曲，只瞧見陳勝已經換上阿釀以前的衣裳，洗漱乾淨，正一臉拘束站在阿曲的房間外。

「今晚沒時間替你準備床，你先跟阿曲睡吧。」阿酒吩咐完，就讓陳勝先去歇息。

阿酒找了好幾個地方，都沒有看到阿曲，不由得有些擔心。

「阿曲，你怎麼在這裡？」阿酒無意間看了一眼自己的房間，發現找了半天的人居然在這裡。

「阿姊，我在等妳。」阿曲簡單地說道。

看著一臉失落的阿曲，阿酒有些心疼，她發現他越來越成熟，也越來越寡言，一點也不像十二、三歲的孩子。

「阿曲，你不高興？」阿酒摸了摸他的頭。

阿曲有些不自然地挪開，不滿地說道：「阿姊，我已經長大了，也不是金磚。」

阿酒被他的話逗樂。十二、三歲的孩子正是覺得自己像是個大人的時候，不喜歡別人把他當小孩看待。

「你就算七老八十了，不也還是我弟弟嗎？」阿酒故意又揉了揉他的頭髮。

阿曲雖然不情願，卻也不敢做出太大的動作，只能讓阿酒在他的頭上胡作非為。

見他的神情輕鬆許多，阿酒坐下來，拉著他的手說道：「爹要再娶，你不同意？」

聽她說起這件事，阿曲的臉明顯繃了起來，還緊閉著雙唇，阿酒知道他這是在生氣。

「說說你為什麼不願意？」如果不打開他的心結，只怕他以後跟姜老二之間會鬧得不愉快。

「阿姊，這件事妳是不是早就知道了？為什麼沒有跟我說？」阿曲委屈地道：「爹是不是早就忘了娘，他是不是不要咱們了？」

阿酒心一驚。她沒跟林氏相處過，所以更在意姜老二，也就能毫無忌憚地跟姜老二討論再娶的問題，就算剛才聽見姜老二要娶劉詩秀，她心裡的不舒服，也只是覺得姜老二要被另一個女人搶走了。可阿曲不一樣，他是在為自己的母親抱屈，在他的心裡，林氏無人能替代，而姜老二另娶，對他來說就是一種背叛，所以他難以接受。

「阿曲，你聽我說。」阿酒溫柔地說道：「爹再娶，你覺得這是對娘的背叛，認為他已經忘記娘了，對嗎？你更害怕有一天他連咱們都忘記，是吧？」

阿酒盯著他的雙眼，而他的眼神告訴她，她沒有說錯。

「阿曲，我跟你一樣，都想念著娘，可咱們應該多為活著的人想想。你看這次咱們出遠門，如果沒有劉姨，只有爹一個人在家，那會發生什麼事？再過幾年，咱們可能都會離開他的身邊，那時他孤單一個人在家，你放心得下？」

聽完阿酒的話，阿曲深思起來，過了好半晌，他才不情不願地說道：「阿姊，妳說的道理我懂，可我心裡難受。」

阿酒站起來抱住他。她的心裡也不痛快，姜老二如今對自己是百依百順，誰知道以後會不會改變？可他們不能只想到自己的感受，而忽略姜老二的心情。

就這樣，孩子們默認了姜老二跟劉詩秀的關係，只等選個良辰吉日讓她嫁入姜家，便是正式的姜家人了。

姜老二要娶親，以及阿酒買了個下人的消息，很快就傳到老宅。

李氏得知消息，馬上跑到周氏的房間，厭惡地對她說道：「姜老二要另娶了，就是要娶撿來的那個劉氏。還有，妳最看不起的兒子家，現在都有下人伺候了，妳卻動彈不得，妳說這是不是報應？」

周氏在夏荷跟鐵柱他們的細心照顧下，藥又不曾間斷，眼看著身子一天比一天好，雖然還是說不清話，但起碼能坐起來了。

而李氏跑進來噼哩啪啦地對著她說了一大堆，她卻只聽清一句，那就是姜老二也有下人伺候了，而自己最疼愛的姜老大，卻如人間蒸發般杳無音信。

周氏只覺得口裡一陣血腥，全身一陣麻木，接著就不醒人事了。

夏荷本來在外面洗著衣裳，見李氏進到周氏的房間，她也沒有多想，卻沒想到李氏進去後就高聲說起二叔家的事。她記得大夫叮囑過，不能再讓阿奶受到任何刺激，她忙丟下手中的衣裳，跑了進去，結果就看到周氏已陷入昏迷。

「阿奶、阿奶？」夏荷跑進房間，看到兩眼緊閉的周氏，馬上驚叫道。

李氏還在喋喋不休地罵著，卻突然看到周氏臉色慘白，還一動也不動，她心一驚，轉身就跑了出去。

夏荷心裡也怕得很，她站在床前有些猶豫，最後膽子一橫，用手探了探她的鼻孔，還有微弱的氣息，她這才拍了拍自己的胸脯。

鐵柱一回來，發現周氏的病情又加重了，這下子不要說坐著，全身根本動彈不得，也就只有眼睛能轉動，什麼話也說不出口，只是不停地流著口水。

「夏荷，這是怎麼回事？」他不明白才一天不見，怎麼變成這樣子？

夏荷有些怕李氏，只是朝外面看了看。

鐵柱馬上明白，他氣沖沖地跑到李氏房間，怒吼道：「您是不是又在阿奶面前亂說話？都跟您說過阿奶受不了刺激，您還故意去刺激阿奶！」

李氏本來還有些害怕，被鐵柱這樣一吼，反而沒有了懼意。「你這不孝子，我是你娘，你竟敢吼我？那老不死的會這樣，跟我有什麼關係？鐵柱，我可是你娘，你下次再這樣吼我，我就去衙門裡告你。」

鐵柱看著張牙舞爪的李氏，不禁心灰意冷。這就是他的娘，心中永遠只有自己，他忍不住冷笑起來。

「娘、娘，是不是大哥又欺負您了？放心，我來幫您。」鐵牛在外面聽到李氏的罵聲，馬上衝進房道。

「鐵牛啊，娘就只剩下你了，以後我就跟你過，不要這個不孝子了。」李氏裝模作樣地抱住鐵牛，大哭起來。

鐵柱只覺得全身發冷，他一刻也不想繼續在這裡待下去，轉身就往外走。

「娘，您放心，以後我會孝敬您的，要是您看不慣鐵柱，咱們把他分出去吧。」鐵牛忽然說道。

「對、對，把鐵柱分出去。」李氏頓時有了主意，馬上叫住鐵柱。「站住，鐵柱，我要跟你分家。」

鐵柱像看傻子一樣看著李氏。娘要跟自己分家？

「娘真要分家？」鐵柱冷冷地問道。

李氏看著鐵柱的眼神，有些害怕，鐵牛卻根本不怕鐵柱，在一旁大叫起來。「就是分家！以後我跟娘過，這裡的東西都是我的，你滾出去。」

李氏聽見鐵牛的話，突然間有了勇氣。「對，我就是要跟你分家，讓全村的人都知道，你是個不孝子。」

鐵柱不可置信地看著李氏，又看著越來越像姜老大的鐵牛，他心中直冒寒氣。自從姜老大出事後，他為這個家操勞，現在李氏卻這般指責他，他到底是不是她親生的？他覺得現在特別能明白二叔的心情，面對這樣無理又偏心的娘，他想死的心都有了。

「娘，您不能這樣對大弟，大弟每天為了這個家，從早忙到晚，您怎麼能這樣對他？」夏荷實在聽不下去，跑進來指責道。

「去、去，這哪有妳說話的分，嫁出去的女兒就是潑出去水，沒趕妳出去已經不錯了，別多管閒事。」鐵牛惡聲說道。

「你、你……」夏荷被氣得說不出話來。鐵牛小時候可都是她一手帶大的，現在倒好，竟這樣嫌棄她。

「大姊，咱們出去吧，既然要分家，那就分吧。」鐵柱不再看他們一眼，拉著夏荷快步地走出房間。

鐵柱讓夏荷先去照顧周氏後，便獨自來到姜老三家，跟姜老三說出自己的決定。

「什麼，你要分家？」姜老三差點沒跳起來。

「嗯，既然娘跟鐵牛都要分，那就分吧。」鐵柱生無可戀地說道。

「這樣你的名聲可就壞了，你以後還要不要娶妻？」姜老三怒道。

「呵呵，名聲？咱們家還有什麼名聲？再說了，要是我不分家，娘可是要去告我不孝呢。」鐵柱冷笑連連。

姜老三聽得目瞪口呆，不禁同情地看著鐵柱。攤上這樣的娘，難怪他一臉的絕望。

「行，既然你娘都說到這個分上了，你就跟她分家吧。有說好要怎麼分了嗎？」最後姜老三無奈地問道。

「隨娘吧。」鐵柱一副認命的模樣。

「鐵柱他們分家了？怎麼分？」阿酒這次是真的嚇到。怎麼老宅裡那些人就沒個消停？馬上要過年了，他們還鬧出這些事來。

「聽說鐵柱帶著妳阿奶和夏荷，住進了西廂房，其他的都留給妳大伯母跟鐵牛，妳大伯母還分了兩畝旱地給鐵柱。」張氏一聽到這個消息，也是嚇得不輕。

大伯母跟鐵牛？一般父母不都是跟長子生活嗎？不過想著兩兄弟都還沒成家便分家，也就見怪不怪了。

「她啊，是在學妳阿奶呢，淨身出戶，聽說一分錢都沒有給鐵柱。」張氏冷笑道。

阿酒搖搖頭，對李氏那奇葩無法理解。希望鐵牛真能孝順她，要不以後苦日子可在等著她。

「妳的年禮送去了嗎？到時候記得一定要把年禮交給鐵柱，要不然肯定又會被妳大伯母拿走。」張氏叮囑道。

阿酒這才想起還有年禮沒送，連謝承文那裡她都忘了。

待張氏離開後，阿酒急忙去問劉詩秀，才知道她已經讓大春把年禮送去謝家的酒肆。

看來劉詩秀已經融入到新角色當中，要是以往，她是不會自作主張的，不過阿酒覺得這樣挺好。

既然要給謝承文的年禮已經送過去了，阿酒便帶著阿曲他們來到老宅送年禮。

李氏一見他們來了，笑容可掬地迎上前去，伸手就要接過東西，阿酒卻一扭身，朝西廂房走去。

「阿酒，妳這丫頭，把東西放下。」李氏看到那籃子裡豐富的年禮，正眼紅著呢。

「憑什麼？」阿酒對她的厚臉皮，真是佩服得五體投地。

李氏被阿酒嗆得不敢再出聲，只是恨恨地看著他們走進西廂房。

「娘，是不是阿酒他們送糕點過來了？快拿幾塊給我吃。」鐵牛從外面衝了進來。

「你就知道吃，那可不是送給你的。」李氏心中有火，不禁大罵道。

鐵牛白了她一眼，轉身就朝西廂房跑去。

阿酒把東西交給夏荷，銀錢卻是給了鐵柱。鐵柱紅著臉接過銀錢，喃喃地想說什麼，最終只是說了句。「放心，咱們會把阿奶照顧好。」

姊弟三人進到裡屋探望周氏，雖然周氏現在不能說話，卻還是跟以往一樣，不待見他們，不過他們早就不在意了。姊弟三人見彼此相看兩厭，也不願久留，轉身就要離開。

「站住，東西呢？」鐵牛一副橫蠻無理的模樣，整個人擋在門口，不讓他們離開。「臭丫頭，東西呢？」鐵牛見阿酒不說話，於是更大聲地叫道。

「你說誰呢？」阿曲把阿酒往身後一拉，擋在了她的面前。

阿曲現在長高不少，比鐵牛高了快一個頭，他冷著臉，眼神凌厲且帶著疏離。

鐵牛不禁愣住，完全被阿曲的氣勢給壓住，他後退一步，帶著懼意，不敢再看阿曲。

阿曲不再理他，拉著阿酒和阿釀，直接從他旁邊離開，無視於他。

鐵牛等他們人都走遠了，才反應過來，忍不住跳腳大罵出聲。

第四十八章

「貼斜了。對，往左邊一點。」阿釀充當著指揮，阿曲則是正在把一副副對聯貼好。

家裡有他們兩兄弟在，熱鬧許多，當一道道門都貼上紅紅的對聯，年味更顯得濃厚。

此時，外面傳來了馬蹄聲。

「阿酒，快出來，看我送來什麼？」大春興奮的聲音在外面響起。

阿酒忙跑出去。看來是馬車有著落了。

一匹棕色健壯的馬站在院子中間，後面是一輛八成新的馬車。

「阿酒，妳快過來看看，我可是花了好些日子才買到這輛馬車，還是在松靈府買的。」大春得意地說道。

這馬車確實不錯，但他的表情是不是太誇張了點？

阿酒疑惑地拉開車簾，這才發現馬車內大有乾坤。車廂比一般馬車大，還有幾扇小巧輕薄的紗窗，左右兩邊則擺了兩個小櫃子，一旁還放著一套桌具，而且每個座位上都擺著厚厚的墊子，坐上去特別舒服，她越看越中意。

「怎麼樣？」大春期待地問道。

「確實不錯，這馬車買得真不錯。」阿酒滿意地笑道。

家裡有了馬車，頓時引起村民的圍觀。雖然溪石村的條件不錯，卻沒人買馬車，一般人家裡都只有牛車。

「這馬真高大，要是能讓我騎一騎就好了。」

「還是馬車好，裡面坐四、五個人都沒問題，而且肯定不會那麼顛簸。」

「姜老二的日子是越過越好了，我早就說過周氏會後悔的，可惜她現在沒辦法來看一看這輛馬車，要不然那嘴都會氣歪呢。」

「要是我家也有這麼一輛馬車，那該有多好。」

村民圍著馬車議論紛紛，有羨慕的、有妒忌的，也有真心為阿酒他們高興的。

不知不覺來到了年三十這天，姜老二一家喜氣洋洋地準備過年。

劉詩秀發揮她的好廚藝，煮了亮燦燦的紅燒肉、奶白的水煮魚，以及香噴噴的蘑菇燉小雞，和看起來就想吃的豬蹄花生湯，還有五花肉白菜燉粉絲。

「真香呀，阿酒，去拿些酒出來。」姜老二紅光滿面，高興地吩咐道。

「你病剛好，少喝點。」劉詩秀溫柔地道。

姜老二更加歡喜，如同枯木逢春一般，散發著生機，看起來整個人都年輕上好幾歲。

阿酒和阿曲相視而笑，阿釀則根本不管他們，挾起一塊肉逗著康兒，惹得康兒叫個不停。看著康兒那急得通紅的胖臉，阿酒他們都忍不住笑開來。

團圓夜，謝承文卻是焦頭爛額，怎麼也沒料到竟會發生這樣的事。

之前謝長初給他定下方家的小娘子，兩家都沒意見，就選好日子納采。沒想到，兩家剛納采完，那方家小娘子卻得了怪病。

這一病就倒床不起，都已經十多天了，方家很是著急，便著人到大廟裡請高僧算命，結果說跟謝承文命裡不合，如果強行湊到一塊兒，輕則病情不斷，重則丟失性命。

方家一聽，馬上派媒人到謝家退親。這親事一退，也不知道是誰放出去的風聲，說是謝承文的命格硬，一般女子如果嫁給他，不死也要丟掉半條命。

謝承文雖不介意方家小娘子不能嫁給他，但聽到外面的那些流言，還是黑了臉。從今以後，他怕是很難成親了吧。

「少爺，這可怎麼辦啊？」平兒急得直跺腳。到底是哪個缺德鬼，竟散布這些謠言，這讓少爺以後如何娶妻？

謝承文心裡很不是滋味，但看著平兒急切的樣子，反倒輕鬆不少。不管怎麼樣，到底還有一個人是真心為他著想的。

而謝家的主院裡，謝長初跟唐氏正相對坐著，只見謝長初皺著眉頭，不快地問道：「那些流言是不是妳讓人傳的？」

唐氏不在意地看他一眼。「這樣不是正好？你何必管是誰流傳出去的。」

謝長初沈默良久，才說道：「妳又何必趕盡殺絕呢？」

唐氏臉色一變，對著謝長初就大叫起來。「我趕盡殺絕？這麼多年來，我一直忍氣吞聲，只要看到他，我心裡就憋屈。你現在心疼了？我告訴你，你休想我會輕易放過他。」

「妳亂想些什麼？我去書房了。」謝長初袖子一甩，黑著臉走出房門。

唐氏目送他離開後，一個人坐在那裡，不知道在想些什麼，不一會兒，竟露出一個比哭還難看的笑容。

正月裡走外家，阿酒三姊弟來到林家，宋氏怕他們無聊，便讓林宥之帶他們去鎮上玩。

朱雀鎮比流水鎮要小很多，也沒有那麼多酒樓，不過街上的人倒是不少，不時傳來孩子們的歡笑聲，想來都是趁年節時候出來玩玩。

前面圍著一堆人，阿酒他們也好奇地走了過去，發現原來是個雜耍團。

阿酒還是第一次近距離看雜技，只見幾個人靈活地在場中翻滾，動作驚險，引起觀眾歡叫連連。

林茂之看得兩眼發光，恨不得自己上去試試，正看得高興的時候，忽然聽見一個小娘子叫道：「抓賊呀、抓賊呀！」

林茂之的反應比他們都還要快，阿酒他們忙追了上去，可一轉眼就不見他的人。

阿酒他們有些緊張地四處尋找，過了好一會，林茂之總算回來了，他身邊還跟著兩個人。

那是一個穿著桃紅色衣裳的小娘子，還有一個穿著月牙色長袍的公子哥兒，走近一看，竟還是熟人。這不是阿曲他們的先生李長風嗎？

「二表哥，你沒事吧？」阿酒急切地問道。

「當然沒事，就那麼個小賊，休想從我手中逃走。」林茂之得意地說道。

一旁的小娘子睜大眼睛，一臉敬佩地看著林茂之，眼中彷佛閃過許多小星星。

林宥之已經跟李長風攀談起來，原來剛才叫抓賊的，正是這位小娘子，李長風的妹妹李鶯柳。他們兄妹也是難得出來，看雜耍看得正起勁，突然之間她覺得腰間一緊，低頭一看，荷包不見了，她馬上大喊起來。

「感謝這位兄弟出手相助。」李長風客氣地道著謝。

真是人生無處不相逢，阿酒沒想到在這裡也能碰到認識的人。

林宥之跟李長風年齡相仿，再加上李長風是阿曲和阿釀的先生，兩人惺惺相惜，相談甚歡。

而李鶯柳則是對林茂之很感興趣，纏著他問東問西。

可能是彼此投緣，一向大剌剌的林茂之對她倒是很有耐心，一點一滴的為她解答，說得高興的時候，甚至還演練起拳腳功夫來。

李長風雖然一直在跟林宥之聊天，他的目光卻總是不由自主地轉到阿酒身上，只見她今日不同於往常，穿著一件淺黃色的棉襖，幾朵白色小花散落在衣襬和領口處，下身是一條月牙色的湘妃裙，襯得她的皮膚更加白皙，平添幾分少女特有的韻味。

林宥之在李長風頻頻看向阿酒時，眼神有了變化，故意轉身擋住他的視線。

「今日謝謝各位的幫忙，家裡還有事，先告辭了。」李長風也意識到自己的失態，不自在地把頭轉向別處，趕緊起身告辭。

李鶯柳很是不情願地站起來，跟在李長風身後離開，剛到門口，她又轉身跑到林茂之面前。「我家就住在鎮頭，李府就是我家，你一定要來找我玩。」

林茂之摸摸頭，笑著點頭答應，她這才放心地離開。

阿酒他們又在鎮上轉了一圈，發現這裡的小玩藝兒特別多，而且做得很是精巧，阿酒不知不覺就買了很多。

「阿姊，妳再買可就沒人能幫妳拿了。」阿釀見前面有一間布莊，忙提醒道。

阿酒這才發現，他們幾人的手中都掛滿東西，忙尷尬地笑道：「那咱們回去吧。」

晚上，林宥之特意把阿酒叫到院子，滿臉嚴肅地看著她。

阿酒一頭霧水，不知道表哥這是怎麼了？

「阿酒，妳覺得李長風怎麼樣？」林宥之認真地問道。

「李長風？他為人風趣，見識又廣，阿釀挺喜歡他的。」阿酒回想起上次跟李長風聊天的情景，誠懇地回道。

林宥之看著眼前懵懂的阿酒，不禁有些迷糊起來。難道是自己看錯了？

「嗯，妳去歇息吧，記得以後不要跟那個李長風走太近。」林宥之還是有點不放心，叮囑道。

阿酒朝他點點頭，便走進屋裡。如果一開始不明白他在說什麼，那現在她是什麼都明白了。再說她又不是真正的小姑娘，李長風那點小心思她怎麼會不知道？只是既然李長風沒有點破，自己也不好去拒絕。

隔天吃完早飯，宋氏就把阿酒叫到了屋裡。

「阿酒，妳想過以後要嫁什麼樣的人嗎？」宋氏溫柔地問道。

阿酒裝作害羞，低著頭沒有說話，心裡卻是罵起了林宥之。肯定是他告的狀，要不宋氏怎會無緣無故提起這個？

「妳覺得宥之怎麼樣？」過了半晌，阿酒以為宋氏放棄再問，沒想到宋氏的聲音如雷鳴般響起，差點把她震暈。

「舅媽是在說笑吧？」阿酒小心地問道。

「難道妳覺得宥之不好？妳要是嫁給他，他肯定不敢欺負妳。」宋氏連連保證道。

阿酒想哭的心都有了。她知道林宥之好，如果他不是自己的表哥，她肯定嫁，可她不想生出傻孩子啊……

「不是的，舅媽，表哥他很好，可我待他就像親哥哥一樣啊。」阿酒不知道該找什麼理由來拒絕比較好？

宋氏還想勸她，林宥之卻在此時走了進來。「娘，妳們在說什麼？」

阿酒這時才知道自己剛才是冤枉他了，想來他也不知道宋氏的打算，因為他看自己時，連一點男人看女人的眼神都沒有。

「我想讓阿酒嫁給你做媳婦，你覺得如何？」宋氏笑咪咪的，得意地看著兒子。

阿酒朝林宥之投去一個求救的眼神，林宥之看了阿酒一眼，卻是笑了。不知道為什麼，明明他的笑容很迷人，阿酒卻感到背後發冷。

「娘，您不是應該先問一問阿酒的意思嗎？」林宥之不疾不徐地回道。

「我正問著呢，這不你剛好來了，就先問問你的意思吧。阿酒這麼好的小娘子，想來你也不會反對，我跟你說，以後可不許你欺負她。」宋氏嚴肅地道。

阿酒心裡發苦，不明白一直很明理的宋氏今天是怎麼了？一般這樣的事，不是應該跟父母講嗎？哪有直接問他們的？

「娘，這件事我先跟阿酒商量商量，等一下再來答覆娘。」說完，林宥之便一把將阿酒拉到屋外，這讓阿酒覺得有些尷尬。

「妳是怎麼想的？」林宥之直接問道。

「咱們是表兄妹，怎麼能在一起？我可不要生出來的孩子是個傻的。」阿酒反射性地說道，說完後忙摀住嘴巴。她到底都說了些什麼？她好想哭……

林宥之只覺得頭上有無數烏鴉飛過。現在不是應該考慮她喜不喜歡他的問題嗎，她怎麼乾脆跳過，直接考慮起孩子了？

「表哥，你的想法呢？」阿酒弱弱地問道。

「妳不願意是吧？」林宥之沒回答她，只是冷冷地問道。

阿酒見他變臉，有些害怕地看著他。難道自己的拒絕讓他受傷了？可自己真的不能嫁他啊，這在前世是誰都明白的道理；再說，只要面對著他那張跟自己有七、八分像的臉，她怎麼也無法對他生出戀愛的感覺。

林宥之見阿酒的臉色一會兒青、一會兒紅，也不知道她到底在想些什麼，不過他倒是感到特別愉悅。

「表哥，我真的不能嫁給你，你去跟舅媽說吧。」阿酒哀求道。

「理由呢？難道妳覺得我長得不好看？還是妳心中有人了？」林宥之覺得這時候的阿酒特別好玩，平時一副小大人樣，好不容易看到她慌亂的樣子，怎麼可能輕易放過她？

「不、不，當然不是，不過咱們真的不能在一起。」阿酒很想跟他說近親是不能成親的，可證據呢？

林宥之見她急得都快要哭出來，決定還是放過她吧，不過她總要付出一些代價的。

「行了，妳也不用解釋了，妳就是嫌棄我，我這就去跟娘說，讓她不要再提起此事。」林宥之裝出一副委屈的模樣，站起來說道。

「表哥，我不是嫌棄你，你聽我說……」阿酒只覺得百口莫辯，心中憋屈。

「那妳是同意了？快，咱們一起進去跟我娘說。」林宥之裝出一副歡喜的樣子。

阿酒只覺得心中發苦，卻無從解釋。難道真要嫁給他？她想想都覺得全身不自在。

「嫁給我就那麼痛苦？」林宥之雖然對她並沒有男女之情，但被她這樣推卻，心裡也有些不是滋味。

阿酒乾脆不說話了。反正怎麼說，怎麼錯。

「妳不嫁我也行，不過呢，我可是有條件的。」林宥之見她那生無可戀的表情，知道再逗下去，只怕太過火了，忙裝模作樣地說道。

「真的？什麼條件？」她驚喜地問道。

「上次妳給爹的那種酒，味道不錯，如果妳能保證一年四季都供酒給我，那我就去跟我娘說清楚，要不然妳就準備嫁給我吧。」林宥之慢悠悠地說道。

「好，一言為定。」不就是一點酒嘛，小事一樁。阿酒迫不及待地答應下來。

「那就這樣說定了，我進去找娘。」林宥之達到目的，馬上輕輕地拍一拍衣裳，朝屋裡走去。

阿酒越想越覺得不對勁。自己根本就是被林宥之給耍了嘛！他本就無意於自己，最後卻還讓自己求他，更過分的是，自己還得負責他一輩子要喝的酒。

「林宥之！」阿酒怒氣沖天。看他那一副可親的樣子，沒想到卻這麼奸詐！

「表妹，妳叫我？難道妳改變想法了？」林宥之不知道什麼時候出來了，正笑咪咪地看著她。

阿酒趕緊搖搖頭，心中卻是有苦說不出，只得朝他笑了笑，典型的皮笑肉不笑。

林宥之忙用手摀住嘴，可那彎彎的眼睛已經透露出他此刻的心情。

阿酒無力地轉身離開。她暫時不想看到他，因為一看到他，她就想揍人！

幸虧宋氏沒再提過此事，對她的態度也還是跟以前一樣，甚至更好，真不知道林宥之是怎麼跟她說的？

第四十九章

阿酒懶懶地伸著腰。終於回到家了。

金磚那麼個大塊頭，一見她回來，馬上圍在她腳邊撒著嬌，另外幾隻小狗也在院子裡撒歡，追著一群雞跑來跑去。而院子另一頭，之前種下的白菜早已綠油油一片，充滿生機，看著這一切，阿酒頓時感到心曠神怡。

「阿姊。」康兒已經很會走了，一見到她，馬上伸出兩手，想要她抱。

阿酒把他抱起來，捏了捏他的臉頰，康兒卻乘機在她臉上印上一個小嘴印。

謝承文一進到院子，見到的就是這般溫馨的景象，阿酒那安逸自得的神情，讓他滿是滄桑的心又開始跳動。

阿酒跟康兒玩得正高興，發現身後似乎有腳步聲傳來，她扭過頭，就看到謝承文正朝自己走來。「謝少東家？」

「阿酒，新年好。」謝承文笑著說道。

「新年好。」阿酒有些意外地回道。她總覺得謝承文雖然在笑，笑容卻有些牽強。

劉詩秀很快就端來糕點，還體貼地熱了壺酒。

「喝酒。」家裡剛好沒男人在，阿酒只好自己招待起他來。

「我想在這裡待幾天，妳幫我安排個住處吧。」謝承文喝下幾杯酒以後便說道。

阿酒張著嘴看向他。這位大少爺又怎麼了？

謝承文就這樣在阿酒家住下，日子過得比阿酒這個主人還要自在，此刻他正悠閒地坐在院子裡，指揮著她為他斟酒添菜，阿酒恨他恨得牙癢癢的，卻對他無可奈何。

「這謝少東家到底是怎麼一回事？他這是要待多久？」劉詩秀悄悄地拉著阿酒問道，一臉的擔心。

「我也不知道。劉姨，他就交給妳了，我要出去散散心。」阿酒鬱悶地說道。

阿酒一出院門，就往姜五嬸家走去。

「阿酒，妳來了，快進來！」阿美歡喜地叫道。

阿酒甚至還來不及跟姜五嬸打招呼，就被阿美拉進屋裡，她神秘地朝外面看了一眼，然後趕緊把門關上。

「阿酒，出大事了。」阿美緊張地說道。

「啥大事？」阿酒有些茫然。最近也沒聽說村裡有發生什麼事啊？

「上次我不是跟妳說，謝承文在跟我表姊議親嗎？」阿美跺跺腳說道：「前些天，咱們回去外婆家，剛好姨媽他們也回去，妳都不知道，表姊變得連我都快要認不出來了。」

阿酒猛然驚醒。對呀，按理謝承文定下親事，應該充滿喜氣才對，不會像他現在這樣，滿腹的心事，動不動就黑著一張臉。

「我當時嚇了一大跳，表姊臉上一點生氣也沒有，哭喪著一張臉，就算是笑，看起來也比哭還難看。」阿美捂著自己的胸口，似乎到現在還覺得不可思議。

「到底是怎麼一回事？」阿酒被她這神神秘秘的樣子弄得緊張不已。

「他們是訂親了沒錯，不過又退親了。」阿美直接丟給她一個地雷。

阿酒張著嘴看向阿美。這可不是開玩笑的，一般人訂親都是慎之又慎，更不要說是他們那種大戶人家，難道這其中還有難言之隱？

阿美把聽到的一切都告訴阿酒，最後同情地說道：「聽說現在外面謠傳得很厲害，說謝承文剋妻呢，想來松靈府那些小娘子也不會想嫁給他了。」

「無稽之談。」阿酒不由得申辯道。

「說不定是真的。我表姊以前從沒生過這種大病，怎麼一跟他定下親事就病了呢？而且還查不出病因。而且等親事一退，表姊那病馬上就好了。」阿美不贊同地說道。

「只是巧合吧。」阿酒也拿不定主意。放在前世她肯定不會相信這些，但自從她穿越到這裡之後，她對鬼神之說一直懷著敬畏之心，要不有些現象根本無法解釋。

「哎，那謝承文也是可憐，本來這件事只有謝、方兩家知道，卻不知道被誰給洩漏出去。要是我，面對這樣的流言，肯定活不下去了。」阿美嘆息道。

阿酒終於明白謝承文這幾天為什麼陰晴不定了，看來他是來避難的。

「妳表姊現在還喜歡他嗎？」阿酒好奇地問道。

「她是喜歡他，可相比命來說，肯定是命更重要。」阿美理所當然地說道。

阿酒心情複雜地回到家裡，只見謝承文還是坐在院子裡，跟她出去的時候一樣，連姿勢都沒有變。

她在他的對面坐了下來，倒上一杯酒，慢慢地喝起來。她很想安慰他，卻發現在這種事面前，什麼樣的安慰都顯得蒼白無力。

謝承文見她出去一趟後，回來就有些怪怪的，老是在打量他，卻又不敢直視他，對著他欲言又止。難道她要趕自己走，卻不好意思說？

「有什麼事就說吧。」謝承文不悅地說道。

「你想開一些，也許你只是還沒遇到對的人，所以才會這樣。」阿酒也不知道該說些什麼，三思之後，最終說了幾句似是而非的話。

謝承文先是一愣，然後才明白過來。原來她知道那件事了，難怪她的表情會這般糾結。

「放心，我還不至於為了那樣的無稽之談，自暴自棄。」謝承文說完就不再看她，又陷入自己的沈思之中。

阿酒可憐他身上發生這樣的事，對他無禮的態度也就不再計較，反而叮囑劉詩秀多做點他喜歡吃的菜。

新年一過，姜老二就找人看好黃道吉日，把自己跟劉詩秀成親的日子定下來。

劉詩秀沒有娘家，而兩人都是再婚，也不打算宴請賓客，只想擺上幾桌，叫上左鄰右舍來熱鬧一番。

明天就是吉日，劉詩秀先住到姜五嬸家去了，阿酒則忙著準備明天要用的東西。雖然大部分劉詩秀都已準備好，她還是一陣手忙腳亂。

阿酒想問姜老二明天的一些事，卻怎麼也找不到他，心裡覺得奇怪，怎麼不見人呢？

「阿曲，爹呢？」她轉身問阿曲。

阿曲經過阿酒的開導，對姜老二另娶不再反對，不過也不見得有多高興，可他還是帶著阿釀回來了。

「我不知道，沒瞧見。」阿曲也在忙，根本沒注意。

「老爺提著一壺酒出去了。」陳勝走過來說道。

阿酒跟阿曲兩人不禁面面相覷。都這個時辰了，爹提著一壺酒是去哪裡？

「咱們去看看。」阿酒不大放心。這可不像姜老二的風格。

兩人找遍房子四周，也不見人，這到底是去哪裡了？

「咱們去娘的墳墓看看。」阿曲忽然出聲道。

阿酒點點頭，兩人便快速地朝林氏墳墓所在的方向跑去。

姜老二果然在林氏的墳墓，他坐在墳前，也不知道在說些什麼，一邊說還一邊倒著酒，神情感傷。

阿酒心裡有些難過。姜老二這時候到這裡來，是覺得對不起林氏，還是想以這樣的方式告別林氏呢？

「英兒啊，明日我就要再娶了，過來跟妳說說。放心，她是個不錯的女人，肯定會對阿酒他們好，而且還有我在，我絕對不會讓他們受到一絲委屈的。」姜老二說完，就朝墳頭撒上一些酒。「英兒，對不住了。」

阿曲想過去，阿酒卻一把拉住了他，兩人慢慢地往回走，心情都有些複雜。

姜老二再娶後，阿酒家的日子並沒有多少變化，劉詩秀照樣在廚房裡操勞著，只是還得留意著家中的人情往來，變得更加忙碌。

如果要說變化，倒是姜老二看起來更加有活力，每天都精神抖擻，這讓阿酒看在眼裡、喜在心裡。

「阿酒，明天妳來咱們家陪陪春草。」下午，張氏牽著小圓滿過來，對阿酒說道。

陪春草？她身子不舒服嗎？阿酒心中疑惑，不過還是點頭答應下來。

張氏見阿酒答應，也沒多作解釋，就進屋去找劉詩秀了。

「妳家春草都已相看，我家阿酒卻連提親的人都沒有，真讓人著急。」劉詩秀柔柔的聲音裡透著一些擔心。

「放心吧，阿酒以後肯定能嫁個好人家；再說了，一般人家的男子哪敢上門提親？」張氏笑著安慰道。

「我跟她爹只想為她找個對她好、疼愛她的夫婿。別看她這般能幹，卻是最重感情的，我不想她受到傷害。」劉詩秀輕輕說道。

「做父母的都是這樣想，不需要閨女嫁個家財萬貫的，只求她們未來的夫君，能一心一意對她們好。」張氏感嘆地說道。

阿酒沒想到會聽到這樣的對話。雖然她對嫁人早已沒了幻想，還是感受到了她們的關愛之心。

李長風趁著休沐的日子，又來到阿酒家，這次阿曲兩兄弟並沒有一起回來。

「李先生，是不是阿釀在學堂不聽話呀？」這次劉詩秀以女主人的姿態接待了他。

「不是，阿釀在學堂表現得不錯，明年應該可以下場考試了。」李長風忙擺擺手說道。

「那李先生這次來，有何要事？」劉詩秀問道。

李長風的臉一下子變得通紅。自從那天在鎮上看到阿酒後，他越來越想念她，她的一顰一笑像是刻在他的腦海中，他早就想過來看看她。只是剛開學，事多繁雜，抽不出時間，這不一休沐，他就迫不及待地過來了。如今被劉詩秀一問，他才驚覺自己的行為有些唐突，頓時不自在起來。

「我想見見阿酒小娘子。」李長風硬著頭皮說道。

劉詩秀低下頭沈思。她早已猜到他的來意，只是就這樣放任他們孤男寡女待在一處，到時壞的可是阿酒的名聲。以前讓阿酒出來招待客人，那是沒辦法，畢竟自己那時候也還不是這個家的女主人，現在卻不行。

「李先生找阿酒有什麼事嗎？不如先跟我說一說。」劉詩秀委婉地拒絕。

李長風頓時面紅耳赤。瞧著劉詩秀那善解人意的模樣，他不知道該怎麼回答？難道要說他就想過來看看阿酒，順便問問阿酒對自己的看法？

劉詩秀把他的尷尬看在眼中。其實她對李長風還是挺滿意的，只是聽阿曲說他家的條件似乎不錯，而且家中有人在朝為官，像這樣的人家，規矩特別多，她還得多打聽一下才行。

「既然阿酒小娘子不便出來見在下，那在下先行告辭。」李長風到底是讀書人，做不出死纏爛打的事情來。

聽他這樣說，劉詩秀倒有些不好意思起來，不過她還是不打算讓阿酒見他。

第五十章

自從進入二月，阿酒就忙開了，京城裡的大麴酒實在賣得太好，而他們又沒有強硬的後臺，謝承文只得讓阿酒儘量多釀一些酒，以此來解決一些不必要的麻煩。

「看來無權無勢，走到哪裡都難做啊。」阿酒感嘆地說道。

幸虧現在梁國的皇帝是個賢君，朝中的官員也都還算清明，明面上不會做出什麼仗勢欺人的事情來，也許這就是謝承文選擇在京城開店的原因吧。

送出一批酒之後，阿酒又一次來到莊園，只見那些果樹苗已經送來，一起來的還有一個叫方喬的，他說願意留在莊園。

阿酒沒有立即同意他留下來，只是讓他跟陳三順先去山頭，這批樹苗可得由方喬負責教會村民該怎麼種。

只見山頭特別熱鬧，陳三順是按種樹的數量給工錢的，因為是大人、小孩都能幹得了的活，所以滿山頭都是人。

這些天，來做工的人都知道阿酒是東家了，他們一見到她，便露出善意的笑容。

阿酒並沒有跟他們打招呼，有時候保持一點距離，更能顯示出身為東家的威信。

看著光禿禿的山頭慢慢地被一棵棵果樹占據，想著過幾年後，會有漫山的果香，阿酒就忍不住想笑。

阿酒在莊園待了幾天，就先行離開，只把大春留在那裡。而那個方喬，阿酒則把他交給陳三順，如果覺得能用就留下來，如果不適合就讓他離開。

阿酒剛回到家，春花就跑過來跟她說，春草的親事已經定下來了，只等春草十六歲，就能嫁過去。

她回想起上次見到的那個男子，長得還算端正，看起來憨厚老實，當時她跟春草遠遠地站在一塊兒，那男子並沒有隨便亂看，只是羞澀地朝春草打量幾眼，就轉過頭去，感覺挺正人君子的。

連著幾天春雨，外面的草兒長得更茂盛了，花兒也爭相盛開。

阿酒走在山道之中，看著溪石村被一片霧氣環繞著，一片朦朧，如夢似幻。

「阿酒，妳怎麼在這裡？你們老宅出事了，妳不過去看看？」一個村婦從她面前走過，高聲說道。

「老宅出事？」阿酒皺起眉，沒再追問下去，只是好心情已被打擾，她一下子覺得意興闌珊，便轉身回家。

劉詩秀見她回來，忙道：「妳爹去老宅了，妳要不要也去看看？」

「發生什麼事了？」阿酒有些不耐煩，她一點也不想看到周氏和李氏的嘴臉。

「聽說是李氏偷走妳阿奶的錢，具體的我也不清楚，妳三叔走得很急，沒說太多。」劉詩秀憂心地道。

阿酒並不想去，可又怕姜老二吃虧，到底不放心，還是去了老宅。

她到的時候，姜老三、張氏、姜老二和鐵柱他們都在，李氏則坐在一旁罵個不停。

「三嬸，發生什麼事？」阿酒走到張氏身旁，輕聲問道。

「還不是妳大伯母，盡做些缺德事。」張氏故意提高音量說道。

李氏聽見，朝張氏瞪了一眼，然後又怪叫起來。

「閉嘴！妳不要以為現在沒有人能奈何得了妳，要不是看在鐵柱跟鐵牛的分上，我早就找村長把妳趕出溪石村了。」姜老三受不了她的鬼吼鬼叫，呵斥道。

李氏馬上住了嘴，不敢再出聲。

「說吧，到底是怎麼一回事？」姜老二開口問道。

「昨晚阿奶睡覺前都還好好的，等早上我去幫她洗臉時，發現房間裡有些亂，明顯被人翻動過，還有她的被子被丟在一旁，她全身都冷冰冰的。」夏荷李氏看一眼，又接著說：「藏在阿奶身上的藥錢，也都不見了。」

「李氏，是不是妳做的？」姜老三瞪向李氏，恨不得抓起她就打。

「我昨晚早早就睡了，根本就沒進過這老太婆的屋子，肯定是妳拿走那些錢的，還想來冤枉我。」李氏跳起來，就要朝夏荷撲過去。

鐵柱擋在夏荷前面，冷冷地看著李氏，李氏對這個兒子還是有些畏懼，不禁退後幾步，指著夏荷罵個不停。

這時大夫走出來道：「姜老太受了涼，病情加重不少。」

大夫的話一落，眾人的目光全落在李氏的身上，李氏大聲叫道：「都說了不是我！」

可眾人都不相信李氏的話，姜老三更是怒聲叫道：「李氏，咱們姜家容不下妳這樣惡毒的女子，我這就去稟報族長，讓他把妳趕出姜家。」

「姜老三，你敢？」李氏見姜老三真的朝外走去，馬上惡狠狠地道。

姜老三見她死性不改，更是鐵了心要把她趕走。原本好好一個家，就是被他們夫妻倆給攪散的，姜老大如今已失蹤，如果再留著李氏這個禍害，以後鐵柱他們都沒有好日子過了。

李氏見姜老三是認真的，馬上撲過去抱著他的腳。「三弟，我真的沒有拿那些錢，我也沒有去娘的房間。」

阿酒皺起眉頭。這李氏還真是不見棺材不落淚，到這個時候還不認錯。

「鐵柱，阿奶醒了，好像有話要說。」這時，春草從屋裡走出來道。

姜老三立即踢開李氏，眾人都跟著鐵柱進到房裡，李氏也爬起來跟了進去。

周氏奄奄一息地躺在床上，見鐵柱一來，眼睛裡忽然迸出恨意，眼球快速地轉動著。

「阿奶，昨晚是誰來您的房裡？」鐵柱輕聲問道。

周氏的眼睛連著眨了好幾次，然後朝眾人看過去，又搖了搖頭。

「您是說不是這裡的人？」鐵柱疑惑地問道。

周氏的眼睛又轉動好幾下，鐵柱頓時明白了。「不是我娘拿的？那還會有誰？」

李氏頓時朝姜老三恨恨地看過去。「就說不是我拿的了，三弟你聽到沒？還想把我趕出溪石村，我告訴你，我還要去村長那裡告你欺負我這個寡婦呢。」

眾人都厭惡地看著李氏，沒人想理她。

「是鐵牛？」夏荷聽到周氏用細微的聲音說出一個名字，不禁驚叫起來。

李氏本還得意的臉，一下子就變得慘白，她撲到周氏面前道：「妳這老不死的，亂冤枉人，鐵牛可是妳親孫子，妳怎麼能這樣冤枉他？」

姜老三一把將李氏推到一旁。「夏荷，妳阿奶真說是鐵牛？」

夏荷再一次把目光投向周氏，然後說道：「嗯，阿奶說是鐵牛。」

眾人一聽，只覺得心寒。才十歲的孩子就學會偷錢，更讓人氣憤的是，拿了錢還把那被子甩在一旁，周氏現在根本就不能動，晚上那麼涼，周氏這次沒被凍死，還真是她命大。

「我要殺了他。」鐵柱恨聲說道。

「鐵柱，那可是你弟弟，他還小，你可不能亂來。」李氏急道。她知道這件事要是鬧出去，鐵牛這一生可就完了。

姜老三轉身就走，李氏見狀，沒命似地追了上去。「三弟，我求你了，他還是個孩子，你就饒他這一次。我會好好教訓他，讓他把錢還出來的。」李氏抱著姜老三的腿哀聲求道：「三弟，求你了，看在他那麼小就沒了父親的分上，就饒了他這一次。」

「娘，看看我給您帶什麼回來了？」鐵牛人未到，聲先到，誰都聽得出他的喜悅。

「娘，您這是幹麼？三叔，您又欺負我娘了！」鐵牛進門，見李氏正跪在姜老三的面前，馬上朝姜老三怒吼著。

「鐵牛，你閉嘴！」李氏朝他大聲叫道，她全身都在發抖，生怕鐵牛惹火姜老三。

鐵牛這時也發現了異常，再加上他做賊心虛，畢竟是小孩子，臉色一下子就變得慘白。

「鐵牛，你過來。」鐵柱鐵青著臉叫道。

「你要幹什麼？你走開。」鐵牛有些害怕，馬上朝李氏身旁跑去。

「你都做了些什麼？」鐵柱到底比他大幾歲，一下子就抓住了他。

「哥、哥，你放開我。」鐵牛見二叔和三叔都在瞪著他，不禁害怕地叫了起來。

被鐵柱抓住的鐵牛，很快就說出是他拿走周氏的錢，對於沒有給周氏蓋上被子，他顯得有些茫然，然後搖搖頭說自己忘記了。

雖然鐵柱方才說了狠話，最終卻還是跟姜老三保證，再也不會發生這樣的事，他一定會管好鐵牛。

不過這話阿酒心中是不信的。那鐵牛活脫脫是姜老大的翻版，狠心自私，甚至比姜老大還過分，只是他現在年紀小，尚未表現出來而已。

姜老三最後只連說了聲家門不幸，便無奈地離開老宅。

姜老二一直都沒有說話，只是冷眼看著，不過他在離開老宅的時候，塞了點銀錢給鐵柱，想來是怕那些錢被鐵牛拿走，周氏吃不起藥吧。

阿酒裝作沒看到。如今鐵柱確實懂事不少，在照顧周氏時還真是盡心，也不枉周氏一直把他當成寶。

轉眼又到春耕時節，姜老二去莊園已經有好幾天。

阿酒閒來無事，便來到酒坊看看。

她現在很少到酒坊來，畢竟姜五他們都是讓她放心的人，而且她也不怕他們會洩漏酒方，那大麴可都是由自己一手製作，糧食比例也是姜老二稱好後，混在一起才拿入酒坊的。

「阿酒，妳怎麼來了？」姜五抹了抹額頭上的汗，迎上來問道。

「沒事，就進來看看。」阿酒擺擺手，讓他繼續去忙。

磨研太費人工，姜五又請了好幾個人，就連陳勝有時也會進來幫幫忙、打打雜。

阿酒見他們正在裝罈，心血來潮地舀了一點酒，沒想到才喝一口，卻差點沒吐出來。

「姜五叔，你過來。」她一臉陰沈地叫道。

姜五見阿酒的臉色不對，忙問道：「怎麼了？阿酒。」

「姜五叔，這些酒你都嚐過嗎？每一道工序都按我說的去做了？」阿酒冷著臉問道。

「是酒出了問題嗎？我昨天才嚐過，沒什麼毛病啊……」姜五有些不自在，他還是第一次在阿酒臉上看到這樣嚇人的表情，他也喝了一口那正在裝罈的酒，卻馬上吐出來。「這是怎麼一回事？」

「交給你處理了，姜五叔。」阿酒眼神凌厲地看了酒坊裡忙碌的眾人一眼，便轉身走出酒坊。

「怎麼了？」劉詩秀正在餵康兒吃粥，見阿酒板著一張臉走出酒坊，不禁緊張地問。

阿酒拿起桌上的水喝上好幾口，才平息了心中的怒火。幸好她今日有去酒坊，要不然這批酒要是被謝承文運走，賣給了那些達官貴人，那後果不堪設想。

到底是他們哪一道工序沒掌控好？還是有人故意搞鬼？阿酒越想，心中怒火越旺，對姜五難免有些失望。怎麼會出現這麼大的失誤呢？

姜五很快就來到阿酒面前，大氣都不敢喘一聲，明明天氣不熱，他頭上的汗卻是不斷地落下。

「說，到底是怎麼一回事？」阿酒冷冷地問道。

姜五看著氣勢全開的阿酒，心中震驚。他在阿酒面前一直以長輩自居，而阿酒有什麼事也都會找他商量，有時他都忘了這酒坊的主人是誰。直到此時，他才發現阿酒跟他想像中的很不一樣。

阿酒見姜五不說話，抬起頭看了他一眼，就是這一眼，讓姜五不敢再細想下去，忙把剛才查到的全說出來。

「我發現是在攤涼時，沒攤好。」姜五說完，馬上悔恨不已地低下頭。

「誰負責這一塊？為什麼每天都在做的事，卻沒有做好？」阿酒嚴肅地問道。

「平時都是大毛在負責，今天他有事沒來。」姜五知道是自己大意了，也許是這些日子過得太順，而阿酒對他也十分信任，才會出現這樣的錯誤。

阿酒這時也冷靜下來。看來不是有人針對她，是工作失誤造成的，這讓她的怒火小了不少，但臉色卻還是很難看。

「姜五叔，您說說為什麼會出現這樣的情況？」阿酒淡淡地問道。

姜五低著頭，根本不知道該怎麼解釋？這說白了，就是他犯下的錯誤。

「姜五叔，您是我信任的人，才會把酒坊全交給您，如今出現這樣的問題，您讓我該怎麼繼續信任您？」阿酒嘆道。

「阿酒，不會有下次了。」姜五終於艱難地說道。

阿酒見他已經明白自己所犯的錯誤，也就不再多說，只是吩咐他把昨天的酒全部打開看看，有問題的必須通通毀掉，並罰了他半個月的薪酬。

姜五點點頭，退了出去，他迅速地來到酒坊，開始忙碌起來。

「阿酒，妳姜五叔是不是做錯什麼事？」姜五嬸第二天一大早就過來了。

阿酒心中有些不悅，問道：「姜五叔回去告狀了？」

「不是、不是，昨天他回來後，就一直魂不守舍的，問他發生什麼事，他也不說，只是一個勁兒地嘆氣，我就猜想著，他可能是在酒坊裡做錯事了。」姜五嬸忙搖頭道。

阿酒聽完姜五嬸的話，心裡舒服不少。要是姜五叔真回去告狀，她就要想想是不是得換個人了，畢竟她是請人來做事，並不是請一個菩薩來供著。

「沒什麼，只是一點小事。姜五嬸，聽說大春媳婦兒有喜了？」阿酒不著痕跡地轉移話題。

「是啊，都一個多月了，是不是阿美跟妳說的？我都叮囑過她，叫她不要到處說，要等過了三個月才能說，這孩子就是不省心。」說起這件事，姜五嬸笑得合不攏嘴。

「放心吧，她肯定不會去外面亂說，也只是跟我說說而已。」阿酒忙說道。

姜五嬸點點頭，又說道：「那行，我先回去了，大春媳婦兒是閒不住的，我得回去看著她。還有，妳姜五叔要是做錯事，妳不要不好意思說，只管罵，要是他不服，妳就來跟我說。」

阿酒看著姜五嬸離開的背影，有些好笑地搖搖頭。她明明擔心不已，卻硬要說出這樣的話來，想來她也是怕自己為難吧。

第五十一章

兩天後，阿酒再次來到酒坊，發現那些做工的人做事認真許多，也不再嘻笑玩鬧，想來姜五對酒坊的管理變得嚴格了些。

阿酒見酒坊已恢復正常，也就放心了，只是她不再像以前一樣撒手不管，每隔一段時間都會去酒坊看看。

眼看著春耕時節已近尾聲，姜老二卻還沒有回來，劉詩秀不免跟阿酒念叨起來，就連康兒都到處尋起爹爹。

自從劉詩秀進門後，她就教康兒喚姜老二為爹爹，前段時間康兒還只叫娘、阿姊和哥哥，現在倒是每天在叫爹爹。

「妳說妳爹這一走就是十多天，怎麼還不回來呢？」劉詩秀不禁擔憂道。

阿酒看向天空，發現又下起細雨。春天就是這一點不好，三天兩頭的下雨，導致路上特別不好走，到處都是泥濘。

「阿爹這幾天就會回來了吧。」阿酒安慰道。

姜老二沒回來，阿曲他們倒是回來了，劉詩秀忙著替他們準備吃的，還拉著阿釀問東問西，關心他在學堂裡過得好不好，還有沒有被其他年紀大一些的孩子欺負？

阿曲看向劉詩秀的眼神越來越柔和，想來也是發現有她在，家裡的氣氛確實比以前還好。

「阿姊，我有事問妳。」趁阿酒一個不注意，阿曲伸手把她拉進屋裡。

「什麼事？神神秘秘的。」阿酒不滿地看他一眼。

「阿姊，妳認真回答我。」阿曲一臉嚴肅。「妳跟李先生之間有什麼關係嗎？」

阿酒差點沒跳起來。他問的是什麼話？怎麼忽然之間這樣問？

「我跟他能有什麼關係？」她疑惑道。

阿酒知道李長風對自己有些不一樣，但她對他卻沒有半點想法，再說她現在真的一點也不想嫁人啊。

「阿姊，妳認真回答我。」阿曲板著臉，對阿酒不在乎的神情很是不滿。

「傻弟弟，我明白你想說什麼。你放心，阿姊現在一點也不想嫁人，難道你想把我趕出去？」阿酒裝出一副很是受傷的樣子。

阿曲明知她在裝，卻還是急道：「阿姊，妳明知道我不是這個意思。」

阿酒被他的樣子給逗笑。「是不是李先生跟你說了什麼？」

「也沒有說什麼，不過先生總是在打聽妳的消息。」阿曲不高興地說道。以前他還挺喜歡李長風的，現在一點也不喜歡了，凡是惦記著阿姊的人，他都不喜歡。

「放心吧，阿姊現在肯定不會嫁人。」阿酒摸摸他的頭道。

阿曲得到阿酒肯定的回答，心情大好，就開始跟阿酒說起學堂裡的事。看來他在學堂如魚得水，過得挺好，還認識不少志同道合的同窗。

幾天後，阿曲他們又回學堂去了，姜老二卻仍沒有回來，這下子連一直不大擔心的阿酒都不禁焦急起來。

「要不我去莊園看看？」阿酒對劉詩秀說道。

「不行，大春不在，妳一個人去我不放心，別妳爹回來了，換成妳沒回來。」劉詩秀馬上一口否決道。

「可是再這樣等下去，也不是辦法啊！」阿酒不喜歡這種只是等著，什麼也不能做的感覺。「如果明天爹還不回來，我就去接他。」

劉詩秀雖然擔心不已，卻也知道阿酒一旦下定決心，就會不顧一切地去做。

在劉詩秀的提心吊膽中，姜老二總算是回來了，他一下馬車，劉氏立即迎上前去，抱怨他怎麼那麼久都不回來？

姜老二朝她嘿嘿地笑了，安撫好劉詩秀以後，才對阿酒說道：「妳那山頭變化可真大，沒想到才這一點時間，山頭已經種上不少果樹，再過個兩、三年，想來就有桃子、梅子之類的可以吃了。」

「嗯，可惜沒有葡萄藤。」阿酒遺憾地說道。

「阿酒，妳要葡萄藤幹麼？」謝承文站在阿酒身後驚訝地問道。

他怎麼來了？阿酒朝姜老二看過去，姜老二對她搖搖頭，示意謝承文並不是跟自己一起回來的。

「謝少東家，你怎麼來了？」阿酒滿臉疑問。

「看來妳並不歡迎我，那我這就走了。」謝承文立即裝出要離開的樣子。

姜老二忙迎上前去賠禮，拉著他坐下來，並瞪了阿酒一眼。

阿酒忍不住在心裡把謝承文臭罵一頓。裝模作樣！她就不信他會真的走，不過是在逗她罷了，姜老二卻當真。

謝承文看著一臉鬱悶的阿酒，心情變得極好。「妳若想要葡萄藤，也許我能幫妳。」

「真的？那太好了，哪裡有在賣？我之前讓大春四處去問，可惜都沒結果。」阿酒馬上忘記剛才的不快，著急地問道。

「阿酒，不上壺酒嗎？最好還能有些小菜。」謝承文不急不忙地說道。

阿酒只覺得一口氣堵在胸口。這人真是奸商，明明一句話的事，他還要撈個好處。

劉詩秀忙端來一些小菜，姜老二則拿來一壺酒，忙替謝承文倒上一杯，然後一個勁兒地勸他吃菜、喝酒，把謝承文當老爺一般伺候著。

阿酒乾脆轉過頭去，不願看他，否則一見到他那悠閒愜意的模樣，她心中的怒火就直往上衝。

謝承文愉悅地喝著小酒，看著阿酒那變幻莫測的神情，只覺得這酒的味道更好了。

阿酒在一旁生著悶氣，見他一直不說，她忍不住站起身來，就要離開。

謝承文見阿酒氣得不輕，忙咳了幾聲，說道：「我認識一個番邦的朋友，他們那裡有不少葡萄藤，而且結出來的葡萄個兒特別大，又比較甜，不像咱們這裡的又酸又小。」

阿酒心中一喜，卻故意裝作沒聽見，也不理會他，繼續往外頭走去。

「阿酒，妳都不問問我是來做什麼的嗎？」謝承文見她就要離開，忙急切地說道。

阿酒當然好奇，可她已打定主意不讓他小瞧自己，便腳也不停地往前走。

「好，是我錯了，妳別生氣行嗎？」謝承文無奈地道歉，就差點沒跑過去拉住她了。

阿酒這才慢慢地走回來，直視著他。哼！她可不吃他那一套。

謝承文讓阿酒坐下來，輕聲說道：「妳放心吧，等我回府，就給那個朋友寫封信，讓他幫妳弄一些葡萄藤過來，妳只要告訴我數量就好。」

阿酒跟謝承文都沒注意到，兩人的關係不像之前那般客氣疏遠，他們相處得是越來越融洽了。

「那你來幹麼？」阿酒忽然想起來，馬上問道。

「看看，這是什麼？是不是很開心？」謝承文從懷中掏出一張紙，揚了揚手。

阿酒無視眼前幼稚的謝承文，慢慢地喝起茶，連看也不看他。

謝承文尷尬地拿著手中的票據，再看看無動於衷的阿酒，發現她越來越不可愛了。

「妳難道一點也不好奇自己賺了多少錢？」謝承文把票據遞給她，問道。

「你這不就告訴我了嗎？」阿酒一看到票據上的數字，內心其實很興奮，不過她不想讓他發現，便故作平靜。

謝承文見逗不了阿酒，就嚴肅地起說正事來，把休閒酒莊在京城的形勢說給她聽。

「你的意思是，有幾方勢力都想把咱們那酒莊納入他們的勢力之下？」阿酒皺起眉頭。

「嗯，那些人一直在暗中打探，雲飛那小子也算機靈，總是模棱兩可地回覆，他們也因此拿不定主意，不敢明目張膽來鬧事。」謝承文有些苦惱，那些人一個都不能得罪，而他也不願意歸到哪一方的勢力之下，說起來也是因為他們沒什麼背景，才會被如此欺壓。

「要不這樣，讓雲飛打聽幾個比較有誠信、勢力又夠大的另外合作，這樣要是出了什麼事，他們也不能袖手旁觀吧？」阿酒沈思一會兒，才說道。

「另外合作？怎麼合作？」謝承文一聽，馬上精神起來，急切地問道。

阿酒把她大概的想法告訴他，無非就是拿出一定數量的酒給他們，至於怎麼賣這些酒，自家酒莊不管，但酒錢還得照給。

謝承文越聽，眼睛睜得越大，又細細地問了她的想法，然後猛地站起來。「阿酒，妳不去做生意真是太可惜了，要不咱們合作去開酒樓，妳出點子，我負責管理？」

「不幹，我就想釀釀酒，釀酒賺來的錢已經夠我花了。」阿酒想也沒想就拒絕他。

前世她家的錢特別多，可她一點也不覺得幸福。她爸媽一天到晚都在外面忙碌，一年下來待在家的時間，用手指都能數得清，她才不想過那樣的日子。

謝承文覺得遺憾，但她不願意，那也沒辦法，不知道為什麼，他一點也不想勉強她。

「妳說得也對，反正現在酒莊的生意也足夠養活我自己，我終於可以去做自己想做的事了。」謝承文感慨地說道。其實他內心就跟阿酒一樣，對錢財並沒那麼貪婪，很容易滿足，他什麼事都聯想到做生意，也不過是習慣而已。

「你現在都不管謝家的酒肆了？」阿酒不禁好奇地問道。

「不管了，現在有人在管，我也不願意去蹚那渾水。」謝承文冷笑起來。

自從他把酒肆交出去，謝啟初馬上帶著幾個兒子，跟謝長初要酒肆管理權，說是幾個兒子也大了，都能幫著管理，還說謝承文可是十二歲就開始打理謝家的生意。

謝長初對謝啟初那幾個兒子的底細可是很清楚，都不是做生意的料，跟他們的爹一樣，都是個敗家的。他是答應娘要照顧好謝啟初，可沒打算連他的兒子一起操一輩子的心。

而唐氏有私心，一直以來她就想讓謝承志把謝家的生意全抓過來。以前防著謝承文，現在她見謝啟初一個勁兒打酒肆的主意，哪裡還坐得住，馬上讓謝長初帶著謝承志去酒肆，美其名說是去學習，也是方便以後謝承志管理酒肆。

阿酒覺得謝承文如今退出來，是個明智的選擇，只是她對謝家長輩的作法感到疑惑不解。畢竟家家戶戶都是長子持家，特別是大戶人家，更講究這一點，而他們家卻根本不在意謝承文，特別是唐氏，作為一個母親不應該這樣啊。

不過，阿酒見識過周氏、李氏的行為之後，對各種奇葩早已見怪不怪了。

阿酒望著院中爭相鬥豔的各式花草，閒來無事，她決定試試做胭脂。

阿美聽說了，比她還要積極，就連春草兩姊妹也都放下整天不離手的繡盤，小心地摘起花瓣來。

「阿酒，妳真會做胭脂？」阿美有些懷疑地問道。

「我只是試試，妳可別抱太大希望。」阿酒以前在看《紅樓夢》的時候，好奇寶玉竟然會偷吃胭脂，所以特意查了一些資料，至於能不能成功，她其實沒多大把握。

「阿酒，妳一定要做成功，不然就浪費這麼好看的花了。」春草本就很愛護這些花草，從它們發芽到開花，春草功不可沒，每次來阿酒家，她都是先來看一看這些花草。

阿酒頓時覺得壓力很大。她本是鬧著玩的，現在卻不得不盡力去做了。

她讓阿美她們將紅色花朵上的花瓣一片片弄下來，洗淨晾乾，並拿出一些大米，加水浸泡著。到時候把泡發的大米研磨成粉，加點桂花油或茶油，再用花瓣汁染上顏色，就完成簡單的胭脂了。

雖然說起來簡單，但真要做卻是個細活。米粉必須磨得很細，磨細後經過沈澱，把上面那層粗的弄掉，只留下細的那一層。

經過十多天的漫長等待，胭脂總算做成了，阿美迫不及待地用手指沾上一點點，抹在臉上。

「阿酒，這可比那些商鋪裡賣的更好看，而且更細、更香。」阿美對著銅鏡左看看、右看看，然後抱著阿酒高興地跳起來。

阿酒其實並不喜歡搽這些東西，像她們這個年紀，皮膚本就不錯，充滿膠原蛋白，根本不需要再另外抹上胭脂。

不過現在看著阿美燦爛的笑容，她覺得忙活這幾天也算值得。當劉詩秀也稱讚這胭脂確實不錯時，阿酒決定再多弄一些，好讓她們能用上一整年。

第五十二章

日子不緊不慢地過著，阿酒已經完全適應這裡的生活，她每天就是釀釀酒，無事的時候做做女紅、看看書，有時也會逗逗康兒，日子過得充實又愜意。

她的個子長了不少，身材也更加凹凸有致，既有著少女的青春氣息，又透著一絲性感。

「阿酒，妳救救我吧，求妳救救我！」安靜的院落被一陣求救聲給打破。

阿酒抬起頭，瞧見是夏荷，不禁詫異。

「妳這是怎麼了？」阿酒冷靜地問道。

「阿酒，我娘要把我賣給一個老頭子，求妳救救我吧！」夏荷看起來像是受了不小的驚嚇。

「大伯母要把妳給賣了？」阿酒對李氏的認知，又一次被刷新。

「嗯，我娘昨天跟我說，替我相中一戶人家，讓我準備嫁人，不過我沒答應，我根本沒有再嫁的打算。」夏荷驚魂未定。「可誰知道我娘今天就帶著一個四、五十歲的男人上門來，說那是她替我相中的男人。」

「鐵柱知道嗎？」阿酒問道。這種事求她也不管用啊，阿酒完全不想跟李氏扯上關係，又怎麼會去管這閒事？

「鐵柱出去做工，已經好幾天沒回來。阿酒，我實在是沒其他辦法，求妳幫幫我吧。」

夏荷哀求道。

「這種事我要怎麼幫妳？要不妳去找三叔問問？」阿酒推卻道。不是她鐵石心腸，實在是這件事，她無從幫起。

「求三叔？他會幫我嗎？看來誰也幫不了我，我只有死路一條。」夏荷心裡其實也知道，阿酒幫不了自己，但到底存著一絲希望，現在連這一絲希望都破滅了，她只覺得心灰意冷。

阿酒見她這樣，心中也倍感淒涼。夏荷剛過上幾天安穩的日子，卻又面臨這樣的絕境，放在誰的身上都會受不了。

「走吧，我跟妳一起去找三叔。」阿酒站起身來說道。如果真讓夏荷就這樣去尋死，那麼自己以後肯定會後悔，畢竟那可是活生生的一條命。

「三叔會幫我嗎？」夏荷心中已經不存任何僥倖。

「咱們先去試試，要是不行，再去找村長。」阿酒安慰道。

「阿酒，妳們如今最要緊的是去找鐵柱回來，他的意見才是最重要的。雖然說李氏能決定夏荷的婚事，但只要鐵柱不同意，夏荷就不用出嫁。」劉詩秀在廚房聽見她們的對話，忍不住出來說道。

「對、對，要通知鐵柱，不是夫死從子嗎？」阿酒恍然大悟道。

阿酒馬上讓姜五去鎮上通知鐵柱，自己則跟夏荷去到三叔家，想聽聽姜老三怎麼說？

「大嫂要是繼續待在那個家，那個家就永遠不會有安寧的一日。」姜老三怒道。

「你現在說這些有什麼用？還是想想該怎麼解決這件事吧。」張氏不滿地道。

如果放在以前，張氏當然不會管夏荷，不過自她和離回來後，跟過去已是判若兩人，而且確實很用心在照顧周氏，就連大夫都誇她。要不是她的細心照顧，周氏堅持不了那麼久，如今甚至還有好轉的跡象。

這些眾人都看在眼裡，所以當夏荷出了這樣的大事，大家都願意幫她。

「這樣吧，我先去找村長，妳們去阿酒家等鐵柱回來，這次一定要給大嫂一個教訓！」姜老三氣沖沖地跑出門去。

張氏把小圓滿交給春草照顧，陪著夏荷來到阿酒家。

不一會兒，鐵柱就氣喘吁吁地跑回來了，看到夏荷沒事，他不禁長吁一口氣。

「怎麼回事？」鐵柱急切地問道。

夏荷看到鐵柱，眼睛一紅，哽咽得根本說不出話來。

阿酒把事情從頭到尾說了一遍，只見鐵柱聽完，面色馬上轉黑，手上的青筋都爆了出來，要不是李氏是他娘，阿酒想他肯定會先打一頓再說。

「走吧，回家。」鐵柱拉著夏荷就往外走。

張氏跟阿酒對看一眼，最終還是跟了上去，她們做不到無動於衷。

鐵柱他們一回到老宅，就瞧見姜老三跟村長也來了。

李氏跟一個老態龍鍾的男子坐在院子裡，見他們一群人進來，李氏一開始還有些憂慮，不過很快就朝村長迎了過去。

李氏假裝沒看到村長黑著一張臉，笑盈盈地說：「村長，您來得正好，快坐。」村長看都沒看李氏，隨意找了張板凳坐下來，姜老三則怒氣沖沖，直接就坐在那男子的對面。

李氏瞪了夏荷一眼，悻悻然在一旁坐下來，對著村長賠笑道：「村長，您來是有什麼事嗎？」

「娘，他是誰？」鐵柱不等村長說話，立即指著那老男人，粗聲問道。

「閉嘴，這事還輪不到你作主。」李氏對著鐵柱可就沒什麼好態度，呵斥道。

「大嫂，鐵柱怎麼就做不了主？大哥既然已經失蹤，長兄如父，這個家本就該由鐵柱來主持。」姜老三一點也不客氣地對李氏說道。

「三弟，這是咱們家的事，關你屁事。」李氏直接罵道。

姜老三忍無可忍，整個人馬上跳起來，揮著拳頭就要去揍李氏，要不是張氏死命地抱住他，他早就把李氏給打飛了。

「李氏，妳說說，這是怎麼一回事？」村長敲著煙桿子說道。

李氏看著村長，不敢再囂張，卻也不覺得自己做錯了什麼。「夏荷和離回來也有一段時日，我這當娘的不放心她一個人過日子，這才替她相中一個男人。」

「這就是妳相中的男人？」村長看向那老男人，不禁翻了個白眼。

那老男人正咧著嘴笑，目光猥瑣地停留在夏荷身上，連口水都快要流出來了。一見村長把目光掃過來，他立即挺起胸膛，朝村長露出一個諂媚的笑容。

阿酒看見這一幕，差點沒吐出來。這李氏真不知道是怎麼想的，若想把夏荷嫁掉，倒是找一個好一點的男人啊，就這種貨色，任誰都看不上。

「沒錯，他是上村的人，家裡有一個大院子，上無高堂、下無兄弟，就他獨身一人，而且還有良田十畝。要是夏荷嫁過去，她就能自己當家作主，最重要的是，他十分中意夏荷，婚後肯定會疼愛她，這樣就不擔心她再被休棄了。」李氏振振有詞。

「娘，我養得起大姊，您就不必操這分心了。」鐵柱忍不住插話道。

「你養得活你大姊？也不想想你都多大了，眼看著就要娶妻生子，能養得了那麼多人嗎？」李氏怒聲道。

「娘，咱們已經分家，我的事不用您操心，您還是好好管住鐵牛吧。」鐵柱直言道。

「分家後你就不是我兒子了嗎？我告訴你，夏荷她嫁定了。」李氏指著鐵柱的鼻子罵道。

那老男人聽見這話，馬上大笑起來，那滿口的黃牙，看著就特別噁心。

「大嫂，妳可別以為沒人能管得了妳，就如此胡作非為。」姜老三冷聲道。

「自古到今，兒女的婚事都是聽從父母之命，夏荷難道不是我的女兒？」李氏不悅地大叫起來。

「李氏，妳似乎忘了夫死從子吧？」村長冷冷地道。

李氏一聽，臉色大變。她不甘心，她可是得到三十兩的聘禮呢，他們村裡娶個媳婦最多也就十幾兩的聘禮，要不是為了這些銀子，她也犯不著把夏荷嫁給這樣一個老男人。

「李氏，妳記住，夏荷她姓姜，是姜家的女兒，不是妳可以隨便糟蹋的。」村長嚴厲地看著李氏，警告道。

「村長，他不過是年紀大一點，這不算是糟蹋吧？」李氏小聲地說道。

「如果妳這麼看好他，妳怎麼不嫁過去？」姜老三衝著李氏吼道。

那老男人見到嘴的肉吃不著了，頓時朝李氏露出凶狠的模樣。「妳可是保證會把女兒嫁給我，怎麼如今想賴帳啊？想得倒美，這親事不成也得成。」說完他就窮凶惡極地朝夏荷撲過去。

夏荷嚇得直哆嗦，阿酒忙一把將夏荷拉到自己身後。

「怎麼，難道妳想跟我走？」老男人對著阿酒露出一個色瞇瞇的表情，阿酒恨不得一拳揮過去。

「你找死！」姜老三再也受不了，一拳直接把那老男人打倒在地。

「哎呀，打人了，這姜家人不講理啊！李氏，妳可是拿走我三十兩，趕快把銀錢給我退回來。」老男人知道眼前的美夢怕是要破碎了，不禁大叫起來。

他這一叫，姜家老宅瞬間被左鄰右舍包圍，村民都是一臉看戲的樣子，不過有村長在，他們也不敢亂說話，只是小聲地議論著。

「死丫頭，妳不嫁也行，妳把三十兩退給他吧。」李氏知道，如今要讓夏荷嫁過去，是不可能的了，但到手的錢財她怎麼可能再退回去？

「娘，我哪裡有錢？我的嫁妝都被您收走了，反正我也不打算再嫁人，那嫁妝就都給您了，您就退還那三十兩吧。」夏荷痛哭起來。

「那些嫁妝本來就是我的，什麼叫給我？妳要是不拿三十兩出來，就馬上準備嫁人。」李氏耍賴道。

「李氏，妳真當我是死的？」村長見李氏到這個時候還要鬧，頓時發起火來，將手中的煙桿子直接朝她丟過去。

李氏嚇得魂都飛了，竟忘記要躲，那煙桿子直接砸在她的腿上。

「李氏，妳要是不把那三十兩吐出來，妳就馬上滾出溪石村。」村長被李氏氣極了，恨恨地說道。

鐵柱看也不看李氏一眼，他對她的所作所為徹底寒心，也不願幫她求情。

「村長、村長，我這就去拿錢，您可不能趕我走啊。」李氏白著臉，再也顧不上罵人，忙跑到屋裡去拿錢。

那老男人摀著被打傷的臉，對姜老三說道：「你得賠我藥錢。」

姜老三馬上又舉起拳頭，老男人嚇得後退好幾步，敢怒不敢言。

這時李氏哭喊著跑出來，她的表情絕望得像是天塌下來了。

眾人都朝李氏看過去，那老男人更是大步走到她面前道：「錢呢？臭娘們，再不拿錢來，我可就不客氣了。」

「錢不見了……」李氏跪倒在地上，哭天喊地起來。

眾人聽見這話，面面相覷，而村長則是皺著眉道：「李氏，別耍花招，難道妳還不知道自己把錢放在哪裡？快點拿出來。」

阿酒不禁跟鐵柱對看一眼，心中都有不好的預感。搞不好這錢還真是被人偷了……難怪進來這麼久，都沒見到鐵牛。

「村長，我沒說謊，錢真的不見了，不光那三十兩不見蹤影，就連我自己存下的幾兩銀子也沒了。」李氏一把鼻涕、一把眼淚，傷心地哭道。

村長這時也覺得不大對勁，隨即問道：「李氏，妳說清楚，到底是怎麼一回事？」

李氏被村長一問，忽然意識到什麼，她猛地朝夏荷撲過去。「夏荷，娘求求妳，妳就嫁過去吧，只要妳安心過日子，他肯定會對妳好的。」

阿酒沒想到李氏為了鐵牛，竟這樣對夏荷。

「娘，女兒不願意啊，您這是逼著女兒去死嗎？」夏荷朝李氏跪下去，大聲哭道。

「妳就當是為了娘，再嫁一次吧！只要他對妳好，年紀大一點又有什麼關係？」李氏苦苦勸道。

眾人聽見李氏這些話，都搖頭嘆氣。如果那老男人真那麼好，怎麼年紀這麼大了都還娶不到老婆？再說一看他就不是個善類，又怎會對夏荷好？

「行了，臭婆娘，快點拿錢出來，妳姜家的女兒我要不起。」那老男人看著對他虎視眈眈的姜老三，還有明顯一直在忍耐的鐵柱，心中恐懼，不禁對著李氏罵道。

「鐵柱，我沒騙你，錢是真的不見了，你就讓夏荷嫁過去吧。」李氏見跟夏荷說不清，馬上轉身去求鐵柱。
鐵柱卻不看她。要他眼睜睜地把自己的姊姊送進狼窩，他做不到。
李氏見沒人搭理自己，不禁絕望，不一會兒，她突然對著鐵柱大聲叫道：「是你！一定是你拿走那些錢的。」
鐵柱目瞪口呆地看著李氏，心中無比震驚，他的腦袋裡一片空白，沒想到母親會為了鐵牛，不惜冤枉自己。
「娘，您瘋了是嗎？」夏荷怎麼也沒想到會鬧成這樣。
姜老三和張氏驚得目瞪口呆，阿酒則跟夏荷有同樣的感覺，都認為李氏瘋了，她這是要毀掉鐵柱嗎？
「都怪妳這個臭丫頭，我就是瘋了怎麼樣？現在妳還嫁不嫁？」李氏轉身對著夏荷大聲地叫道。
夏荷被李氏的話震住。原來她打的是這個主意，她為了不被眾人發現鐵牛偷錢一事，不惜算計自己，她知道自己不可能讓鐵柱揹上偷錢的罪名，這如意算盤打得真是精明。
「哈哈，我的好娘親，這親事我認了，我嫁！」夏荷哈哈大笑起來，那笑聲中的絕望，任誰都聽得出來。
「大姊，我不許妳嫁。」鐵柱急忙把夏荷拉到身後。
「鐵柱，你聽大姊說，反正大姊已經沒什麼好名聲，可你的名聲千萬不能再被毀掉。」
夏荷那蒼白的臉上帶著決絕，轉頭對李氏道：「今日是我最後再叫您一聲『娘』，從今以後，妳我再也沒有任何關係。」
「大姊，妳聽我說，妳今天要是嫁過去，只會坐實是我偷走娘的錢，所以妳絕對不能嫁。反正咱們已經分家，她所做的一切都與咱們無關，今日我倒要看看，誰能把妳帶走！」鐵柱兇狠地說道。
阿酒不禁在心中為鐵柱叫一聲「好」。確實如他所說，如果真讓夏荷嫁過去，不明事理的人肯定會認為是鐵柱作賊心虛，要不然怎麼會改口願意讓夏荷出嫁？
本來李氏聽到夏荷說她願意嫁時，心想著終於解決此事，不料竟被鐵柱阻止，她這時對鐵柱的恨意，瞬間達到巔峰。
「好啊，既然夏荷不願意嫁，那你就拿銀子出來。」李氏趾高氣揚地說道。
「今天我姜鐵柱在這裡發誓，要是我偷了我娘的三十兩銀子，我願意遭天打雷劈，不得好死。」鐵柱說完，直視著李氏。「您不是很想嫁人嗎？您不是認為他人還不錯嗎？那您就嫁給他吧。從今往後，我、夏荷還有阿奶的所有事，都與您無關，請您不要再插手管咱們的事了。」
眾人聽見鐵柱的誓言，都議論紛紛。
「看來鐵柱真的沒有偷錢。」
「就是啊，鐵柱這孩子以前雖然淘氣些，倒是沒犯下什麼大錯，特別這幾個月以來，他還真是改變了不少。」
「我看啊，不是這姜老大家媳婦把錢藏起來了，就是偷錢的另有他人。」

「我說這姜老大家媳婦如今徐娘半老，嫁給那老男人不是剛剛好？」那人一說完，圍在外頭的人都笑了起來。

那男人眼看著銀錢拿不回來，而夏荷他也娶不了，仔細一看，李氏確實長得還不錯，他也不管三七二十一，反正花三十兩娶個女人回家，熄燈後也都一樣，他馬上一把拉住李氏就要走。

「錢我都給妳了，既然娶不了小的，那就用老的來賠吧。」那老男人說完，也不管眾人的反應，便硬拉著李氏，直接走出姜家老宅。

阿酒回到家後，把老宅發生的事全說給劉詩秀聽。

「妳大伯母願意嫁過去？」劉詩秀驚訝地張著嘴問道。

「她願不願意已經不重要了，她既拿不出錢，又作不了主讓夏荷嫁過去，那她不嫁，誰嫁啊？」阿酒被這樣的結局弄得大笑不已。

「鐵柱他們也同意？」劉詩秀又問道。

阿酒想起鐵柱他們的反應，更是覺得好笑。鐵柱整個人傻愣住了，而夏荷更是直接暈過去，等他們回過神來，那老男人早就不見蹤影。

姜老三跟村長更是放話說不必去追，村長還把李氏的名字從姜家族譜除掉，畢竟這樣的女人若繼續留在姜家老宅，也只是個禍害。

等姜老二回來，聽說這件事，一張臉馬上變色，過了半晌他才吐出一句「家門不幸」，便不再言語。

老宅的那一場鬧劇，阿酒以為已經隨著李氏的離開而結束，誰知道等鐵牛回來，又是一陣雞飛狗跳。

鐵柱硬是抓著鐵牛到祠堂，說要用家法；村長念在鐵牛年幼，改讓他跪上兩天兩夜。

沒想到鐵牛不甘受罰，在半夜的時候乘機逃跑，從此沒有人知道他去了哪裡。有人說他去找李氏了，也有人說在松靈府見過他，反正阿酒一家子是再也沒見過他的人。

第五十三章

又來到中秋節，阿酒已經十四歲，可是卻連一個上門提親的人也沒有。

劉詩秀急得每天都在跟張氏和姜五嬸念叨，讓她們幫著打聽有沒有適合的年輕男子？她對家境沒什麼要求，只要為人老實本分、對阿酒好就行。

阿酒卻是老神在在，一點也不急。她這身子都還沒發育完全呢，嫁什麼人呀？

「阿酒，妳真不急？」阿美一臉好奇地問道。

「難道妳急？要不要我跟姜五嬸提一提，讓她快點為妳定下一門親事，等妳及笄，就可以馬上嫁出去了。」阿酒打趣道。

「妳跟我不一樣啊！妳看妳長得這麼好看，咱們村裡可沒人能比得上妳；再說妳那麼能幹，怎麼就沒人來提親呢？」阿美一臉的疑惑。

阿美這一年來長高不少，以前有些嬰兒肥的臉已經瘦了下來，白皙的皮膚襯著她那靈動的雙眼，再加上笑容純真，很容易讓人有好感，難怪自今年以來，上門提親的人源源不絕。

「行了，妳就別再替我操心，我很滿意現在的日子。」阿酒無奈地道。

阿美難以理解她的想法，雖然自己現在也還不想嫁人，可如果沒半個人來提親，一出門就得面對村裡那些女人奇奇怪怪的眼光，她肯定受不了。

其實就是因為阿酒太過優秀，很多婦人都認為阿酒性子要強，她們以後管不住，因此就算是兒子對阿酒有那麼一點想法，在她們的勸導下，也會馬上打消念頭。

如今阿曲和阿釀已經長高很多，尤其是阿曲，他看起來完全就是一個大人，在學堂的生活讓他迅速地成長，阿酒已經猜不透他的想法了。他總是板著一張臉，只有在家人面前才會露出笑容。

「阿姊，妳不用著急，總有一天，會有許多好男子任妳挑選的。」阿曲來到阿酒身邊，出言安慰道。

阿酒忍不住笑出聲來。他哪隻眼睛看到自己著急了？

「阿姊，妳不要嫁人，以後我養著妳。」阿釀已經十歲，還不是很懂為什麼女子一定要嫁人？他捨不得阿姊，所以他的安慰也最得阿酒的心。

「好，那阿姊以後就靠你養了，你可得好好讀書，日後才有能力保護我。」阿酒抱住阿釀，笑著說道。

「阿姊，我已經長大了，妳別再這樣摟摟抱抱的。」阿釀的臉有些紅，羞澀地說道。

阿酒哈哈大笑起來。「你光屁股的樣子我都見過，如今抱一下還害羞了？」

阿釀聽了很是不滿，又不敢反駁阿姊，只是把求助的目光投向阿曲。

阿曲見阿酒如此開心，哪裡還會去管弟弟的小情緒。

「阿姊，我娶妳。」奶聲奶氣的聲音，帶著堅定的語調，只見康兒這個小肉包子，一扭一扭地走了進來。

「康兒，你這麼小就知道要娶親？等你長大以後，阿姊都老了呢。」阿酒抱住康兒，親了幾下。

只見康兒搖著頭，似乎聽不大懂，那困惑的表情真是可愛極了。

家裡人替阿酒著急，可也不能強求別家男子上門來提親，因此日子照樣過，他們也各自忙著各自的事。

這天阿酒心血來潮，想吃火鍋，正好前些日子謝承文來拿酒時，送了半條羊腿給他們，阿酒便跟劉詩秀興致勃勃地煮起火鍋來。

當鍋裡冒出那羊骨頭特有的腥味時，劉氏馬上摀住嘴，看起來十分難受。

阿酒擔心地說道：「劉姨，您不舒服嗎？快去休息吧，我來弄就好。」

誰知她的話音剛落，劉詩秀就跑到外面去吐了起來，阿酒忙跟上去，扶她坐下，卻發現她的臉色有些慘白。

「爹、爹，您快去叫大夫來。」阿酒急急地喊道。

「小姐，怎麼了？」只見陳勝跑了進來，卻沒看見姜老二。

「我爹呢？你快去請大夫。」阿酒有些慌。劉詩秀自從生下康兒後，就沒生過病，如今卻吐成這樣，臉色還白得嚇人。

陳勝在阿酒的示意下，馬上朝外頭跑去。

「別擔心，我沒事。」劉詩秀虛弱地朝她笑道。

「怎麼了？」姜老二也不知道在忙些什麼，好半天才過來。

「爹，您來得正好，劉姨不大舒服，還吐了呢。」阿酒對他遲遲才過來，有些不滿。

姜老二面露關心，對劉詩秀說道：「哪裡不舒服，怎麼不說？我扶妳去房間休息，等大夫來了，讓他好好替妳看一看。」

「沒事的。」劉詩秀這時的臉色好了不少，臉上的表情有些歡喜，又有些不安和羞澀。

大夫很快就被陳勝請過來，他探一探劉詩秀的右手，又讓她把左手也伸過來，然後露出一個笑容，對著姜老二說：「恭喜、恭喜，你這是要當爹了。」

「啥？」姜老二當場愣住，咧著嘴，傻傻地對著劉詩秀笑，根本沒聽進大夫其他的話。

阿酒先是一愣，隨即開心起來。她把大夫說的注意事項都聽明白後，給了藥錢，讓陳勝送他出去。等阿酒回過頭，卻瞧見姜老二還站在那裡發呆，她心裡有些發酸。不知道他剛得知林氏懷孕的時候，是不是也這樣子傻過？

劉詩秀感覺到阿酒的異常，忙拉了拉姜老二。

姜老二總算是回過神來，他朝阿酒看過去，臉上有些不自然，似乎覺得自己年紀有些大了，都是快要嫁女兒、娶兒媳婦的人，居然又添上一個孩子。

「爹，恭喜您。」阿酒很快就冷靜下來。再想那些有的沒的也沒用，畢竟從他們結婚之後，她就料到會有這麼一天，這時候可沒有誰會避孕的。

「呵呵。」姜老二傻笑一聲。「妳陪陪妳劉姨，我去做事了。」

阿酒見姜老二話一說完，就走了出去，不禁搖搖頭。這時候劉姨應該比較想要讓他陪著吧？這個爹還真是不解風情。

「阿酒，妳是不是不高興？」劉詩秀等姜老二離開後，有些不安地問道。

「劉姨，我怎麼會不高興？只是有些措手不及罷了。您別多想，我還想著要抱弟弟、妹妹呢。」阿酒忙阻止她的胡思亂想。

劉詩秀見阿酒的表情十分誠懇，不像作假，也就安心了。

「我也沒料到，康兒還那麼小……」劉詩秀羞澀地低下頭。「妳說要是阿曲他們知道了，會不會不高興？」她的臉色又變得有些難看。

「行了，您就放心吧，現在最要緊的是養好身子，然後給咱們添個健健康康的弟弟或妹妹，這樣就皆大歡喜啦。」阿酒安慰道。

「可是……」劉詩秀還有些擔心，並未因她的話而舒展眉頭。

「沒有可是，難道您還不相信我？」阿酒有些不悅。

剛才大夫可說了，孕婦不能胡思亂想，要保持心情愉快，特別是劉詩秀的身子以前受過寒，如今胎象還有些不穩呢。

劉詩秀欲言又止，手下意識地撫摸著自己的小腹，暗自下定決心，如果阿曲他們真不喜歡她腹中的這個孩子，那她就讓姜老二立下字據，日後她的孩子絕不會要酒坊裡的一分一文，只要姜老二給他們幾畝薄田就行。

「劉姨，您要相信阿曲和阿釀，難道您認為他們是那種心胸狹窄之人？您若這麼想，那才是真正傷了他們的心呢。您現在就該好好地養身子，如今胎兒還沒坐穩呢，您也不想讓我爹白歡喜一場吧？」阿酒見她的眉宇間還有些憂鬱之色，只得輕聲勸道。

「阿酒，我就是有些怕。」劉詩秀其實並不是個容易多想的人，可不知道為什麼，自從確定懷上孩子之後，她就有些焦慮不安。

「不怕、不怕，您想想爹、想想康兒，再想想咱們平時不是一直相處得很好嗎？」阿酒只好不停地輕聲安慰著她。

阿酒不禁有些頭痛。難道懷孕會改變一個人的性子嗎？

很快張氏跟姜五嬸都知道劉詩秀懷上孩子，她們似乎都怕阿酒亂想，特意來安慰她，弄得阿酒哭笑不得。

「三嬸、姜五嬸，放心吧，我高興還來不及呢。如果妳們有時間，還是多陪陪劉姨吧，她的情緒似乎有些不穩定。」阿酒擔心地道。

劉詩秀一聞到不好的氣味就會吐，這幾天臉上也沒多少笑容，阿酒怕會影響到胎兒。

「懷上孩子就是這樣子的，性子會變得有些古怪，有的人動不動就大哭起來，有的人則是一下想吃這個、一下又想吃那個，反正懷孕就是如此，不用大驚小怪。不過要是姜老二有時間，倒是可以多陪陪她，也許會好很多。」姜五嬸忍不住笑起來。

阿酒覺得很神奇，還有這樣的事？原來不是劉詩秀性情大變，而是因為那胎兒，讓她變了一個人啊。

接下來的日子，阿酒算是明白姜五嬸所說的古怪。明明劉詩秀剛剛還說想吃酸的，等阿酒去姜五嬸家給她討來酸梅，她卻又吃不下了，換成想吃糖，可剛吃上兩顆，又說不想吃了，說是想吃魚。結果魚放到桌上，她卻抱著桌子吐得天翻地覆。

「這也太辛苦了，要不是姜五嬸之前和我提過懷孕後會如何，我還以為劉姨是故意在整我呢。」阿酒心有餘悸地說道。

「懷孕都是這樣的嗎？我可不想受這種罪，我不嫁人了。」阿美連連搖頭，害怕地說。

等到阿曲他們回來，知道家裡即將要添上一口人時，阿釀和阿曲都是滿心歡喜。

劉詩秀這時候才真正的安下心來。不知道是她的心裡沒了憂慮，還是胎兒總算穩定下來，反正劉詩秀的反應不再那麼強烈，只是偶爾聞到氣味比較重的食物，才會有想吐的感覺，不過食慾似乎還是不大好。

又是豐收的季節，阿酒跟姜老二來到莊園，只見水田裡的稻子看起來長得很不錯，稻穗都彎下了腰，一些村民正忙著在田裡收割。

而山頭跟去年比起來，完全是另外一番景色，春日種下的那些果苗已經長大不少，只留下一片空地準備讓阿酒種葡萄。

陳三順和大春他們還在山頭養了一些雞、鴨，看起來好不熱鬧。

「小姐，您還滿意嗎？」陳三順跟去年相比，精神好上許多，可能是管的事多了，人也自信不少，給人的感覺很不一樣。

「挺好的，你跟大春都很用心。」阿酒點點頭，誇獎道。

陳三順聽了，不免有些得意，他笑著道：「還真多虧了方喬，他種這些果樹特別有一套，這些果樹就像他的孩子一樣，只要有一點不對勁的地方，他都能分辨出來，要不然這些樹肯定不會長得這麼好。」

「看來，你跟他相處得還不錯。」阿酒樂於看見他們能和樂共事。

阿酒在山頭巡了一遍，發現跟大春回來時說的差不多，也就放心不少。她看著鬱鬱蔥蔥的果樹，想像著明年春暖花開的景象，心裡很是期待。

阿酒在回家的路上，經過一個村莊，只見村莊旁邊的那座山上一片金黃，甚是好看。

「大春，你看那山上種的是什麼？」

「那是菊花啊，這種野菊在這一帶特別多，不像咱們那邊東一朵、西一朵的。」大春揚起馬鞭，笑著回道。

菊花？那不就可以釀菊花酒？它可以明目、治頭昏、降血壓，對女人來說，更可以用來減肥，還有補肝氣、安腸胃、利血等功效。

阿酒腦海中回想起前世爺爺經常提起的這些話，興奮極了，馬上讓大春過去看看。

他們很快地來到菊花山前，只見那些菊花開得正豔。

「大春，這裡離朱雀鎮是不是很近？」阿酒朝四周看了看，問道。

大春點點頭，阿酒就讓他先駕車去林家。

阿酒到林家後，跟林松說起來意，林松立即帶她去與村長商量。

村長見她要收這到處可見的野菊花，收的價格還不便宜，樂得馬上就招集人手去採摘。

不一會兒，阿酒見送來的那些菊花，確實都是按照她的要求來採摘，便讓大春先留在這裡收花，自己則回家準備釀酒。

菊花酒挺適合女人喝的，因此她打算用一些度數比較低的米酒，來釀製菊花酒。

很快地，菊花便送了過來，看著一筐筐的菊花，阿酒忙讓劉詩秀找人來幫忙。

不一會兒，姜五嬸帶著阿美和一眾婦人來到阿酒家。阿酒把要做的事都安排妥當，一群人便熱熱鬧鬧地釀起了菊花酒。

阿酒把早就準備好的生地黃、地骨皮，和菊花加水一起煮，另外又將浸泡過的糯米瀝乾，蒸成糯米飯，等溫度適合，便將酒麴壓得細細的，和糯米飯一起攪拌均勻，再加入煮好的菊花藥汁拌好，然後入甕密封，等過些日子就能喝了。

菊花一天比一天多，阿酒忙得連一點空閒的時間都沒有，幸虧謝承文現在每次來都會要上一大批米酒，所以阿酒之前就已做好不少酒麴，不然還真應付不過來。

「阿酒，這也太多了吧？」望著酒窖裡越來越多的罈子，姜老二不禁問道。

「爹，您放心吧，這種酒只能釀上這些日子，等過幾天會越來越少，再多過陣子可就沒有了。」阿酒還嫌少呢。菊花酒又不像別的酒一樣，隨時可以釀，這菊花就開這麼一季。

果然如阿酒所說，慢慢地，送來的菊花越來越少，大春過沒多久就回到村子裡，因為朱雀鎮的菊花已經都摘完了。

阿酒看著堆滿的酒窖，不禁心滿意足。只要再等上幾天，菊花酒就能喝了。

不知道謝承文的鼻子是不是特別的長，當阿酒拿出一罈剛過濾好的菊花酒時，他恰巧就進了院子。

「阿酒，妳又釀新酒了？」謝承文驚喜地問道。

「嗯，過來試試。」阿酒先是聞了聞，這酒中帶有菊花特有的香味，喝上一口，清涼甘美。不錯，就是這個味兒。再觀其色，清亮的酒水中帶著一些明黃色，看起來很是漂亮。

謝承文看著阿酒那享受的表情，馬上迫不及待地倒上一杯。「這是什麼味道？哦，菊花的味道。妳這酒裡放了菊花？喝起來雖然濃數不高，卻有一股菊花的清香，很好、很好。」

他慢慢地喝完那一杯酒，回味了一會兒，開口道：「阿酒，這種酒是不是也要放到咱們的休閒酒莊去賣？」

「這菊花酒可不像別的酒，如今只剩下我酒窖裡的那些，要是想再釀，可得等上一年。」阿酒把酒罈蓋好，不緊不慢地說道。

謝承文聽出阿酒的潛臺詞，意思是這種酒很珍貴，一年就只能釀一次，你看著辦。

「放心吧，我知道該怎麼賣。不過這種酒到底有多少？」謝承文最關心的就是這一點。

「我還沒數，不過濾成酒後，想來也有一千斤左右，但我得留上二百斤。」阿酒沈思一會兒，說道。

「就釀這麼一點？妳還要留那麼多？」謝承文一聽，差點沒跳起來。

阿酒不理他。她釀這種酒本就是要送給親朋好友們喝的，當然得多留一些下來；再說自己時不時也要小飲一杯，這酒可是能強身健體的。

「好、好，妳就留下二百斤吧。」謝承文見阿酒不理自己，只好無奈地妥協道。

「這酒不只是好喝，對身體還大有好處，而且特別適合女人喝。」阿酒提醒道。

謝承文一聽，更是喜上眉頭。這阿酒可真是他的福音！

當阿酒把釀酒的工錢一一送到姜五嬸她們手中時，她們硬是不拿，阿酒只好撂下狠話。「妳們要是不拿，下次我再有事，就不叫妳們幫忙了。」

姜五嬸她們這才接了過去，卻在拿到錢後，又大叫起來。「阿酒，這也太多了吧？妳意思、意思就行了。」

「放心吧，我不會多給的，我可不做虧本生意。」阿酒笑著說道。

最後她們才喜孜孜地把錢收好，阿美後來還告訴阿酒，她因此得到一套新衣裳。

阿酒剛回到家，就瞧見春草來了，也不等阿酒開口，春草就飛也似地把阿酒拉進房間。

「阿酒，有人向阿美提親了。」春草小聲地說。

「這不是很尋常的事嗎？」阿酒奇怪地看她一眼。

一家有女百家求，阿美長得漂亮，性格又不錯，家境也還算好，向她提親的人當然不少，只是聽說姜五嬸一個也沒答應，仍在挑選中。

「這次不一樣，是鎮上的人家，聽說是那男子親自要求上門提親的。」春草橫了阿酒一眼，對她的不在意感到不滿。

「真的？」這就讓阿酒有些意外了。難道阿美偷偷地在外面定下終身？

春草看著阿酒那出神的表情，就知道她肯定又在胡思亂想，忙說道：「妳別亂想，阿美可不認識他。聽說是阿美在她外公家玩時，被那男子看到，那男子驚為天人，就鬧著非阿美不娶，而他家也打聽到阿美確實不錯，這不就上門提親來了。」

「這是好事啊，如果那男子不錯，可以好好考慮一下。」阿酒忽然大笑道：「這驚為天人，是妳說的還是……」

「我娘回來說的，哈哈，我聽見這詞，也是笑上好一陣子。」春草摀著嘴笑了起來。

「對了，我妹夫這段時間又給妳捎來什麼東西啦？」阿酒打趣道。

自從春草定下親事，那男子倒是個有心人，每隔一段時日就會託人捎一些小東西過來，有時是吃的，有時是玩的，甚至有時還自己找藉口上門來，為春草的生活平添不少樂趣。

「臭阿酒，明明是在說阿美的事，妳怎麼又開始笑話我？」春草的臉一下子紅了，揮動著小手就要揍她。

隔天，姜五嬸一臉春風得意地來到阿酒家，看來是阿美的親事定下來了。

「姜五嬸，什麼事那麼開心？」阿酒裝作什麼都不知道，跑過來問道。

「阿酒，妳劉姨呢？我要找她問一些事。」姜五嬸沒回答她，只是那笑容變得更加燦爛。

姜五嬸去找劉詩秀以後，跟過來的阿美馬上拉住阿酒，只見她紅著一張臉，欲言又止。

阿酒故意跟她東扯西扯，就是不問她為什麼臉紅。

「阿酒，我的親事……或許要定下來了。」過了好一會兒，阿美總算是忍不住說了出來。

「那真是恭喜妳啊！」阿酒忍不住哈哈大笑起來，她臉上的表情實在是太精彩。

「臭阿酒，妳肯定知道的，妳就是不問，偏偏要我說出來。」阿美一臉嬌羞地看著阿酒。

「這次妳覺得怎麼樣？」雖然看阿美的表情就知道她應該挺中意人家，可阿酒還是忍不住再次確認道。

「還行。阿酒，等相看的時候，妳再幫我看看。」阿美害羞地低下頭，小聲說道。

「比起明子如何？」阿酒好奇地問道。

「明子啊……」阿美的神情一愣，似乎沒想到阿酒這時候竟會提起明子。她已經很久沒見過他，他在她的記憶中都有些模糊了。

一看阿美的表情，阿酒就知道她是真的把明子放下了，也就放下心來。

「阿酒，謝謝妳。」阿美忽然明白了阿酒此時提起明子的用意，不禁感動道。

「阿美，妳一定要幸福。」阿酒用力地抱住阿美。

阿酒心裡忽然有些傷感。再過一、兩年，阿美就要出嫁，到時她們也許連見上一面都難了，陪在她身邊的就不再是自己，而是另一個男人，那個男人甚至會陪伴她終生。

「阿酒，我也希望妳能幸福。」阿美眼角泛起淚光，聲音有些哽咽。

「傻阿美，妳怎麼哭了？」等心情平復一些，阿酒推開她，才發現她臉上留有晶瑩的淚水。

「阿酒，我有些害怕。」阿美輕輕地抹去淚水，小聲地說道。
「妳少多愁善感了，那真不適合妳。」阿酒把手伸進她的衣裳裡，撓起癢來。
「哈哈，阿酒，快停手，妳別這樣。」阿美咯咯地笑了起來。
後來阿美的親事終於確定下來了。相看那天，阿酒也去幫著看一看，只見那男子長得斯斯文文，看向阿美的眼神特別溫柔，想來是真的中意阿美。聽說他讀過幾年書，不過沒考上秀才，就不再考了。他家裡有個雜貨鋪，生意還不錯，如今他正幫著打理。
知道阿美定下親事後，劉詩秀這些天更加焦急，不時對姜老二發脾氣。
「你說說你到底是怎麼當爹的？眼看著明年阿酒就要及笄了，可到現在連一個上門提親的人都沒有，你也不想想辦法。」劉詩秀心急如焚。
姜老二也急得滿頭大汗。沒人來提親，他總不能去壓著那些人來吧？再說那普通的男子哪裡配得上阿酒，他可不想讓阿酒隨隨便便找個男人就嫁了，這道理他已經同她說過很多遍，她當時是同意他的看法，可等過些日子，就又會鬧起來。
他特地去問過大夫，大夫卻說孕婦就是這樣子的，情緒不穩定。
姜老二只得一次又一次地哄著她，有時也恨不得能有個男子上門來提親，就算最終談不成，那起碼也說明有人看得上阿酒啊。
阿酒現在只要一看到劉詩秀，馬上就會找藉口離開，她不明白怎麼劉詩秀懷孕前後會變化那麼大，她如今都有些同情姜老二了。

第五十四章

就在劉詩秀的焦慮中，真有人上門提親，而且那人還出乎眾人意料之外。

「您怎麼來了？」阿酒看著跟在媒婆身後的李長風，眼睛睜得大大地問道。

「妳就是阿酒小娘子吧？真是個花一般的小娘子，難怪李家先生會看中妳，特意求上門來。」那媒婆一進門就打量起阿酒，嘴裡稱讚不已。

劉詩秀一見有媒婆上門，而且跟在後面的還是李長風，頓時樂開懷。終於有人來提親了！而且提親的還是位秀才，這讓她感到特別有面子。

「快坐、快坐。阿酒，妳進去準備一些茶水，順便拿些糕點出來。」劉詩秀挺著個肚子，歡欣地指揮道。

阿酒一頭霧水地來到廚房，倒茶水時，好幾次都把那水倒到了外面。她著實不解，李長風怎麼會帶著媒婆上門？

李長風對自己有好感，她是知道的，可以他家庭的條件來說，是不可能娶像她這樣的農家的小娘子。之前阿曲也說過，李長風明年就要上考場，如果中舉，前途便無可限量，他們家怎麼可能同意讓他娶一個農家女？

阿酒把茶水送出去後，就打算回房間，李長風卻叫住了她。「阿酒，我能跟妳說幾句話嗎？」

阿酒正想回絕他，卻發現劉詩秀跟媒婆正笑盈盈地看著他們。

「你想說什麼？」阿酒跟李長風來到院子的另一頭，恰巧在劉詩秀她們的視線內，卻無法聽到她跟李長風的談話；且阿酒也索性不使用敬稱了。

「阿酒，妳會同意這門親事嗎？」李長風緊張地看著她。

「你今天來，你家裡人知道嗎？他們的意見如何？」阿酒沒有回答，反問道。

「阿酒，我中意妳，我提醒過自己很多次，要把妳忘了，可我真的做不到。我已經跟家裡人說過，他們也同意了，要不然也不會讓我今天來提親。」李長風快速地說道，不過在他說到家人同意之時，明顯停頓了一下。

「你家裡人真的同意了？」阿酒有些不相信。

「只是有個條件，就是明年一定要中舉。」李長風小聲地說道：「妳放心，我一定會考中舉人的。」

看著他那充滿期待的眼神，阿酒想拒絕的話怎麼也說不出口。他可是第一個真心向她表白的男子。

「阿酒，妳答應嫁給我了，對不對？」李長風見阿酒低著頭不說話，以為她默許了，不禁高興地說道。

他本來想等中舉後再來提親，可母親居然瞞著自己在相看。上次休沐回家，母親硬是逼著他去葉家提親，他這才趕緊把喜歡上阿酒的事告訴父親，不料父親竟然同意這門婚事，雖然是有附帶條件的。

「等你考中舉人再說吧。」阿酒無奈之下，只好模棱兩可地說道。

李長風開心極了，他在來之前並沒有把握阿酒會同意。雖然他的家境不錯，可不知道為什麼，他一點信心也沒有，他知道阿酒根本不是那種會看家境的人。

李長風跟媒婆開開心心地離開後，劉詩秀卻沒了笑意。

「阿酒，過來。」劉詩秀嚴肅地看著阿酒。

「劉姨，有人上門提親，您可高興？」阿酒忍不住打趣道。

「行了，妳別給我嬉皮笑臉的，我不同意這門親事。」劉詩秀正經地說道。

阿酒驚訝地張大嘴巴。她知道劉姨一直恨不得有人來提親，然後馬上把她的親事給定下來。如今這李長風的條件也算不錯，劉姨卻不答應，這讓她感到十分意外。

「那媒婆跟您說了些什麼？」阿酒小聲地問道。

「不用她跟我說什麼，我也不會答應。」劉詩秀臉上一點笑容也沒有。「妳不會已經答應李長風了吧？」

「那您為什麼不同意？」阿酒沒回答劉詩秀的問題，只是疑惑地反問道。

「妳想想，誰家上門提親，會只有他自己跟媒婆兩個人前來？再說那媒婆雖然一進門就不斷稱讚妳，但妳沒注意到她眼裡的不屑，還有她話裡話外的意思，就是要讓妳去做小。我告訴妳，這門親事就算妳已經點頭同意，我跟妳爹也絕對不會答應！」劉詩秀越說越激動，一張臉脹得通紅。

阿酒一聽，只覺得滿腔的血氣全衝到喉嚨口。她就說李家人怎麼會輕易答應李長風的請求，原來今日那媒婆跟著他來，不過是在陪他作戲呢。

地說道。

「劉姨，您放心，我沒有答應這門親事。下次他再上門，您直接拒絕他吧。」阿酒憤怒

劉詩秀這才拍著胸口，放下心來。「行，這件事就交給我，妳心中有數就好。」

等阿酒回到房間，卻是越想越氣，對嫁人也越來越抗拒。居然還想讓她做小，就算讓她去當大少奶奶，她還不願意嫁呢。

有人上門向阿酒提親的這件事，很快就被村裡人知道，不少婦人都前來跟劉詩秀打聽消息，她卻是閉口不提，可越是越這樣，別人就越好奇。

姜五嬸和張氏聽到風聲，很快地也來到阿酒家，當劉詩秀把情況跟她們一說，兩人也都是生氣不已。

阿美跟春草也很關心阿酒，她們一同來到阿酒的房間，當聽說是李長風來提親，兩人的眼睛都亮了，可等阿酒一說完李家的打算，她們倆都是一臉的同情，阿美甚至還拍著阿酒的手說道：「阿酒，妳還是待在家裡吧，別嫁了。」

「就是啊。阿酒，妳可不要看那李家條件好，就答應下來，那小妾可不是那麼好當的。我聽說那些正室，一看到妾就恨不得弄死，特別是那種寵妾。」春草憂心地勸道。

「妳們就別擔心了，我是那種不清醒的人嗎？不過若別人跟妳們問起這件事，可千萬別亂說，太丟人了。」阿酒故意做出一個傷心的動作。

阿美她們見阿酒不願提起這件事，都嬉笑著轉移了話題。

村民們見從劉詩秀這裡問不出什麼，就找到跟她關係不錯的張氏和姜五嬸打探消息，結果兩人也是裝聾作啞，這讓她們更加好奇了。特別是在知道到阿酒家提親的男子，竟是阿曲的先生後，大家看向阿酒的眼光變得不大一樣，都說阿酒是攀上高枝了。

謝承文心情極好地回到謝府，這次京城又傳來消息，菊花酒賣得出乎意料得好，甚至連宮裡的娘娘都在打探菊花酒的消息。

好在雲飛那小子機靈，如今跟京城裡的貴人關係都不錯，讓他得以把菊花酒送入宮中，還喜得娘娘玉言，並給了賞，這讓那些暗中想使壞的人，也不得不惦量一下形勢了。

「承文，心情不錯啊？」謝啟初又從謝長初那裡得到兩間店，心情也不錯，碰到謝承文竟主動打起招呼。

謝承文一見是謝啟初，臉上的笑容一下子斂住，他恭敬地行禮後，才道：「二叔，看來您的心情也不錯。」

「承文，如今你都閒著沒事做，有沒有興趣到我店裡來幫忙呀？」謝啟初開口問道。

「多謝二叔。您也知道，家裡的生意一直都是爹在作主，我只是按他的意思去做，笨得很，不好去打擾您發大財。」謝承文在心裡冷笑不已。這謝啟初打什麼主意，他可是一眼就看出來了。

「這樣啊，那便算了。」謝啟初知道謝承文的本事不小，要是真到他的店裡做事，他還不放心呢。

兩人又寒暄幾句後，才互相告辭。

等謝承文來到正屋時，謝長初跟唐氏已經坐在上位了。

「父親、母親。」謝承文恭敬而有禮地道。

「承文，你已經休息一段時間，是不是該開始做事了？」謝長初漫不經心地問道。

「不了。爹也知道，孩兒本就不喜歡做生意，孩兒很滿意現在的生活。」謝承文剛坐下，馬上又站起來回話。

「混帳！每天無所事事，只知道四處玩樂，這就是你要過的日子？」謝長初大聲罵道。

謝承文先是一愣，等瞧見謝長初眼底那一閃而過的不屑時，才明白這是在作戲。父親心裡只怕巴不得他一直這樣沒用下去吧。

「父親，孩兒讓您失望了。身為長子，理應幫助父親，可現在承志也長大了，而且明顯對做生意很感興趣，孩兒認為他一定會將謝家的生意管理得很好，他比孩兒更適合接手謝家的生意。」謝承文忍住內心的厭煩，裝作誠懇地說道。

「老爺，既然承文不願意，就不要強人所難了，你就讓承志好好地學吧。」唐氏還是第一次這般和顏悅色地看著謝承文說話。

謝長初看著謝承文確實不想再管謝家的生意，而唐氏又在一旁看著，只得點頭同意。

「承文，我也不勉強你，不過你總得找些別的事做啊。」

看著謝長初假惺惺的關心，謝承文真想一走了之，不想面對這些兩面三刀的親人。

「孩兒還沒想好該做些什麼，就想到處看看，然後看看書。」謝承文低下頭回道。

謝長初跟唐氏很滿意謝承文的回答，便親切地留他一起吃飯。

謝承文搖搖頭，站起身來。「父親、母親，孩兒已經約好友人在酒樓一起吃飯，晚飯就不陪你們一起吃了。」

唐氏恨不得謝承文快點離開自己的視線，當即就點頭答應。

看著謝承文遠去的背影，謝長初有些不滿地對唐氏說道：「我叫承文來酒肆做事，妳插什麼話？」

「好不容易讓承文脫手，難道你又要讓他插手不成？我不同意。」唐氏激動起來。

「夫人啊，承文是做生意的好手，他甩手的這幾個月，利潤明顯不比從前。妳想讓承志管酒肆，我也想啊，問題是他管得住嗎？就連二弟家的承武都比他強。我勸夫人別只想著要讓承志來管理酒肆，卻又不好好地教導他，妳也不看看，承志都被妳慣成什麼樣子了？」謝長初滿臉怒火地說道。

「謝長初，那可是你兒子，他現在不成材，你就把責任都推給我？他是我唯一的兒子，我不慣著他，難道還慣著那私生子不成？」唐氏口無遮攔，脫口而出。

「夫人，妳說話之前最好三思。妳要慣著就慣著吧，可不要以後出了什麼亂子，才後悔莫及。」謝長初說完，便甩門而出。

唐氏看著謝長初的背影，怒氣難消。不過她沈思片刻，覺得丈夫說得沒錯，確實該好好管一管承志了。

而謝承文走出謝府後，竟不知道該往哪裡去？

一直以來，他為謝家打理酒肆，四處東奔西跑，身邊就連一個能說得上話的朋友都沒有。謝家沒人看到他所付出的，甚至還像防賊一樣防著他，真是可笑。

「少爺，咱們去哪兒？」平兒擔心地問道。

「走，去流水鎮。」謝承文看著遠方說道。

阿酒以為李長風來提親一事，風頭很快就會過去，誰知現在越演越烈，村裡的婦人似乎對這唯一來求娶阿酒的男子十分感興趣，每天一得空就往阿酒家裡跑。

阿酒被她們弄得煩不勝煩，而劉詩秀挺著一個大肚子，還要應付這些八卦的婦人，這些日子下來，她累得都無法好好休息。

「劉姨，咱們去莊園住一陣子吧。」阿酒不想繼續待在家裡，便對劉詩秀道。

要是平時，劉詩秀肯定不會同意，可想起那些婦人，她馬上一口答應下來。

劉詩秀要去莊園，康兒也會跟著去，因此得準備不少東西，畢竟路途遙遠，除了要把馬車裡弄得更舒服一些，還要準備一些生活必需品。

「阿酒，還有其他東西嗎？」大春看著已經堆滿馬車一半空間的東西，忙問道。

「應該沒有了，咱們等一下就出發。」阿酒回道。

「你們這是要出遠門？要去哪裡？」謝承文的聲音在此時響起。

「你怎麼來了？酒要是賣完了，你去找姜五叔拿吧，咱們要出門了。」阿酒心情不快，連說話的語氣都有些不好。

謝承文疑惑地看向大春，這樣的阿酒可是很少見。
大春對著他搖搖頭，就忙著去整理好東西，準備要出發。
謝承文無奈之下，只得朝酒坊走去，他走到一半才發現不對。他這次不是來拿酒，他是想過來住上兩、三天的，如今主人走了，他該怎麼辦？
謝承文急急地轉過身，剛好聽到阿酒在叮囑陳勝。「咱們去莊園之後，你照顧好我爹就行，如果村裡的那些女人上門，你別讓她們進來，就說咱們不在家。」
「阿酒，原來妳是打算去莊園啊？我剛好想四處走走，就讓我跟你們一起去吧。」謝承文一點也不見外地說道。
阿酒忍不住皺起眉頭。「咱們那莊園房屋簡陋，不方便款待謝少東家。」
「沒關係，要是真住不下，我住客棧就行。」謝承文打定主意要跟著她，什麼都好說。
阿酒對厚臉皮的謝承文無計可施，只得讓他跟著。
等他們一行人到莊園時，天色已晚，幸虧這段時間姜老二經常過來，什麼都是現成的。
陳莊頭讓他媳婦麻利地弄出一頓飯，都是些家常菜，手藝一般，比起劉詩秀做的飯菜，那可是差上一大截。
阿酒跟劉詩秀一路上舟車勞頓，隨意吃一點就放下筷子，而謝承文剛吃上一口，就想吐出來，可能覺得那樣太失禮，他又粗粗地吃了幾口，也跟著放下筷子。
「小姐，是不是不合胃口？要不再弄點別的？」陳大嬸不安地站在一邊說道。
「沒事，咱們坐了太久的馬車，如今沒什麼胃口，妳先去休息吧。」阿酒揮揮手，看著戰戰兢兢的她，根本說不出苛刻的話。

「這就是妳家的莊園啊？還真小。」謝承文見已經沒有外人，就毫不客氣地打量起來。

「是你自己要來的，若是嫌棄的話，你可以走了。」阿酒的心情本就不好，再加上坐馬車又累，因此說話一點也不客氣。

「阿酒！」劉詩秀不滿地瞪了阿酒一眼，然後才抱歉地看向謝承文。

阿酒瞧見劉詩秀那責怪的眼神，也知道自己是在遷怒謝承文，可她還沒平復情緒，便乾脆扭過頭去，不再看他。

「沒事、沒事，我出去走走。」謝承文見氣氛有些尷尬，忙站起來，走了出去。

「阿酒，不是劉姨要說妳，妳對謝少東家有些過分了。」劉詩秀看著阿酒說道。

「劉姨，我知道錯了，我下次會注意的。走吧，我扶您進去休息。」阿酒點點頭道。

劉詩秀懷著孕，又坐了那麼久的馬車，確實有些累，她見阿酒的臉上也滿是疲憊，不禁心疼地說道：「好，一會兒我跟妳睡一張床，讓謝少東家睡妳阿爹的床吧。」

阿酒先送她進房睡下，才去院子找到正在亂逛的謝承文。「謝少東家，進屋休息吧，剛剛是我態度不好，請你不要見怪。」

「我沒事，妳別放在心上。」謝承文見阿酒臉上有著顯而易見的疲憊，心裡頓時湧起一陣心疼，哪裡還會責怪她。

第五十五章

次日一早，阿酒睡得正香，竹枝來到她床頭，歡快地叫著。「小姐，起來了。」

阿酒睜開眼睛時，有片刻的迷茫，不知道自己身在何處？

竹枝見她睜開眼卻不動，甚至沒發現自己的存在，又不甘地叫道：「小姐，該起床了。」

「竹枝，這麼早起啊？」阿酒迷迷糊糊地說。

「不早了。小姐，夫人都已經做好早點了。」竹枝催促道。

阿酒往床上一看，果然劉詩秀已經不在，她連忙爬起來，穿好衣裳。

「劉姨，您怎麼這麼早就起來了？」阿酒擔心地問道。

「習慣了。妳睡得好嗎？快點洗漱，我煮了粥，還做了點小菜。」劉詩秀招呼道。

「劉姨，您沒事吧？」阿酒生怕劉詩秀有什麼不適，畢竟是因為自己的關係，才會有那些糟心事，還得躲到這裡來。

「我好得很。阿酒，妳爹的眼光真不錯，這裡比溪石村的風景好多了。」劉詩秀笑笑，轉移話題道。

阿酒見她臉色不錯，這才放心地去洗漱，而謝承文此時正好打開房門。

「早。」一早起來就能看到阿酒，謝承文只覺得心情特別的好。

吃過早餐後，阿酒帶著竹枝準備去山頭看看，謝承文也決定跟過去瞧瞧。

「這些都是妳家的山？」謝承文看著整齊的果樹，驚訝地問道。

「嗯，怎麼樣？還不錯吧。」阿酒有些得意。

「那些田地也都是東家的呢。」竹枝與有榮焉地說道。

「小姐，您來啦。」陳三順帶著村民，已經在山上忙活起來。

「辛苦了，一定要注意安全。」阿酒見不少孩子小小的身子拖著一大捆柴，不禁擔心地道。

「小姐，您放心吧，他們都做習慣了，這些活對他們來說一點也不難。」陳三順笑著說道，讓她放心。

阿酒點點頭，便讓陳三順去忙，自己則是帶著謝承文四處看看。

謝承文越看越心驚，越看越對阿酒感到不可思議，發現自己還真是不瞭解她。

「妳想要葡萄藤，就是打算種在這裡？」謝承文突然想起之前阿酒跟她說過，讓他幫忙弄來一些葡萄藤。

「對啊！你看，那塊地就是特地留下來要種葡萄的。方喬說葡萄喜陽，種在那邊正好，你可要快點幫我弄葡萄藤過來啊。」阿酒笑著說道。

「行，等過完年，保證幫妳弄到。」本來謝承文還以為只要一點就夠，結果他一看那塊地，起碼也有幾十畝吧，看來他得去一趟番邦才行。

阿酒所到之處，村民都熱情地跟她打招呼，而她也會微笑回應。

謝承文不禁重新審視起阿酒，她的能耐遠遠超過他的想像。

謝承文在莊園住了三天，這幾天他都跟在阿酒身後，當聽到阿酒說種這些果樹是為了釀酒的時候，他不禁問道：「不然我也去買一座山，來種果樹？」

「如果你有興趣，可以試試。」阿酒的財力和精力有限，可謝承文不同，他如果願意這麼做，那當然好，反正也不會虧。

謝承文說到做到，他馬上去跟村長打聽哪裡有山要賣，當即就把阿酒對面的一座山頭買了下來。

那座山頭比阿酒的這一座還要大，要是想全部種上果樹，起碼要四、五年的時間。

村長聽說謝承文買這山頭也是想要種果樹時，笑得可開心了。

光是幫忙整理阿酒買下的山頭，就已經讓他們這個村在去年過上一個好年，不但村民們都吃得飽飽的，還有餘錢可以買新布、做新衣。

如今一聽謝承文的打算，村長比他還要積極，不過半天就把所有的手續都辦妥，一紙地契就這樣到了謝承文的手中。

「阿酒，我可不懂該怎麼種果樹，妳可得教教我。」謝承文正憂慮著找不到理由跟阿酒多相處一點時間，這下子剛好可以乘機待在她身邊。

他如今也不知道自己是什麼心態，只覺得跟阿酒在一起，不論做什麼都開心，哪怕吃著粗茶淡飯、住著茅草屋，或是躺在硬梆梆的床上，他也甘之如飴。

阿酒真想給他一拳。什麼都不會，學人買什麼山頭？可想想畢竟現在他們是合作關係，以後她還得用到他山頭上產出的東西，只得忍著說道：「我也不懂，我都是交給陳三順去弄的。你既然要種果樹，就趕快去找人幫幫你吧。」

謝承文覺得她說得有理。這麼大一座山頭，要弄好可不是一、兩日的事，還是得找人來好好管理才行。

他又問了阿酒不少關於果樹的問題，並記在心中。

後來，他發現自己待在這莊園的時日有些長了，雖然不捨，卻還是準備離開，畢竟京城那裡要是傳回什麼消息，若找不到他的人就不好了。

「阿酒，我先回去處理一些事情，順便找人幫忙整理我的山頭，要是遇到什麼問題，我再來找妳。」謝承文告別道。

看著謝承文遠去的背影，阿酒心中竟有些留戀。

呸、呸，她都在胡思亂想些什麼呢！他還是快點走得好，不然實在太煩人了。

幾天後，劉詩秀不放心家裡，決定打道回府。

等她們回到家，發現家裡真是亂到不行。廚房裡沒洗的碗筷堆得高高的，院子裡雞飛狗跳，到處都是又髒又亂。

「天呀，家裡怎麼亂成這樣？」阿酒有些傻眼。家裡不是有人在嗎？姜老二和陳勝都在的啊。

「家裡沒有女人，就成這個樣子了……哎，要不是實在被那些長舌婦吵得受不了，我哪裡會去莊園呢？」劉詩秀看起來並不意外，似乎早就料到家裡會亂成一團。她搖搖頭，動手整理起來。

這時候，求親風波總算已經過去，阿曲他們也剛好回到家。

一開始阿曲他們聽說李長風來提親，感到很高興。在學堂裡，李長風對他們關照良多，他們對李長風都很有好感。

不過在知道阿酒並沒答應這門親事時，阿釀雖然有些不明白為什麼，但還是聽阿酒的囑咐，若之後見到李先生，要當作不知道這一回事。

阿曲就沒那麼好打發了，等只剩下阿酒一個人時，阿曲直直地盯著她，大有「妳不把事情說清楚，我就一直這樣盯著」的意思。

「阿曲，你也知道李先生家大門大戶的，而阿姊只是一個普普通通的鄉下小娘子，我嚮往的從來都不是要嫁到達官貴人之家，只願有個人陪著我過上平平淡淡的生活，而他注定是人中之龍，不屬於我。」阿酒拍了拍他的肩頭說道。

阿曲對阿酒貶低自己的話語，明顯不贊成，不過卻也明白阿姊說得有理。「那咱們就不要他，找一個適合的。」

對於李家人的打算，阿酒早已跟劉詩秀商量好，不打算告訴阿曲他們，畢竟他們還有著師生之誼，別鬧僵得好。

眼看著白天越來越短，天氣也越來越涼，阿酒想起去年釀的酒，不知道經過一年的沈澱，現在味道變得怎麼樣了？

她馬上來到酒窖裡，準備拿酒。他們家的酒窖又多了一個，之前的那個早已放不下，姜老二就又在屋後挖了一個更大的酒窖，能存放好多的酒。

阿酒看著眼前排得整整齊齊的酒罈子，充滿了成就感。這些都是自己親手釀出來的酒，如今賺錢已經不是她的主要目的，分享自己釀製成功的酒，更讓她覺得愉悅。

「就是這些酒了，應該不會讓我失望吧。」這第一批酒對阿酒來說，有著特殊的意義。

「爹，來陪我喝酒。」剛打開蓋子，那濃郁的酒香就撲鼻而來。阿酒倒了兩杯酒出來，拿起其中一杯，輕輕地喝上一口。醇厚香濃，比剛釀成的多了一分柔和，口味很是協調。

「好喝！阿酒，妳這酒是從哪裡來的？」姜老二也喝上一口，只覺得唇齒留香，不禁問道。

「就是我釀成功的第一批酒，我剛剛才從酒窖裡搬出來的。」阿酒又喝了一口，就不敢再喝。這酒的後勁很強，而她的酒量一向不好。

「沒想到這酒存放了一年之久，味道竟會變得這麼好，難怪妳當初要留一半的酒下來。」姜老二感嘆地說道。

阿酒笑了笑，這才放上一年，等以後放個兩、三年，那酒的味道又不一樣了，當然價格也能賣得更高。

李長風感覺阿曲他們自休假後，對他的態度有些不同。特別是阿曲，以前看到自己還有說有笑的，現在雖然一樣會跟他打招呼，卻只是問個好就匆匆離去，態度十分疏離；而阿釀對自己雖然還是很尊敬，卻沒有了以往的親近。

「阿曲，你等一下，我有事問你。」當阿曲再一次從自己身邊走過時，李長風忍不住叫住他。

「先生，我還有事，下次吧。」阿曲謹記阿酒的交代，裝作不知道她已確定不會嫁給李長風一事。畢竟她說自己當初並沒有明確地回絕李長風，只說等他中舉後再談，並強調是因為她自身的關係，才會不同意這門親事。但他有一種直覺，事情肯定沒那麼簡單，他不像阿釀，阿姊說什麼就相信什麼。

「阿曲，你是不是對我有什麼誤會？」李長風直接擋在阿曲的面前，輕聲問道。

「您是不是去我家提親了？我阿姊不會那麼早嫁人的。」阿曲乾脆搶先問道。

「你姊跟你說了？以後咱們就是一家人，你有事儘管來找我。」李長風終於明白為什麼阿曲跟阿釀的態度會有所轉變，不禁微笑著說道。

「我先走了。」阿曲不再多說什麼，冷著臉轉身離開。他怕自己再面對著李長風那得意的樣子，會說出一些不該說的話來。

「原來是怕我把他們的姊姊搶走啊……不過他們姊弟情深，當然會捨不得姊姊出嫁。」李長風解開了心中的疑惑，心情大好，只是忍不住又想起那個漂亮的人兒。可惜他已經答應父親，在中舉之前不可以再去看阿酒，要不然他巴不得立刻飛到她的身邊去。

天氣越來越冷，女人們不用再去田裡幫忙幹活，都聚在一起做做女紅之類的，阿酒的婚事便又被再一次提起。

「我看那阿酒的婚事，怕是又談不成。」其中一個婦人說道。

「不是有一個先生去阿酒家提親嗎，難道阿酒看不上人家？不可能吧。」

「以阿酒的條件，配一個先生還是綽綽有餘的。要不是怕她眼光太高，我都想讓我姪子上門提親了。」

「如今姜老二家大業大，我聽說他們還在別處買了地，一般人家是真配不上阿酒啊。況且阿酒太過強勢，要是娶進門，到時候都不知道是由她當家，還是婆婆當家呢。」

「妳們說，既然那先生都提親了，怎麼就不見他們相看呢？我看這婚事肯定沒談成。」

村裡的閒言閒語自然也落入了阿酒耳中，可她都是充耳不聞，照舊做自己的事。

「劉姨，您小心些。」阿酒擔心地看著劉詩秀，心想她的肚子也太大了吧，看她走起路來歪歪扭扭的，阿酒不禁有些害怕。

「沒事，大夫說了，適當地做些家務，會更好生孩子。」劉詩秀笑著說道。

她覺得現在的日子，過得特別舒心。姜老二雖然話少，卻很細心，每晚都會為她捏捏雙腿，就連她要翻身，他也會起身幫她。白天家裡的大小事更是不用她操心，有時她實在忍不住幫忙做上一點，還會被阿酒制止。以前在娘家的日子，也沒這麼好過，那時還得從早到晚忙著做糕點。

她真的很滿足了，只希望這一胎生個女兒，像阿酒一樣體貼的女兒。

阿酒的視線一刻也不敢離開劉詩秀。她的產期就在這幾天，上次她生產時的場景，自己到現在還記憶猶新呢。

「阿酒，我可能要生了。」忽然間，劉詩秀彎著腰，有些痛苦地說道。

阿酒馬上反射性地叫了起來。「爹、爹！」

「小姐，怎麼了？」陳勝馬上跑了過來，緊張地問道。

「快叫我爹過來，劉姨要生了，快！」阿酒扶著劉詩秀慢慢地坐下來，她的額頭上全都是汗，臉色也變得慘白。

「娘、娘。」康兒也被這變故給嚇到，開始大哭起來。

阿酒雖然經歷過劉詩秀上一次的生產，但還是慌了神，也沒有多餘的心思去哄康兒。

姜老二一進來，就見劉詩秀正在安慰康兒，阿酒則緊張地守著她。

「爹，您可來了，有讓人去請穩婆和大夫嗎？」阿酒連聲問道。

「陳勝已經去了。」姜老二見劉詩秀皺起眉頭，就知道她又疼了起來。「妳感覺怎麼樣？我抱妳去產閣。」

阿酒牽起康兒，看著姜老二抱起劉詩秀進到屋裡。

康兒在一旁哭道：「阿姊，娘是要生弟弟了嗎？」

「康兒不怕，娘是要去給康兒生個弟弟，你高興嗎？」阿酒回過神來，輕聲安慰著康兒。

「高興，可娘疼。」康兒沒看到劉詩秀那痛苦的樣子之後，也漸漸地平靜下來。

阿酒牽著他的手，去廚房燒熱水。她知道等一下會用到很多熱水，聽姜五嬸說，生第二胎要比頭胎快得多，也不知道有多快？

姜五嬸和張氏很快都來了，穩婆也已經被陳勝找過來，阿酒的心總算安穩不少。

阿酒一邊燒著水，一邊聽著外面的動靜，也不知道張氏已經來打過幾次水，時間又過了多久。終於，她聽到劉詩秀壓抑且痛苦地大叫幾聲，房裡便傳來嬰兒的哭聲。

「生了、生了，是個男孩！」張氏開心地說道。

阿酒一聽很是高興，抱著康兒親個不停，而康兒卻嫌棄地看著她。「要去看小弟弟、去看娘。」

「現在不行，要等你娘回到自己的房裡才行。」阿酒哄道。

「阿酒，又生了一個，是個女娃娃！」張氏大聲地叫道，一點也沒了平時的穩重。

「真的？我能看看嗎？」這下子連阿酒也坐不住了。是龍鳳胎呢，難怪劉姨的肚子會那麼大。

姜老二家生下少有的龍鳳胎，讓他們家大出風頭。

在洗三這天，村裡的年輕女子幾乎全到了，她們都在兩個小娃娃的洗澡水裡洗洗手，說是要沾沾福氣，看自己能不能也生下龍鳳胎？就算不能，可以一舉得男也不錯。

第五十六章

熱鬧了一天，姜家總算安靜下來，看著兩個相似的娃娃，阿酒覺得很神奇。「劉姨，您的奶夠嗎？」

「現在剛好夠，只怕等他們大一點，就不夠吃了。」劉詩秀全身上下都透露出母愛，眼裡的笑意想遮都遮不住。

「這我來替您想辦法，您別擔心。對了，您身子好些了嗎？」阿酒又問道。

一次生兩個孩子，讓劉詩秀受了不少苦。聽姜五嬸說，劉詩秀下體的撕裂傷太嚴重，以後恐怕不能再生，這時候又沒有縫針這種技術，只能等傷口自行慢慢癒合。

如今劉詩秀躺在床上，一動也不能動。

「沒事，只要他們好，我這點傷算什麼。」劉詩秀搖搖頭，笑著道。

阿酒動容地看向劉詩秀，深深感覺到她沈甸甸的母愛。

阿曲他們也特地回來看弟弟、妹妹，阿釀還嚷著要抱，可誰敢讓他抱？他只得眼巴巴地看著。阿曲倒是能抱一抱兩個小娃娃，可他卻只是站在一邊看，沒有要抱的意思。

阿酒抱起了妹妹阿香，塞進阿曲的懷裡。

阿曲本能地伸手接住阿香，卻全身僵硬起來，他的表情也變得有些奇怪。

「阿姊，快點抱走。」他驚惶失措地叫道。

「放鬆，你一隻手托著她的頭，一隻手托著屁股，不就行了？」阿酒笑著在一旁指導。

阿曲艱難地按照阿酒所說來調整姿勢，懷中的娃娃忽然就笑了起來，露出沒有牙齒的牙床，看起來可愛極了，他頓時覺得心裡的某一塊地方軟了下去。

劉詩秀微笑地看著這一幕，她那一直提著的心，終於徹底放下。看來一切都是自己多想了，阿曲他們都是好孩子，以後一定也會像疼阿釀一樣，疼愛這一雙弟妹。

周氏無意中聽到鐵柱跟夏荷說起姜老二又添了一對龍鳳胎，她心中的恨意與日俱增，姜老二越過越好，而姜老大卻早已不知所蹤。

鐵柱進來，看到周氏瞪著雙眼，胸口上下起伏得很厲害，明顯是在生氣。

「阿奶，您是怎麼了？您可千萬不能生氣。」鐵柱驚慌地叫道。

周氏見他眉宇間的焦急不像作假，心情總算又好了些，咿咿呀呀地叫起來。

「阿奶，您說什麼？」鐵柱看不明白。

又是一陣咿咿呀呀，鐵柱仍看不懂，周氏氣急了，再度激動起來。

此時夏荷跑進來，問鐵柱發生什麼事？鐵柱只是指向周氏，然後搖搖頭。

夏荷觀察了周氏半天，等她明白過來後，不禁摀住嘴，直接拉著鐵柱就走出房間。

「大姊，妳拉我出來幹麼？阿奶的情況看起來不大妙啊。」鐵柱有些生氣地說道。

夏荷卻忍不住心寒。雖然二叔很少過來，但對阿奶還是很關心的，要不然也不會總是打發阿酒送東西過來，可阿奶就算已經變成如今這副模樣，卻還想著要算計二叔，這一點連她都看不過去了。

「你知道阿奶為什麼會這樣嗎？」夏荷冷聲道。

鐵柱看著她。「難道妳知道？」

「阿奶肯定是聽到剛才我跟你的對話，心裡正在惱著二叔呢。以我對阿奶的瞭解，她好像是要咱們去把二叔叫過來。」夏荷垂著頭說道。

鐵柱聽完不禁目瞪口呆，張著嘴說不出話來。

他們都知道阿奶不喜歡二叔一家，所以二叔家的事都會避著不在阿奶面前提起，今天也是太興奮，忘了這一點，卻沒想到阿奶的反應會這麼大。

「阿奶叫二叔來要幹麼？」鐵柱不解。阿奶連話都說不清了，還想怎麼樣？

「你知道阿奶剛才都說了些什麼嗎？」夏荷覺得有些不寒而慄。「阿奶的意思是，二叔把大房的福氣全帶走了，要叫他把那對龍鳳胎送走。」

鐵柱不敢置信地看著夏荷，卻在她的臉上同樣看到了恐懼。

「以後咱們就自己照顧阿奶吧，別再讓三嬸進屋了。」鐵柱果斷地道。

夏荷點點頭。這件事要是讓二叔他們知道了，得多傷心啊，反正阿奶也動不了，那就讓她好好地躺著吧。

從此以後，夏荷對周氏的照顧也沒有以前那麼盡心了，她不再陪周氏說話，也不會幫周氏捏揉身子，只是負責餵一些飯和幫忙洗漱。

自從老宅裡只剩下鐵柱跟夏荷，以及癱瘓在床的周氏後，老宅和姜老二家的關係也緩和許多。

姜老二跟姜老三見鐵柱年齡已經不小，便操心起他的婚事。這種事男人不好出面，自然就託給了張氏跟劉詩秀。

張氏打聽到有人願意跟鐵柱結親，只是需要拿出二十兩銀子。這次阿酒毫不猶豫地就拿出銀子，不過卻要求鐵柱必須在酒坊裡做一年的活。

有了銀子，張氏很快就把鐵柱的親事給定下來。

那天相看的時候，阿酒也去看過，那小娘子長得一般，挺膽小的，都不敢正眼看人。別人跟她說話都要很小聲，就怕嚇到她，如果說話稍微大聲一些，她的眼睛便馬上泛紅，怯怯地看著你。阿酒看著她，就想到了小白兔。

不過鐵柱對這小娘子還挺中意的，也許他看多了周氏、李氏的強勢無理，還真喜歡這種一看就需要旁人保護的小白兔呢。

女方家拿到銀錢，一切都好說話，就連張氏提出等過年後就成親，他們也沒有異議，當場答應下來。

而夏荷也訂親了，對方是鄰村的，孤身一人，因此成親後，她還是住在老宅裡照顧周氏，她丈夫則偶爾會過來陪陪她。

轉眼又是一年，這一年阿酒的荷包賺得鼓鼓的，趁著過年期間熱鬧，阿酒乾脆讓姜老二買上一條豬，好好地請大家吃上一頓。

姜老二家要殺豬，並邀請村裡的老人、小孩都來吃，這件事在村裡傳開後，等阿酒他們殺豬的這一天，家裡熱鬧極了。

「姜老二，你真是好福氣。」

「姜老二，發財了可別忘記咱們哥兒幾個。」

「姜老二啊，你也帶咱們一起賺錢唄。」

不管是羨慕的、嫉妒的或是討好的話，總之姜老二都笑著回應。如今他已經不是過去的那個姜老二，雖然還是一樣寡言，但應付這些人情世故，他早就十分得心應手。

村裡幾家酒坊的東家則圍著阿酒。自從今年謝家不再收他們的烈酒後，他們的生意就一落千丈；而姜老二家就算是沒有烈酒，酒坊的生意依舊紅紅火火，這讓他們怎麼不眼紅？

可是再眼紅，他們也沒有辦法，那是人家有本事，能釀出不同的酒來。

「阿酒，妳有什麼好主意，說出來幫幫咱們唄。老實說，妳能不能教教咱們如何釀出像妳那樣好喝的酒啊？」東家們都用期待的眼神看著阿酒。

阿酒沒想到自己好心請人吃飯，結果卻惹上這等麻煩。

「讓我想想，如果有什麼好法子，我一定會跟你們說的。」阿酒只好敷衍道。

他們聽阿酒這樣說，都有些失望，卻也知道強求不來，只得點點頭離開了。

村長見阿酒身邊沒人後，這才喚她過來。「阿酒。」

「村長爺爺。」阿酒對村長很是尊敬，要不是他，他們一家的日子不會過得這般自在。她知道一直有人在背後說姜老二的閒話，不過都被村長給壓下去了。

名聲對讀書人來說很重要，所以哪怕有些事阿酒不願意，她還是會勉強自己去做，為了阿曲他們的未來，她不得不如此。

「阿酒啊，是不是遇到麻煩了？」村長笑咪咪地問道。

「幾位叔伯想讓我帶著他們一起釀酒。」阿酒並沒有隱瞞。既然村長問起，那他心中肯定已經有自己的想法了。

「那妳覺得如何？」村長問道。

「村長爺爺您怎麼看？」阿酒反問道。

「阿酒啊，我有個想法，妳先聽聽，如果不同意也沒關係。」村長笑著說道。

阿酒忙洗耳恭聽。村長的想法一定是經過深思熟慮的，只是缺少一個開口的契機，正好在現在提出來。

「妳認為酒的利潤如何？」村長敲敲煙桿子，出聲問道。

「如果酒的品質好的話，利潤肯定不錯。」阿酒認真地回道。

「妳說，要是咱們全村的村民都一道釀酒，而這種酒只有咱們村子裡有，那是不是整個村子的人都可以過上好日子？」村長眼睛微瞇，看向阿酒。

老狐狸！阿酒忍不住在心裡罵道。

他說得倒輕巧，村民一起釀酒當然好，可以帶動村裡的經濟，可問題是這酒方要從哪裡來？他還不是看中自己手裡的酒方。

阿酒考慮再三，心中有了主意，卻不肯這麼快給他答覆，要不然他還以為這是一件簡單的事呢。

「村長爺爺，您這不是為難我嗎？我釀的這種酒可是謝家的，您也知道咱們已經簽過文書，要是我毀約，那可是要賠錢的。」阿酒愁眉苦臉地說道。

「阿酒，妳誤會了，我不是讓妳拿妳酒坊裡賣的那種酒出來。上次在妳家喝的米酒就不錯，聽妳爹說，那米酒是釀來自己喝的。」村長解釋道。

果然薑還是老的辣，喝過她的酒，居然就惦記上了，阿酒苦笑。看來自己的這點小心機，還是少在村長面前丟人現眼吧。

「如果是米酒的話，我要先跟我爹商量一下，過幾天再答覆您。」阿酒笑著回道。

這米酒的酒方肯定是要拿出來了，不過該怎麼樣拿、他們家能得到什麼樣的好處，這些細節都要再仔細想一想。

她決定還是徵求一下阿曲的意見，畢竟他可是家裡的長子。

村長也知道阿酒心中有些惱火，可他這麼做也是為了這個村子。再說，其實這也是兩全其美的一件事，阿曲他們要考取功名，當官可不能只有學識，品德也是很重要的，他們跟老宅那邊鬧成這樣，雖然責任不在他們，但如果有官員來考察，這總歸是德行上的一個汙點，但如果讓全村的人都受過他們的好處，那結果又不一樣了。

等人全都走光，阿酒就把村長的話跟姜老二和阿曲他們說了。

阿曲低頭沈思一會兒，才道：「阿姊，這件事是不是讓妳很為難？」

「你先不用管我為不為難，說說你的想法吧。」阿酒回道。

「如果站在村長的立場來說，這確實是件好事；而以我的角度來看，也希望阿姊能答應；但站在阿姊的角度來想，我卻不希望妳點頭。」阿曲細細地分析起來。

阿酒欣慰地看著阿曲。這孩子果然不一樣了，說起話來條理分明。

「現在咱們就是一個整體，你覺得該如何做比較好？」阿酒又問道。

「如果以咱們家來說，當然是答應此事利大於弊，咱們不過是少賺一些錢，卻得到更多的好處。況且咱們雖然答應跟村民們一起釀酒，但並沒有說是無償的，咱們同樣可以爭取自家的利益。」阿曲冷靜地分析道。

阿曲說的跟阿酒心中的想法一致，他們可以為村裡提供酒方，但利益也是要拿的。

「這件事就交由你來處理了。」阿酒開心地說道。

姜老二一直在旁邊聽著，很是欣慰，一點也沒覺得他們不徵求自己的意見有什麼錯，反而為他們感到驕傲。

阿酒回到房間以後，就先把米酒的配方寫了下來。這種米酒跟村裡人的釀法差不多，只不過阿酒的酒麴跟他們的不一樣而已。

很快地，阿曲也把跟村長合作的文書寫好，主要是阿酒提供酒方，而村裡再建一個酒坊，讓全村的村民一起釀酒，姜老二一家則拿酒坊的一成利潤。

「別小看這一成利潤，如果酒坊經營得好，以後咱們一家的開支就夠用了。」阿酒笑著把文書交給姜老二。她並不打算拿這些錢，決定全留給姜老二。

村裡要建酒坊的消息很快就傳開來，大家看姜老二一家的眼光都變得有些不同。

阿酒如今走在村道上，不論是誰都會上前來跟她說幾句話，村子裡也沒再出現關於他們家的閒言閒語了。

阿酒搖搖頭。不管在什麼時候，人性都是如此，不過她能理解，誰會跟錢過不去呢？

當村長來問阿酒銷售的問題時，阿酒忽然想起前世的推銷手法，便簡單地提了提。

村長雖然有些懷疑，不過還是派鐵柱帶著村裡的幾個年輕人，拿著釀好的米酒出去四處推銷。

鐵柱他們這一次出去，收穫還不錯，已經把米酒推銷給好幾家酒樓，下單的都有好幾百罈了。

而村裡的酒坊也已經建好，人多力量大，這可關係到村裡每個人的利益，大家做事可積極了呢。

阿酒沒有插手村酒坊的任何管理，只有村長不時過來問一些問題；阿酒也不藏私，反而給了不少建議。

村長後來決定把村酒坊交給姜老三來管裡，於是姜老三便辭掉謝家酒坊的工作，正式當起來村酒坊的坊主。

姜老三知道，村長這是看在阿酒的面子上，才會把這件事交給他，他下定決心要把村酒坊管好。

村酒坊建好了，訂單也有了，現在唯一還要處理的，就是人員問題，每戶人家都希望自家的人可以進村酒坊做事。

「阿酒，妳說這該怎麼辦才好？」村長這些天被那些村民們吵得有些焦頭爛額。誰都想進酒坊做事，可就一個酒坊，哪能同時容得下那麼多人？

「首先，去外面推銷米酒的人，還是要繼續做才行，這次可以跑遠一些。至於要到村酒坊工作的人，您可以先選一批家裡比較困難、做事又老實的，最好是一戶人家暫時只允許一個人進村酒坊工作，等村酒坊的訂單多了，運作也穩定一些，再慢慢地加人。來村酒坊工作的人，您就算好工錢給他們，剩下的利潤，您就按人頭發給每家每戶。」阿酒建議道。

「這辦法好，就這樣辦！」村長越聽越開心，等她說完，馬上就拍板定案。

「那些在外面推銷的人，也可以按他們收到的訂單數量來發工錢，這樣他們會更積極地推銷米酒。」阿酒補充道。

「不錯，多付出就能得到多一些回報，就是這個理。」村長不停地點頭。

「姜老三，這些事就交給你了。晚上咱們先開個會，確定要來村酒坊工作的人有哪些，明天就正式開始釀酒。」村長大手一揮，就這樣把事情定了下來。

晚上姜老二去開會，不過他們家沒有人要在村酒坊工作，所以也不過是去聽聽就回來了。

第五十七章

次日一早，阿酒帶著酒麴去了村酒坊，同去的還有姜五，他是被村長聘過去當技術指導的，不過阿酒只同意借用三天。

阿酒進到村酒坊，裡面的人個個幹勁十足，他們在姜老三的安排下，已經有條不紊地忙活起來。

「三叔，不錯啊。」阿酒對姜老三翹起了大拇指，沒想到他還有領導才能。

「我不過是按妳說的去做。」姜老三在謝家酒坊做事已經好一陣子，多少也學到一些東西。

阿酒沒有待太久便離開了，她自己還有好多事要忙呢。

姜五去村酒坊幫忙後，家裡的酒坊就靠姜老二一個人照看，阿酒則要去莊園一趟。桃花馬上要開了，她得先去做一些準備。

阿酒讓大春去鎮上訂製一些釀酒的器材，好帶到莊園去，桃花酒她準備直接在莊園裡釀。沒辦法，莊園離他們家實在是太遠了。

「阿酒，妳讓我買的下人，已經全送去莊園了。」大春這些天去了松靈府，為阿酒買來十多個下人。

「行，明天你去鎮上看看要用來釀酒的那些東西做好沒有？如果做好了，咱們就出發去莊園。」阿酒拿著手中的賣身契，有些感慨。沒有想到她也會有買下如此多人的一天。

其實她本不想買人的，只是莊園離家實在有些遠，不方便管理，在大春的建議下，阿酒覺得買些人回來是最好的辦法。

阿酒躺在床上，想著明天該帶的東西還有沒有遺漏的？沒想到這時在金磚的帶領下，家裡的狗居然一同大叫起來。

「怎麼回事？有賊進來了嗎？」阿酒緊張地爬起身來。

等阿酒來到院子時，姜老二和陳勝也都起來了。

陳勝的手上拿著一根棍子，緊張地打開院門，他想著，只要看到賊人，就馬上一棍敲下去。

「你是誰？怎麼會站在這裡？」陳勝的聲音都有些發顫。

「我找阿酒。」謝承文有些尷尬地回道。

「謝少東家，你怎麼來了？」阿酒聽到動靜，快速地來到院門口，一看到站在外面的人，她忍不住驚叫起來。

「阿酒，見到妳真是太好了……」謝承文說完就渾身發軟，往地上倒去。

姜老二一把將他扶起來，陳勝也將棍子丟了，一起攙扶著他進院子。

看著衣著破爛、滿是鬍渣的謝承文，正狼吞虎嚥地吃著飯，阿酒他們都有些目瞪口呆。這跟他平時的形象也差太多了。

「你是逃難去了嗎？」見他吃飯的速度終於慢下來，阿酒忍不住問道。

謝承文擺擺手，露出一言難盡的表情。

等他吃飽飯，又洗了個澡，再次坐到阿酒面前時，才感嘆道：「哎，還是家裡好。」

阿酒忍不住對他翻了個白眼。這可不是他家，他弄成這副德行，也不回自己家裡去，居然大半夜的直接跑來這裡，也不知道他是怎麼想的？

「阿酒，我幫妳把葡萄藤帶回來了，而且還不少呢，妳可得好好感謝我。」謝承文興奮地說。

「真的？你從哪裡弄來的？那些葡萄藤呢？」阿酒激動地問道。

「放心吧，我已經叫人送去莊園了。妳這次打算怎麼謝我啊？」謝承文得意極了，他把臉探到阿酒面前，戲謔地道。

阿酒聽他這語氣，就知道他又想拿上次那句「以身相許」逗她。

「最多就是等葡萄長出來，我多請你吃一串葡萄。」阿酒裝作沒聽懂他在說些什麼。

謝承文有些失望，他還是挺喜歡看她臉紅的樣子，感覺她現在越來越不可愛了。

阿酒不知道他心裡的彎彎繞繞，卻對於他能弄到葡萄藤，感到十分意外。

她一直讓大春四處打聽，而大春打聽回來的消息，說這葡萄藤是番邦那邊產的，少量的話還可以託走貨的人帶一點回來，如果要大量的葡萄藤，那還真沒有人願意帶。

「你是怎麼弄到這些葡萄藤的？」阿酒想了想，疑惑地問道：「你把自己搞得如此邋遢，該不會是因為你親自去番邦找葡萄藤了吧？」

「妳真聰明。」謝承文點點頭。

「你真去了番邦？」阿酒驚訝地說不出話來。這裡到番邦可有著一萬八千里遠，這時候沒有飛機和汽車，最多也只有馬可以讓他騎。

「嗯，真去了。」謝承文輕描淡寫地說道。

「你就為了找葡萄藤，特地去番邦一趟？」阿酒激動地問道。

謝承文的表情有些不自在。他還不是因為那天看她提起葡萄藤，語氣中充滿遺憾，這才頭腦一熱，自己去了番邦。

阿酒見他不回話，表情卻有些怪，也不知道他在想些什麼？他這是怎麼了？難道她的問題很難回答嗎？

「你就算去了番邦，也不至於弄成這個樣子吧？」阿酒又問道。

原來謝承文去的時候，是跟著商隊的人一起，一路上還算順利。

一到番邦，他找到他的朋友說明來意後，那朋友卻面有難色。雖然這葡萄是番邦的產物，可卻沒有誰家會特地大面積地去栽種，都是這家幾株、那家幾株的，他若是想要大量的葡萄藤，可就難辦了。

謝承文馬上財大氣粗地說這事情好辦，用錢買就是，然後他就坐在朋友家收葡萄藤。不管到哪裡，有錢就是好辦事。

沒幾天他就收了不少的葡萄藤，只是他準備回家的時候，才發現之前的商隊早就回去了，而這時候正是番邦的人最忙的時候，他們那裡的人都不願意出遠門。

謝承文很是著急，眼看著就要過年了，難道還要在異鄉過年不成？再說這些葡萄藤也要早點運回去，要不然到時候種不活了怎麼辦？

最後還是他花上大把銀子，請了幾個走鏢的人送他回來，誰料到在半路碰到打劫的人。

謝承文這時候身上已經沒有多少錢了，那些打劫的人搜遍他們全身，把他們身上值錢的東西全部摸走後，看車上都是一些樹枝，就把他們打了一頓，這才放他們走。

後來他們在路上都不敢停下，身上又沒有錢，連客棧也住不起，每天就是在荒郊野外休息，餓了就打野物來充饑。

「到妳家時，我已經有兩天沒吃過東西，那些野味我實在是吃怕了。」謝承文說完，忍不住拍了拍胸口。

阿酒看他的眼神中，多了些漣漪。真沒想到他費盡千辛萬苦，就為了替她把那些葡萄藤給弄回來。

「是不是挺感動的？」謝承文一眼就看穿了阿酒，再次把臉探到她面前，輕聲說道。

阿酒很想回他一句「感動你個頭」，卻在抬頭的瞬間，看到他眼中的血絲，話也就卡在喉嚨裡，怎麼也說不出口。

「行了，我騙妳的，我不過是為了賺錢才去一趟的。」謝承文裝作不在意地扭過頭，只是他那泛紅的耳朵已經出賣了他。

阿酒忽然覺得心跳有些快，而他那好看的桃花眼中，倒映著自己的身影，在她腦海中不斷地翻滾。

「我先去休息了，你也休息吧。」阿酒的臉越來越燙，她心中有些害怕，猛地站起來，丟下這句話就跑了。

謝承文呆呆地看著那消失不見的身影，澎湃不已的心終於慢慢地平靜下來。

他在回來的路上，就已經明白自己為什麼會那麼衝動，竟為了一個小娘子的一句話，就跑那麼遠去找葡萄藤。原來在不經意中，他的心早已不知不覺地落在了她身上。

方才再次見到她，他好想衝過去抱住她，他用盡全身力氣才把那心思給壓下去。他變著法子調戲她，也無非是想看看她的反應，最後，她的表情終於有了一點變化。

謝承文現在的心情特別愉悅，覺得這幾個月來所受的苦都值得了。

而這天，阿酒躺在床上，閉著眼睛卻怎麼也睡不著。謝承文那張帥氣的臉時不時在她的面前飄過，特別是那雙桃花眼，似乎一直在盯著她看。

「哎呀——」阿酒不禁呻吟一聲。他真是太討厭了，還讓不讓人睡啊。

第二天阿酒起來，整個人無精打采，兩眼下是深深的黑眼圈，顯然沒有睡好。

「阿酒，早。」謝承文卻神采奕奕，笑如春風。

「早。」面對這害她沒睡好的罪魁禍首，她的口氣有些不好。

「沒睡好嗎？」謝承文根本不在意的她的態度，關心地問道。

阿酒懶得理他，乾脆直接無視他。她直接走到正廳去吃早餐，今天還要去莊園呢，她可不像他，整天無所事事。

大春一大早就把東西都準備好了，見阿酒上了馬車，他便要出發，沒想到謝承文卻在這時跟著跳上馬車。

「你幹麼呢？」阿酒滿臉疑惑地問道。

「妳不是要去莊園嗎？捎我一程，我也要去。」謝承文痞痞地道。

阿酒發現謝承文的臉皮越來越厚，根本不是她一開始認識的那個清冷少年了。

她不想跟他說話，只得無聲地靠在馬車上，閉起眼睛養神。

謝承文有意無意地將目光落在她身上，覺得怎麼看都看不夠似的。

阿酒感覺到好像有人在看她，可睜開眼朝謝承文看過去，卻發現他正在看外面，她心中有些失落，隨即又閉上眼，在馬車的搖搖晃晃中，慢慢地睡了過去。

謝承文見她睡著了，忙坐到她身邊，讓她的頭靠在自己肩上，以便睡得舒服一些。

這一路上，阿酒都沒醒來，就連抵達莊園，她還是毫無所覺，照樣睡得香甜。

謝承文只得小聲地叫著她。「阿酒，到了。」

阿酒迷迷糊糊地睜開眼，好一會兒才意識到自己在馬車裡。「啊，到了？」

她猛地起身，就要往前走，卻突然眼前一黑、兩腿一麻，她忍不住叫了一聲。

「怎麼了？」謝承文緊張地問道。

「沒事，我起得太急，腳有些發麻。」阿酒尷尬地回道。

謝承文伸出手幫她捏著小腿，她沒料到他會來這一招，不禁傻愣在原地，呆呆地看著他。

「好多了嗎？」謝承文捏了好一會兒，才問道。

「沒事了，謝謝。」阿酒有些不自在地回道，然後跳下馬車，不敢再回頭看謝承文。

謝承文直到阿酒跳下馬車，才意識到自己方才做了些什麼，怕阿酒會覺得不好意思，他在馬車裡待上好一會才下來。

阿酒見大春已經叫人把東西都搬下來，她的臉更紅了，剛剛在馬車裡發生的一切，不知道有沒有人看到？要是被別人看到，可真是丟死人了。

「小姐，您可來了！快來看看，這酒坊可是這樣建的？」陳莊頭一見阿酒到了，忙跑過來問道。

阿酒也顧不得羞澀，忙跟著陳莊頭過去，那酒坊可是影響著她的釀酒大業。

「嗯，幹得不錯。」阿酒見新建的酒坊都是按自己的要求所建，甚至有些地方還細心地有一些改動，比她圖紙上畫的還要更加方便。

阿酒一忙就是半天，她累得不想動彈。臨睡前，竹枝主動來到房中，為她捏捏揉揉，她很快就進入了夢鄉。

三月桃花開，看著一片桃紅色的山頭，阿酒的心也跟這桃花一樣美美的，她似乎看到滿滿的銀票朝她飛過來。

桃花酒比較簡單，只要有高濃度的白酒，就可以釀製成功。阿酒已經提前釀好白酒，只等桃花摘下來，浸在白酒中存放一段時間，桃花酒就算是大功告成了。

桃花酒唯一的要求就是桃花瓣上一定不能有水，阿酒把採摘的時間放在下午，那桃花上頭就不會沾有清晨的露水。

看著婦人們提著籃子穿梭在桃花林中，阿酒忽然發現這個場景是如此美麗。

「妳種這麼多桃樹，就是為了這桃花？」謝承文終於跟阿酒說上話了。

「當然，等桃花酒釀成，你就知道有多麼值得。」阿酒信心滿滿地說道。

謝承文看著她容光四射的臉龐，覺得自己的視線根本就移不開。

「你看著我幹麼？我臉上有東西？」阿酒忙用手整理起衣裳，疑惑地問道。

「阿酒……」謝承文飽含深情地叫道。

阿酒只覺得心中一顫，一顆心怦怦地亂跳，她不敢直視他，小臉卻不由得紅了起來。難道他真看上自己了？她心中不禁暗自得意，只是得意並沒有維持多久，她馬上就清醒過來。他可是謝少東家，謝家比起李家，只怕更加複雜。

她不禁咬了咬下唇，逼自己冷靜下來。「有事？」

他明明感受到阿酒的情緒波動，可不過一瞬間，她看向自己的目光已是一片平靜。他覺得自己的心無比疼痛，不由得往前跨了一步，想向她問個明白。

「小姐，我娘問您這桃花摘下來之後，應該怎麼處置？」竹枝在這時蹦蹦跳跳地跑過來，興奮地問道。

阿酒乘機朝院子裡走去，指揮起那些婦人幹活。

隨著摘回來的桃花越來越多，釀製桃花酒的人手明顯有些不足，阿酒連忙親自動手。

謝承文站在遠處，看著阿酒站在一群女人當中，是那樣的鶴立雞群，他一眼就能看到她。在桃花的映襯下，她更顯得嬌美，真是應了那句「人比花嬌」。

阿酒正可惜著沒有枸杞，要不然加在這桃花酒裡，對女人產後面黯、經血不足等症狀，可是有極好的效用。

「阿酒，這桃花酒真的好喝？」謝承文也算是走南闖北，還真沒聽說過有誰用桃花來泡酒的，去年那菊花酒就已經夠讓他驚訝了。

「桃花酒是一種美容酒，可以防止肌膚老化，讓女子的容顏常保青春。」阿酒笑道。

「又是女人酒啊？」謝承文有些不樂意地說道。

「說是女人酒，難道你們男人就不能喝？再說了，女人的錢比男人的更好賺。」阿酒不滿地看了他一眼。

謝承文被阿酒這麼一看，只覺得心都要酥了。以前他怎麼沒發現阿酒的聲音那麼好聽，而且不管是她生氣的、開心的模樣，也是怎麼看怎麼好看。

謝承文忙露出一個微笑。「是，阿酒說得都對。」

阿酒抬起頭，剛好看到他那微微一笑，只覺得心又開始亂跳，臉也不受控制地紅了起來，她忙把頭低下去，不再看他。

哎，果真是男色誘人啊。

第五十八章

桃花慢慢地飄落，阿酒釀製桃花酒的行程也暫時告一段落。看著酒窖裡堆得滿滿的酒罈子，她感覺這一切辛苦都是值得的。

桃花酒一釀完，謝承文就迫不及待地請阿酒去到自己的山頭，想讓她去看看他這段時間的成果，一起分享他的快樂。

「這麼快？」阿酒看著眼前已經大變身的山頭，不由得驚叫起來。

「呵呵，怎麼樣？意外吧。」謝承文得意地說道。

確實意外，謝承文這山頭是阿酒的好幾倍大，如今卻整理出至少一半來了，而且也種上不少果樹，她不得不佩服他的效率。

「我可是把附近幾個村的村民都叫過來了，哪能不快？」謝承文得意地說。

「這位是謝叔，從小看我長大的，本來已經退休，我這不是沒人能幫我嗎，就又把他給請過來了。」謝承文把一個略胖且兩鬢發白的大叔，介紹給阿酒認識。

「小娘子好。」謝叔笑咪咪地看著阿酒。

「謝叔好。」阿酒落落大方地問候道。

謝叔滿意地看著她，熱情地說：「這院子裡還有些簡陋，少爺跟小娘子請進來屋裡坐吧。」

阿酒沒想到謝承文連房子都蓋好了，而且還是用土磚和青瓦所造，看起來比村裡的房子都還要好，想來謝承文對他們這些下人還不錯。

「你這速度也太驚人，居然連房子都蓋好了，你是怎麼辦到的？」阿酒見謝叔去忙了，忙問道。

「我可是買了幾十個男丁呢，只要讓他們吃飽，他們做起事來當然快，再加上附近的村民也來幫忙，速度當然不是妳那裡可以相比的。」謝承文解釋道。

「對了，妳還沒去看那些葡萄藤吧？我已經讓人種下去了。」謝承文知道阿酒最感興趣的是什麼。

「你不說我都忘了，可有分一些給我那山頭？」阿酒站起身來，焦急地問道。

「放心吧，妳請的那個陳三順做事真不賴；還有那個方喬，沒想到對種葡萄也有一手，妳真是賺到了。」謝承文笑著說道。

兩人說說笑笑來到山裡，果然那些葡萄藤已經插了下去，能不能活卻還是未知數。

「妳什麼時候要回去？」謝承文忽然問道。

「明天就回去，我在這裡待的時間有些長了，阿曲馬上就要去松靈府備考呢。」說到回家，阿酒不禁有些急。要不是今天馬車不在，她已經在回去的路上了，也不知道阿曲準備得怎麼樣？

這裡的科舉制度和她前世所學的雷同，卻又有些許不同。像是這鄉試的時間，並非安排在秋日，而是在春日，會試也並非在鄉試次年才舉行，而是緊接在鄉試之後。

「你們在松靈府有落腳的地方嗎？要不去我的院子住幾天？」謝承文邀請道。他一點也不想跟阿酒分開。

「不了，咱們就去上次住過的客棧就行，也不過幾天的時間。」阿酒拒絕了，她不想跟謝承文私下有太多糾纏。

這些日子的相處，讓他們之間的關係前進一大步，謝承文以為她肯定不會拒絕自己，沒想到阿酒卻是連考慮都沒考慮就拒絕他。

「阿曲要上考場，有個好地方住會比較好吧？我那裡比起客棧，可是安靜許多。」謝承文不放棄地勸道。

「不必了，如果阿曲因為這樣就考不上的話，那他也不需要去參加考試了。」阿酒堅持道。

謝承文見勸不動她，只得無奈地不再多說什麼，心裡卻很不是滋味。她怎麼還是跟自己如此見外呢？

阿酒沒想到一回家，就有驚喜等著她。金磚竟當娘了！她特意去看一看金磚，發現牠的狀態還不錯，幾隻小奶狗在牠的肚子下，伸出可愛的頭。

阿曲見阿姊回來，心中特別歡喜，他知道阿姊一直很擔心自己，便充滿信心地道：「放心吧，阿姊，我都準備好了。」

離阿曲考試已經沒幾天了，劉詩秀早就把東西都打點好，阿酒和姜老二便一起送阿曲去松靈府。

距上次來松靈府，已經有好一陣子，阿酒看著外面熱鬧的街道，有種恍然如夢的感覺。她已經很少想起前世的種種，如今她完全適應這種日出而作、日落而息的生活，就連眼前的熱鬧，她都感覺離自己似乎很遙遠。

「阿姊，該下車了。」阿曲輕聲喚道。

阿酒回過神來，朝他笑了笑，便走下馬車。

等一切安置妥當，阿曲想去書店，阿酒剛好也想去逛逛，兩人就一同走出客棧。

「阿酒、阿曲。」沒想到他們剛走出客棧，謝承文那英俊的臉就出現在他們面前。

「謝少東家？真巧。」阿曲朝他打招呼道。

謝承文朝阿酒看了一眼，心想這可不是巧合，而是自己特地在這裡等著。不過他什麼也沒說，只是笑著說道：「你們這是要去哪？這松靈府我可比你們熟悉。」

「我想去書店看看。」阿曲見謝承文一直盯著阿酒看，他故意用身子擋在阿酒面前。

謝承文也意識到自己有些過火，便轉而跟阿曲聊起來，問問他的課業。見他對這次考試信心滿滿，不禁羨慕地道：「安心考試吧，希望你能得到一個滿意的成績。」

阿酒有些驚訝於他的羨慕。難道他也想考取功名不成？以謝家的家境，如果他想考，那不是輕而易舉的事嗎？她心中不禁有些疑惑。

他們一行人來到書店後，阿酒發現相比上次的冷清，今日這裡特別熱鬧，想來是各地準備就考的學子都已來到松靈府。這些讀書人好不容易來了，當然會先到書店朝聖一番。

對阿酒這樣一個小娘子的到來，那些讀書人眼中都有些詫異，不過見都是阿曲在拿書，他們很快就把注意力放在各種書籍上頭。

阿酒見阿曲已經在挑選想看的書，她就來到雜書那一區，慢慢地挑選起來。

謝承文一直跟在阿酒身後，見她都是對一些雜七雜八的書感興趣，不由得小聲問道：「妳喜歡這些？」

「嗯。」阿酒的精力都放在書本上，就隨意回道。

謝承文見這裡不是說話的地方，也沒再問，自己也跟著挑起了書。

「夫人，您來書店幹麼？」一個清脆的女聲在外頭響起。

「隨意看看。」另一個悅耳的聲音聽起來很是舒服。

謝承文聽到這個聲音，身子卻不由得僵硬起來。她怎麼來了？她不是在京城曾家嗎？

阿酒沒注意到謝承文的異樣，只覺得那聲音似乎有些熟悉，她好奇地朝外面看了一眼，卻被站在書店外頭的人驚住了。那不是青梅嗎？

阿酒轉身朝謝承文望過去，只見他的表情有些不自在，神情甚至有些痛苦，就更加肯定外面的人是青梅了。

阿酒不由得搖搖頭，壓抑著自己心裡的不舒服。他們本就是青梅竹馬，彼此之間當然熟悉，謝承文能聽出她的聲音也很正常。至於他臉上那痛苦神情，想來是因為青梅另嫁他人的緣故吧。

「承文哥哥，你果然在這裡。」驚喜的聲音在阿酒身旁響起。

「青梅，妳怎會在這裡？」相比青梅的驚喜，謝承文的聲音聽起來有些冷淡。

「我爺爺過壽。」青梅貪婪地看著眼前日思夜想的人，她眼中的炙熱，連一旁的阿酒都能感受得到。

「妳不在唐家，卻跑來這裡，讓曾家人知道了，只怕不好吧。」謝承文的臉色是越來越冷。

「承文哥哥，你還在怪我？」青梅瞬間就哭了起來，那梨花帶雨的模樣，連阿酒這個女子看見，都想要責怪謝承文，更不要說是那些讀書人。他們都露出責怪的眼神，似乎在指責謝承文不應該讓美人落淚。

謝承文頭痛地看著這一幕，他先朝阿酒點點頭，然後對青梅說：「青梅，咱們出去再說吧。」

阿酒目送著他們兩人一同走出去，從後面看去，男的身影挺直，女的嬌小玲瓏，多麼適合的一對璧人，怎麼就不能在一起呢？

阿酒再次把視線放到書架上，卻覺得沒了挑書的興致，她隨意地拿起幾本書，就跑去找阿曲。

只見阿曲手中已經拿了好幾本，見阿酒過來，他又拿上了一本，才對她說道：「阿姊，選好了？」

「嗯，你呢？」阿酒問道。

阿曲詫異地看了她一眼。怎麼無精打采的？明明剛才還好好的。

兩人付了帳，便走出書店。阿酒下意識地朝四周看了看，卻沒看到那個熟悉的身影，她的眼神一下子變得黯淡無光。

阿曲若有所思，故意開口問道：「阿姊，謝少東家呢？」

「他忙著呢，哪有時間陪咱們。走吧。」阿酒說完就往前走去。

阿曲眉頭皺起，擔心地看著她。難道阿姊喜歡上謝少東家了？他人雖然不錯，可家裡似乎有些複雜，再說那樣的大戶人家，肯定看不起他們這樣的寒門。

街上人來人往，阿酒也慢慢地回過神來。她這是怎麼了？他跟自己一點關係都沒有，以後也不會有，她這般失落是幹麼呢。

「阿曲，快點，咱們先去考場看看。」阿酒很快就把心裡的不快甩在後頭，對阿曲招手道。

阿曲加快了腳步，見她眉宇間已完全恢復正常，心裡有些疑惑。難道是自己多想了？

今天是阿曲正式考試的第一天，阿酒把阿曲一會兒要帶進去的筆墨檢查了一遍又一遍，生怕遺漏什麼東西。

姜老二也是在一旁不斷地對阿曲說道：「你不要緊張，盡力就行，考得上當然很好，要是考不上，咱們就回家。」

阿曲看著明顯比自己要緊張的兩人，只是點頭道：「阿姊，我要進去了，你們回客棧等著就行。」

姜老二想送他進去考場，阿曲卻不讓。「我只是去考試，明天就回來了。」

阿曲走後，姜老二跟阿酒兩人都有些坐立不安，阿酒乾脆拿出一本書看起來，想轉移注意力，卻發現根本沒用，她看了好久，連一頁都沒看完。

而第二天天剛亮，姜老二就起來了，說是要去考場外接人。

阿酒想著，要是在客棧裡等，心裡總是惴惴不安，便快速地穿戴好，跟著姜老二一起來到考場外。

此時考場外已經站著不少人，看來大家都是一樣的心情。

一上午過去了，都沒人走出考場，直到太陽偏西，才見裡面陸續有人走了出來。

「阿曲出來沒有？」姜老二緊張地問道。

阿酒聚精會神的看著出口，就怕會錯過他，可半晌過去，還是不見他的人，她的心裡難免有些焦急，而姜老二乾脆擠到出口去等他。

阿曲其實早就能交卷了，只是他見出口處的考生太多，就特意等了一會兒，想人少一點再走。

等阿曲來到門口時，姜老二一把就拉住了他的手。「你怎麼出來得這麼晚？」

「爹，您怎麼來了？阿姊呢？」阿曲驚訝地問道。

終於看到阿曲，阿酒那提起的心總算是放了下來，見他精神頗佳，臉上也沒有失意的神情，想來考得還不錯。

「阿曲，我在這裡。走吧，咱們回去休息。」阿酒笑著對阿曲說道。

考完後，還得等三天才知道成績，姜老二卻是待不下去了，準備先回去。

阿曲見姜老二要獨自先回去，便笑著說道：「咱們一起回去吧，反正如果考中了，自會有人去家裡通知。」

「行。」阿酒也覺得沒必要留在這裡等成績出來。

三天的時間一轉眼就過去了，姜老二一家人的眼睛總是朝外面望去，只有阿曲仍自在地拿著一本書，坐在院子裡看著，有時則逗逗阿醇和阿香。

「妳說阿曲怎麼都不急呢？」劉詩秀邊挑著菜，邊朝阿曲那邊看過去。

「他那叫胸有成竹。」阿酒也是對阿曲充滿了信心。

劉詩秀還想說什麼，卻似乎聽到遠處有銅鑼聲，忙斂住心神。「阿酒，妳快去外面看看，我好像聽到銅鑼聲呢。」

還不等阿酒到外面探個究竟，一大群人已經來到他們的院門前。

「姜曲高中了，恭喜、恭喜！」兩名衙役敲著銅鑼，笑著走進姜老二家，後面還跟著一大群村民，都在和姜老二道一聲恭喜。

阿酒忙進去拿了兩個荷包出來，讓姜老二塞進那兩名衙役懷中。

姜老二原本還想請他們進屋喝酒，只見他們推卻道：「咱們還要去隔壁村，就不打擾了。」

等他們一走，姜老二家馬上熱鬧起來，阿曲這個主角已經被村民們包圍起來，恭喜的話語聲不斷。

姜老二則是一臉的喜氣，笑得合不攏嘴。

「二哥，咱們姜家總算是出了個讀書人。」姜老三搭著姜老二的肩，高興地道。

「呵呵，是呀。」姜老二樂得根本不知道該說些什麼？「走，咱們喝酒去。」

姜老二搬出一罈酒，拉著姜老三、村長，還有姜五和幾個姜姓兄弟到正廳，一起坐在桌前就喝了起來。

「我高興呀，高興！」姜老二沒幾杯酒下肚，就開始一個勁兒地說話。

「阿曲是個聰明的，以後肯定會做大官。」姜老三又倒上一杯，舉起來搖晃著說道。

阿曲剛進來就被村長拉住。「阿曲啊，等再過幾年就考個狀元回來，咱們村可是以你為傲啊。」

阿曲忙回道：「村長爺爺，我盡力，只是天外有天、人外有人，那狀元就不好說了。」

「阿曲，你來喝一杯，爹敬你。」姜老二已經有些醉意，硬是塞了一杯酒到阿曲手中，要他喝掉。

阿曲偶爾也會喝上一杯，便一口喝了下去。「爹，酒我喝過了，咱們去休息吧。」

姜老二不依，拉著姜老三還要喝，只見姜老三瞪著眼對阿曲道：「你爹高興，你拉他幹麼？咱們還要喝酒。」

阿曲無奈，只得叫張氏、劉詩秀她們過來把自家夫君給請回去，這才算是安靜下來。

隔天，姜老二原本想請村裡人吃上一頓，一起熱鬧熱鬧，卻被阿曲阻止了。「爹，不過是中一個秀才，還是別請了，等哪天我要是中了頭甲，咱們再好好地請上一頓。」

阿酒對阿曲的表現非常滿意。從考前到考後，阿曲的心態一直都是平和的，並沒有因為考試而焦慮，也沒有因為考上而得意，在他這個年紀能做到這一點，真的很不容易。

她也覺得在自己家慶祝一番就行，沒必要再請村民，等阿曲當官的那一天，倒是可以請村民們來樂上一樂。

姜老二見他們姊弟意見相同，也就不再堅持，只是讓大春去把林松一家接過來慶祝。

林松特別開心，拉著阿曲問個不停。「你以後是要繼續留在鎮學堂，還是去松靈府？」

「先生說讓我去松靈府，連推薦信都幫我寫好了。」阿曲認真地回道。

「好、好，剛好宥之也在松靈府，你有事可以找他。」林松說完，又檢查了他的功課，發現確實很紮實，鎮學堂已經不適合他，去松靈府是正確的選擇。

阿曲中秀才一事當然也傳到了老宅，鐵柱跟他的媳婦王氏這幾天都樂呵呵的，王氏一個沒忍住，就在一次為周氏換衣裳的時候跟她說了。

「阿奶，您好福氣，二叔家的阿曲考上秀才了。聽別人說，阿曲以後肯定是當官的料，到時人家可得稱您是官家老太太了。」王氏說完，還開心地笑起來。

誰知周氏一聽，卻兩眼一翻，斷氣了。

等姜老二跟姜老三來到老宅時，周氏的身子都已經發涼了。

對於周氏的離開，村民都認為是因為阿曲考中秀才，她太過激動才會離世的。

只有鐵柱在問清王氏說了什麼之後，知道了真正的原因，可他不會去向眾人解釋。

在族長的主持下，周氏在家放了三天就下葬了，而姜老二他們則得守一年的孝，這一年裡不能嫁娶，也不能肆意慶祝。

周氏的離開對阿酒他們的生活並沒造成多大的影響，姜老二也只是在周氏剛過世的那幾天，陰沈著一張臉，等頭七一過，他也就恢復過來了。

不久後，阿曲去了松靈府求學，這一次沒人送他，他是獨自一人去的。

阿醇跟阿香已經開始學爬，阿醇精力旺盛，能夠四處爬來爬去的，一個不小心就找不到他的人了；阿香可能因為是女孩子，吃得又比較少，爬上幾步就坐在那裡看著哥哥爬。

阿酒無事就幫忙照看他們，倒也為生活增添不少樂趣。

兩兄妹睡覺時最有趣。阿醇睡覺很不老實，老是圍著床打轉，結果有一天他的頭轉到了阿香的腳邊，逮著阿香的腳趾頭就吸起來。可能是沒吸到東西，他那小米粒般的牙齒便咬了阿香一下，阿香頓時哇哇大哭起來。她平時看著挺秀氣的，可一哭起來，那絕對是地動山搖，特別恐怖。

阿醇一聽妹妹哭了，他也覺得委屈，便跟著大哭起來，頓時房間裡傳出男女交響曲，熱鬧得很。

第五十九章

阿酒正在準備東西，打算去莊園看看。

如今一年之中，她待在莊園的時間也不少，畢竟那裡比較方便，有現成的糧食，而且不光是桃花可以釀酒，梨花也行，以後還會有葡萄、梅子等等，幾乎一年四季都有新鮮的花果可以用來釀酒。

莊園裡的那個院子太過簡陋，阿酒打算重新蓋一座，且要比現在這個更大、更好，她連圖紙都畫好了，也讓大春去著手準備，只等她過去就能開工。

「這是姜酒家嗎？」一個穿著桃紅色衣裙的小姑娘，在外頭問道。

「妳是誰？有什麼事嗎？」阿酒打開院門問道。

「妳就是阿酒小娘子？」那丫頭察言觀色的本事倒是厲害，一猜就中。

「嗯，我就是阿酒，妳找我有事？」阿酒不知道來人是誰，疑惑地問。

「李嬤嬤，就是這裡了。」小姑娘沒回答阿酒，只是轉過頭喚了一聲。

阿酒隨小姑娘的視線看過去，發現還有一輛馬車停在那裡。

一聽到小丫頭的叫喚，馬車裡隨即走下來一個約莫四十多歲的嬤嬤，她穿著深皂色的綢緞衣裳，下面是一條深色的撒花裙，這可不是一般人家能穿得起的，而且還是穿在一個僕人身上。

阿酒心中對來人的身分已有了底，她冷冷地看著那嬤嬤趾高氣揚地走到她面前，上下打量著她。

「妳就是阿酒？」那嬤嬤一開口就很不客氣。

「我是，不知道這位大娘找我有何事？」阿酒冷冷地問。既然妳不客氣，那我也沒必要討好妳，她的性格一向如此。

那嬤嬤看向阿酒的眼光更加蔑視，不屑地說：「我是李夫人跟前的嬤嬤，咱家夫人讓我來傳幾句話。」

果然是李家！阿酒心中冷笑連連。這李夫人還真有些意思，想來是趁著李長風去京城趕考，特地派人來警告自己吧。

「阿酒，是誰啊，怎麼不請人進來坐坐？」劉詩秀在裡面聽到動靜，高聲說道。

「請進。」阿酒剛好想把這件事說清楚，免得被人誤會她要高攀他們李家。

劉詩秀見阿酒的臉色不大好，而跟她身後的客人，明顯是下人裝扮，可那衣裳的面料卻又十分高檔，她心中頓時明白過來，原本笑意盈盈的臉一下子就沈下來，看那婆子的眼神也沒那麼友善了。

「劉姨，這是李夫人跟前的嬤嬤，說是來傳話的。本不想驚動您，不過既然您都叫她們進來了，就一同聽聽她們要說些什麼吧。」阿酒口氣不佳地說道。

李嬤嬤聽見阿酒的話，臉色變得難看極了。她可是當家夫人跟前的紅人，不光是下人，就連少爺、小姐見到她，也要尊稱她一聲嬤嬤，這鄉下人就是沒教養。

「不知道李夫人有何要事，還特地讓嬤嬤跑這一趟？妳說吧，咱們洗耳恭聽。」劉詩秀心中怒火翻騰，說話也是一點都不客氣。

李嬤嬤被氣得胸疼。這阿酒不知輕重，沒想到這婦人也一樣，想來也是個沒見識的。

「我家夫人說，既然阿酒小娘子想進李家的門，就要守李家的規矩。聽說阿酒小娘子還識幾個字，夫人便讓我把家中的規矩全寫在紙上，給妳帶過來，這些日子妳可得好好記住這些規矩，不要等進了李家的門，給咱們李家丟臉。雖說妳進門之後也只是一個姨娘，出去的機會不多，但只要進到李家，一切都要以李家為重。」李嬤嬤侃侃而談。

「等等，誰要去妳們李家？還姨娘呢。就算是正室，咱們家的姑娘也不會嫁過去。」劉詩秀打斷李嬤嬤的話，一臉不高興地說道。

李嬤嬤要說的話就這樣卡在喉嚨裡，她意外地看向劉詩秀跟阿酒。「我是李家的嬤嬤，咱們家少爺可是李長風。」

「我知道妳們是李家的，也知道妳們李家高門大戶，不過咱們就一普通農家，高攀不起，咱們家姑娘完全沒打算要嫁到李家去。」劉詩秀憤怒地道。

「這、這門親事不是已經定下來了嗎？」李嬤嬤被弄得有些糊塗。

「當時李長風帶著媒婆上門，咱們就已經拒絕了他。咱們雖不是高門大戶，但也沒到要送家裡姑娘去當妾的地步，還請妳把這些話帶回去給李夫人。」劉詩秀疾言厲色地道。

李嬤嬤狼狽地走出姜家的院子，坐上馬車後，還直罵媒婆不可靠，害她丟臉丟大了。

「李嬤嬤，要是被少爺知道這件事，可怎麼辦？」那小丫頭愁眉苦臉地說道。

「這不是妳該操心的事，咱們回去吧。」李嬤嬤說完就閉上眼，想著回去後該怎麼向夫人交代？

劉詩秀的臉色仍舊相當難看。「這李家都是些什麼人？他們家裡有人當官了不起啊？真是氣人。」

「劉姨，喝杯水消消火，小心氣壞身子，反正以後咱們與李家不會再有任何糾葛的。」阿酒倒上一杯水遞給劉詩秀，輕聲勸道。

「劉姨，是誰惹您生氣了？」謝承文一進來，剛巧聽到阿酒在安慰劉詩秀。

「沒有誰！劉姨，我跟謝少東家先出發去莊園，要是她們再來，您不需要客氣，儘管趕她們走。」阿酒叮囑道。

劉詩秀點點頭，囑咐她路上小心，還說等姜老二回來，一定要跟他好好說說這件事。

而阿酒出門後，不知道李家人的再次到來，又讓村裡的婦人有了話題，只是因為酒坊的緣故，她們不再像以前那樣明目張膽，只是私底下悄悄地談論，可也夠讓劉詩秀愁的了。

「發生什麼事了？」謝承文騎在馬上，同阿酒的馬車並排走著，他隔著窗簾問道。

「沒什麼，不是叫你在鎮上等我嗎，怎麼過來了？」阿酒可不想讓他知道李家要她去作妾這件事，太丟人了。

「我見咱們約好的時辰已到，妳卻還沒來，就過來看看。對了，我來的時候看到一輛馬車從妳家門前離開，是來找妳的嗎？」謝承文漫不經心地問道。

阿酒沒再回話，心思都放在要蓋新院子的這件事上，謝承文也就沒再追問下去。

如今阿酒的山頭已經完全沒有雜樹，只剩下之前種上的果樹；葡萄藤也種活不少，當然也死了一小部分，畢竟是從那麼遠的地方弄過來的，不過阿酒已經心滿意足。

「小娘子，您可來了，這磚頭和木材都已準備好，只是這屋子要怎麼蓋、要蓋在哪個地方，還得由您拿個主意。」陳三順一見阿酒來到，就像見到救星一樣。

「你看那個位置怎麼樣？」阿酒指著山頭前的一塊沙地說道。

「那裡是夠寬，剛好後有山、前有水，地方是個好地方，可沒有路啊……」陳三順摸摸頭說道。

「那容易，咱們可以修一條路出來，修好路以後，上山頭不就更方便了？」阿酒一點也不認為這是個問題。

「那咱們要不要請風水先生過來看看？」陳三順小心翼翼地問道。

「行。」阿酒點頭同意。對風水她還真有些認同，所以一點也沒猶豫。

陳三順的動作很快，下午風水先生就過來了，說那個地方建屋最好，是塊風水寶地。

阿酒對是不是風水寶地不在意，只要不是凶地就行。

地方確定了，陳三順馬上請人開工，先修路、後打地基，再請師傅開始蓋房子。

在陳三順和大春的幫助下，事情進行得很順利，當看到建起來的院子跟她想像中的幾乎是一模一樣時，阿酒興奮不已。

「阿酒，妳這房子蓋得真好，我也要蓋個一模一樣的。」謝承文笑著說道。

「那還不簡單，你看這師傅都是現成的，你請過去不就行了？」阿酒心情極好，卻還是不忘跟謝承文鬥一鬥嘴。

「我是認真的。等回去我就找人來看地，妳先把這圖紙給我，我要建一座跟這一模一樣的院子。」謝承文嚴肅地說道。

「不是吧？你還真要蓋？難道你想在這裡做個隱士，不再過問外面的俗事？」阿酒打趣道。

「反正外面的生意有人管，我得空就來這裡住一住，也挺好的。」謝承文特意把目光落在阿酒身上，意有所指。

而阿酒在經過李長風這件事以後，更加看清自己的地位。她一點高嫁的心思都沒有，也許以前還會做作夢，如今她卻根本不願意去想。

對他們這些大少爺來說，女人本就是可有可無的，也許現在他確實對她有興趣，但當她與他們的利益和權力相衝突時，那麼女人肯定是被捨棄的一方，從古到今，這樣的例子實在是太多了，她不認為自己會是個例外，所以還是踏踏實實地過日子好。

謝承文有些失落，以前當他用這種眼光看她時，她的臉上總會情不自禁地出現紅暈，眼神也會變得特別溫柔，展現出少女特有的羞澀。可她此時卻很平靜，看向他的眼神裡，連一點漣漪都沒有。

「阿酒……」謝承文很想問個清楚，可在她那毫無波瀾的注視下，他忽然什麼話都說不出來了。

阿酒把整理新院子的事交給陳三順，自己則是回到溪石村，而謝承文自從那日跟阿酒不歡而散後，兩人再也沒見過面。

阿酒回到家後，發現阿醇都快要不認識她了。

她伸手去抱阿醇，他馬上把頭縮到劉詩秀懷裡，而阿香則是睜著那圓圓的眼睛打量著她，似乎在想這是誰啊？

「妳看看，妳一出去就不知道回來，連弟弟、妹妹都不認得妳了。」劉詩秀給阿酒倒上一杯花茶，不滿地抱怨。

「這不是在蓋新院子嗎，所以耽擱比較長一段日子才回來。等過些時候，咱們帶著他們兩個一起去看看，您肯定會捨不得回來的。」阿酒抱著阿香親了幾下，她一開始還有些掙扎，沒多久後卻咯咯地笑了起來。

「我是管不了妳，不過再幾個月妳就要及笄了，妳先想想要請哪些人過來，我好安排。」劉詩秀笑著說道。

「哪有什麼人好請？最多就是請舅舅他們一家，我的好姊妹也就阿美她們。」阿酒到這時才發現，她的朋友還真是少得可憐。

「阿酒，妳的婚事……」劉詩秀欲言又止。

「劉姨，難道您恨不得把我給嫁出去？」阿酒故作傷心地問道。

「妳這傻丫頭，我跟妳爹當然想要妳留在家裡，可男大當婚、女大當嫁，這是誰都逃避不了的。」劉詩秀嗔怪道。

「反正我現在還不想嫁，你們要是嫌棄我，我就住到莊園去。」阿酒扭過頭說道。

「行、行，不嫁就不嫁。」劉詩秀無奈地說道。

「劉姨，我捨不得你們嘛，再說這不是沒人要我嗎？我總不能抓個人來跟我成親吧？」阿酒撒起嬌道。

劉詩秀被她逗得笑聲不斷，指著她的額頭說道：「妳這小鬼靈精！我還在想以前那些事是不是妳故意鬧出來的，讓別人都不敢上門提親了。」

阿酒有些心虛。雖然她當時沒有特意去鬧，不過別人傳的時候，她也沒有制止就是了，要不以她的性格，哪會讓別人這樣說自己的閒話。

會試終於考完，李長風意氣風發地站在考場外。這次高中應該沒多大問題，等回去就可以見到阿酒了。

此時阿酒正意外地看著林宥之的信。會試成績還沒出來，但他很有信心能高中，只看之後殿試的名次如何了。

她很替他高興。如果考中進士，就意味著能當官了，最小也是一個七品知縣，這對寒門學子來說，已經很了不起了。

信中結尾時，他特意提起李長風，並把他瞭解到的李家情況簡短地說明了一下。

阿酒，以妳的容貌和聰明，嫁入李家當然是綽綽有餘，但那些高門大戶更重視門當戶對，以愚兄之見，李長風不是最佳選擇，請慎之。

阿酒看完信以後，心中五味雜陳。她一直以為李家只是一般的官家，卻沒想到李家的背景那麼雄厚，李長風的爺爺竟是當朝二品大員，而李長風之所以住在朱雀鎮，不過是對他的歷練罷了。

阿酒這時更慶幸自己不曾答應李長風什麼，對他也沒有什麼特殊的情感，要不然受傷的肯定是她。

姜老二和劉詩秀知道這件事後，不禁擔心起來，生怕李家會用強的。

阿酒卻笑他們多想了，李家那樣的家族，有著嚴厲的規矩，肯定不會允許家族子弟在外胡作非為，哪怕是納個妾，都要慎之又慎。只怕李家早已把她的家世查得清清楚楚，不然又怎麼會同意李長風的胡鬧？

阿酒很快就給林宥之回了封信，把自己心中的想法，明明白白地告訴他，讓他有機會就轉告李長風，不要繼續在她的身上花心思。

——未完，待續，請看文創風656《賣酒求夫》3（完結篇）

2018年7月出版

賣酒求夫

文創風 654~656

他這如意算盤打得真是響噹噹，
不但買光了她的酒，
還打算連她的一輩子都買下了！

相知相惜 傾心相戀／何田田

姜酒第一次出來賣酒，就碰了好幾個硬釘子，
好不容易找到一個識貨的，那謝承文卻把價格砍了好幾倍，
果然不管在現代還是古代，黑心商人都是最難對付的存在。
不過她沒想到這古代的奸商，竟卑鄙狡猾到無法無天的地步，
一見她釀成新酒，他立刻湊上來，不要臉的白喝又白拿，
還把她家當作免費客棧，心情不好住一下，閒來無事住一下，
然後擺出一副高高在上的主人姿態，拿她當女僕使喚著……
搞清楚了，她是賣酒給他，並非賣身啊！
可當他無比認真的盯著她，說要包下她的所有時，
她那小心臟居然不爭氣地跳得飛快，一瞬間慌了神兒，
想到往後有他這個靠山在，做起事來除了方便、還是方便，
她突然覺得被他承包，似乎還挺不賴的呢～～

牽線寶寶

Hi-Life

國家圖書館出版品預行編目資料

賣酒求夫 / 何田田著. --
初版. -- 臺北市 ： 狗屋, 2018.07
冊 ； 公分. --（文創風）
ISBN 978-986-328-888-6（第2冊：平裝）. --

857.7　　107007812

著作者	何田田
編輯	江馥君
校對	林慧琪　簡郁珊
發行所	狗屋出版社有限公司
地址	台北市104中山區龍江路71巷15號1樓
電話	02-2776-5889～0
發行字號	局版台業字845號
法律顧問	蕭雄淋律師
總經銷	知遠文化事業有限公司
電話	02-2664-8800
初版	2018年7月
國際書碼	ISBN-13　978-986-328-888-6

本著作物由廣州阿里巴巴文學信息技術有限公司授權出版

定價250元

狗屋劃撥帳號：19001626

網址：love.doghouse.com.tw　E-mail：love@doghouse.com.tw